行进红色二十村

献礼党的二十大

◇　2021年7月，在安徽省委宣传部全省报纸主题宣传原创优秀栏目评审中,《红村记》荣获一等奖

◇　2021年9月，安徽省新闻出版局第22期《出版管理与审读阅评》对《红村记》予以专题表扬

◇　2021年11月，中央党史学习教育领导小组办公室第206期《党史学习教育简报》对《红村记》予以充分肯定

◇　2022年5月，红村记报道组获得“宣城青年五四奖章集体”称号

◇　2022年7月，《红村记》系列报道获2021年度安徽新闻奖（报刊类）特别奖、报纸版面类一等奖

红村记

王建玲 倪欧生 李 菡◎著

安徽师范大学出版社
ANHUI NORMAL UNIVERSITY PRESS
·芜湖·

图书在版编目(CIP)数据

"红村"记 / 王建玲,倪欧生,李菡著. — 芜湖 : 安徽师范大学出版社, 2022.9
ISBN 978-7-5676-5677-2

Ⅰ.①红… Ⅱ.①王… ②倪… ③李… Ⅲ.①新闻报道—作品集—中国—当代 Ⅳ.①I253

中国版本图书馆CIP数据核字(2022)第149427号

"红村"记
"HONGCUN" JI

王建玲 倪欧生 李 菡◎著

责任编辑: 郭行洲
责任校对: 戴兆国
装帧设计: 王晴晴 张德宝
责任印制: 桑国磊
出版发行: 安徽师范大学出版社
芜湖市北京东路1号安徽师范大学赭山校区
网 址: http://www.ahnupress.com/
发 行 部: 0553-3883578 5910327 5910310(传真)
印 刷: 安徽联众印刷有限公司
版 次: 2022年9月第1版
印 次: 2022年9月第1次印刷
规 格: 700 mm × 1000 mm 1/16
印 张: 20.75 插页: 2
字 数: 339千字
书 号: ISBN 978-7-5676-5677-2
定 价: 98.00元

总 指 导：郭金友

总 监 制：王建玲

总 策 划：倪欧生 李 菡

总 撰 稿：李 菡

新媒体支持：孙 力

版面统筹：芮玲玲

资料顾问：陈虎山

题 字：赵雪梅

序

皖南宣城，红色资源丰富，是“皖南事变”发生地，孕育了“新四军精神”，拥有一批红色基因显著、红色文化鲜明的红色村庄。

2021年，宣城日报社以习近平总书记关于党史学习教育重要论述为指导，按照“用好红色资源、赓续红色血脉”的要求，推出大型主题策划“红村记”，以20个红色村庄为新闻视角，讲好红色宣城的红色故事。

“红村记”策划一经提出，就纳入了《中共宣城市委关于庆祝建党100周年活动实施意见》。宣城日报社举全社之力推动实施，抽调精兵强将深入基层一线、蹲点红色村庄，把每一次采访作为党史学习教育的“红课堂”、增强“四力”的“练兵场”，用心用情打造有思想、有温度、有品质的新闻精品。呈现上，20个红村、20期报道、20个跨版，以鲜明的风格、丰富的内容、新颖的版式，浓墨重彩地铺展了宣城大地的百年沧桑巨变。

系列报道的连续推出，营造了浓厚氛围，引起了强烈反响，受到了广泛关注，成为我市深入开展党史学习教育的一大特色亮点，是新闻宣传战线向党的百年华诞献上的一份厚礼。中央党史学习教育领导小组办公室第206期《党史学习教育简报》对“红村记”讲好党史故事的做法，予以充分肯定。

此次“红村记”结集出版，是我市党史学习教育的一项现实成果，为推动党史学习教育常态化长效化提供了生动的本土教材。一册在手、开卷有益，希望大家从中汲取精神力量，围绕“打造新高地、争当排头兵”总目标，唱响“奋力建设长三角中心区现代化城市”主旋律，奋进新征程，建功新时代，以优异成绩迎接党的二十大胜利召开！

是为序。

中共宣城市委书记 孔晓宏

二〇二二年九月十六日

前言

用好红色资源，赓续红色血脉。

宣城红色资源丰富，红色底蕴深厚，孕育和传承了红色文化。

为庆祝建党100周年，喜迎二十大，我们精心策划推出大型主题报道《红村记》，选择以红色村庄为独特视角，通过一个个红村的百年沧桑，反映红色宣城翻天覆地的变化。

从春天开始，我们走进一个个红村——

忆往昔，倾听历史回响，追寻红色足迹；

看今朝，记录沧海桑田，见证时代变迁；

从红村档案里，展现昨日的荣光、今天的业绩；

在红史一页中，再现那些激越的场景、难忘的历程……

我们深入基层，沿着红色地标，踏访红色旧址；深入群众，找寻老党员、老战士、革命烈士后人，查找核实党史资料、红色故事。我们深深感受到，一次次聆听宣城红史，是党史学习教育最鲜活的课堂；一次次探寻红色宣城，是党史学习教育最生动的实践。

本书是在上述主题报道基础上进一步编辑加工而成，这是我们对党的百年华诞和党的二十大胜利召开最诚挚的祝福，最深情的献礼。

目　录

理想信念之火一经点燃，
就永远不会熄灭。
——习近平

旌德　龙川

火种

HUOZHONG

红村档案

昔日龙川，是皖南第一个党组织——三都农民补习学校支部的诞生地，这里的革命英烈有梅大栋、梅大梁、王士祯等。这里曾经是皖南游击队和新四军的重要作战地点，胡明同志曾在此领导当地人民开展皖南游击斗争。

今日龙川，是“省级美好示范乡村”“安徽省森林村庄”、宣城市“乡村旅游示范村”、宣城市党史学习教育基地。

题记

旌德，“红村记”主题采访的第一站。

第一站选在这里，是因为这片红色土地，有安徽党史上诸多的“唯一”：

建立皖南第一个中国共产党支部；

珍藏全国迄今所知唯一一尊由共产国际赠送给中共中央的马克思银像；

产生安徽省第一个由共产党员担任的县长；

“四一二”反革命政变之后安徽省第一次革命武装暴动；

打响“皖南事变”后皖南山区反击国民党顽固派的第一枪。

“五个一”，熠熠生辉；

播下的火种，生生不息。

96年后的今天，初夏的灿烂阳光下，我们站在火种播撒的地方——版书镇龙川村。

透过历史的长镜，仔细观察这一枚火种如何在皖东南大地点燃、灼烧，散发出炽热的光芒；如何划破无尽的夜空，传递理想、信念和力量。

在这里，我们循着梅大梁烈士的足迹，穿过记录红色村庄历史的一面面红色文化墙，走进烈士故居，倾听他的后人讲述鲜血染红的故事，重温守护马克思银像的过程，回首壮怀激烈的岁月……

先烈已去，浩气永存。

今天，烈士的雕像在大梁广场静静矗立。永远定格在19岁的那个清秀青年，遥看孩子们健康快乐地成长，见证“红色龙川”新时代日新月异的变化。

这盛世，如你所愿。这火种，已然燎原。

火种，在红色龙川一代代延续，依旧炽热，依然明亮。

星火，从这里点燃

——记皖南第一个中国共产党支部

一场新雨后，旌德山村风景如画。版书镇龙川村口，已经停用的大梁小学的院落中，两棵上百岁的苍松挺立门旁，沉默相伴，凝望着时光。

一如90多年前的那个冬夜，它们见证了一粒火种在这里点燃。

这就是皖南地区第一个中国共产党支部——中共旌德三都农民补习学校支部旧址。

中共旌德三都农民补习学校支部旧址纪念碑 顾维林 摄

◆ 播下火种

步入龙川，处处写着非比寻常：

村上头，占地20亩的旌德烈士陵园开阔、肃穆，烈士纪念碑庄严挺拔，88位英烈长眠于此。

进村来，大梁广场上，一身长衫的梅大梁雕像引人注目。这个有着坚毅面庞的年轻人，年仅19岁，就将滚烫的热血洒在了这片他挚爱的土地上。

梅大梁烈士(资料图片)

沿着红色文化墙一直走，一排长满青苔的校舍前，静静矗立着一座红色纪念碑，上面镌刻着“中共旌德三都农民补习学校支部旧址”。

“这是一个书写皖南红色历史传奇的村落。”旌德县新四军历史研究会副秘书长王雪平感慨。

伴随着他的深情讲述，时光回溯到1925年。那年10月，旌德早期共产党人梅大栋（梅大梁的兄长）接受上级委派，携带着一尊马克思半身银像，从江西安源路矿俱乐部回到旌德三都梅村（现在的龙川村）。

他效法安源工运经验，在家乡梅家祠堂创办了“农民补习学校”，白天在学校教书，晚上给青年上课，以读《平民千字课本》、学习文化的名义，向青年宣传革命道理和马列主义理论。不久，芜湖团地委派了共产党员曹宣天到旌德协助他工作。

1925年11月底的一个深夜，学校讲台上端放着马克思银像，墙上挂着鲜艳的党旗，在梅大栋、曹宣天主持下，学员梅大梁、王士桢、朱观发、朱明林、朱甲、程朝干、张照谟7人庄严地进行了入党宣誓。中共旌德三都农民补习学校支部宣告成立，红色星火在这里初燃。

安徽省委党史研究室二处原处长刘彦培研究发现，在皖南，当时虽然已有一些中共党员在从事革命活动，但还没有建立党的组织。例如1926年4月建立的中共芜湖特别支部、1926年11月建立的中共南陵特别支部，建立时间都在旌德三都农民补习学校支部之后。

“毫无疑问，中共旌德三都农民补习学校支部是中国共产党在皖南建立的第一个党支部。”刘彦培在相关文章中写道。

◆ 星火传递

90多年过去后，历经风雨洗礼，当年的梅家祠堂早已不复旧时模样（后来成了大梁小学，现已停用），唯有两棵苍松仍在旧址静默挺立，日复一日守望着山村。

位于龙川村中道的梅大栋、梅大梁故居，也迎来一波波瞻仰和缅怀的人们。两人的侄孙梅春平成了义务讲解员。虽然已经无数次讲述过两位先辈的抗争故事，但这位65岁的退休老教师每每讲起，仍然饱含深情。

“1925年，梅大栋才24岁，梅大梁只有16岁，他们是那样年轻，却敢冒着牺牲的危险，在家乡播撒革命火种。”梅春平从老一辈口中得知，皖南第一个党支部建立后，革命活动便有组织地开始了。

一开始，梅大栋等人的行动并没有引起政府当局和地方豪绅的注意，那些人既不懂绣有镰刀斧头的红旗是何物，更不知马克思、列宁是何人。随着活动的深入扩大，当地士绅密报官府，说梅村“赤化”了。1926年3月，县政府查封了补习学校，并颁发布告：“如今后再有私自集会结社者，依法拿办。”

星火已经点燃，断不会轻易熄灭。

旌德三都农民补习学校旧址，后建成大梁小学　戴巍　摄

旌德县委党

梅大梁烈士像　戴巍　摄

史和地方志研究室相关资料如是记载：学校被查封后，梅大栋的活动没有停止。他奔赴全县各乡，邀股集资，筹建书店，继续进行活动。不久，他邀集了汪易如、胡庶民、汪青萍、吕文龙等股东筹集了一批资金，去芜湖等地购买书刊数千册，在城内胡淦记面店内开设了“辅仁书店”。

革命星火由山村燃到了县城。“辅仁书店”以出售一般书籍做掩护，秘密出售和转送各类进步书刊，如《共产党宣言》《农民纲要》《列宁纪念册》《独秀文存》《新青年》等，还有鲁迅、茅盾及高尔基等人的名著。书店一开业，门庭若市。各地青年纷至沓来，争相购买。辅仁书店还在三溪、下洋设了分店，为旌德县大革命时期广大青年积极参加革命活动，提供了思想武器。

1926年下半年，安徽党组织负责人来到旌德，在辅仁书店召集过一次秘密会议，对党支部的工作作了指示，并介绍了一批青年去武汉学习受训。

◆ 燎原之势

革命的星火越烧越烈。

王雪平介绍，为了推动农民运动的发展，党组织先后在仕川、梅村、下洋、孙村、朱旺等地组织农民自卫军，全县有农民自卫军800多人。

1927年初，北伐军二军六师派一个连来到旌德，反动县知事黎在符仓皇出逃，县党部（共产党领导）在北伐军配合下，建立新的民主政权，共产党员谭梓生出任县长，这是我省第一个由共产党员担任的县长。

处于秘密状态的国民党县党部正式公开，工会、农会、商会、妇女会等群众团体相继成立，仕川农协发展会员90多人。各组织负责人，大部分由共产党员担任。民主政权成立后，逮捕了大土豪劣绅吕少丞和方楚平，百姓拍手叫好。

“四一二”反革命政变后，旌德的反动势力对革命实行疯狂镇压，大肆逮捕共产党人和进步群众，半个月内竟拘捕关押80多人，各种组织均遭破坏，但革命的烈火并没有被扑灭。共产党员王廷甫、程朝干秘密分赴各地组织农民暴动。

梅大栋后人梅春平讲述革命故事　戴　巍　摄

1927年5月16日，梅大栋派喻世良等人从武汉返旌，在仕川协助王廷甫，组织发动了“五一六”农民武装攻城暴动，开创了以革命武装对抗反革命武装的壮举，爆发了以仕川农民自卫军为主力的攻城暴动，在皖南革命斗争史上留下了光辉的一页，是“四一二”反革命政变后，我省第一次革命武装暴动。

只可惜，在后面的斗争中，梅家兄弟双双被捕。在别人的帮助下，梅大栋成功越狱逃脱，而梅大梁却牺牲在旌德城东水冈门外，年仅19岁。

“听家里的长辈说，梅大梁被害前，毅然决然地表示：‘我死了没关系，我的战友们还会继续为党工作，继续开展革命活动！’”说到这里，梅春平难掩激动。

在梅大梁故居，1953年7月4日毛泽东主席签署的《革命牺牲军人家属光荣纪念证》，悬挂在最醒目的位置。

这张证书，一直被梅家后人珍藏，时至今日，上面的字迹仍清晰可见：“查梅大梁同志在革命斗争中光荣牺牲，丰功伟绩永垂不朽。”

“两位先辈的革命精神，激励着一代又一代梅家儿女。”梅春平说，“梅家后人现在虽然散落在全国多地，但大多非常默契地选择从事了教育、医疗等工作，大家都希望能继承先烈遗志，把优良传统弘扬下去”。

历史长河奔涌不息，英雄事迹永存于世。

这就是皖南第一个党支部成立的故事。火种，从这里点燃；火种，从这里传递，皖南革命斗争史由此掀开了光辉灿烂的一页……

看今朝

红色龙川展亮色

红色，是龙川村的底色，也是最亮的亮色。

作为皖南第一粒革命“火种”的播撒之地，这一片热土，红色基因蓬勃生长，红色动能生机勃发。

在“红色龙川”党建品牌引领下，旌德县版书镇龙川村以“1+6+N”模式构筑坚强堡垒、发挥先锋作用，一任接着一任干，齐心协力建设美丽乡村、创新基层社会治理、保护生态文明，探索出一条基层党建与乡村振兴同频共振的蝶变之路。

◆ 支部硬起来　村庄美起来

龙川是个好地方。

层峦叠翠间，村庄春和景明，道路平坦整洁，农家小院清新整洁，田园处处风光。

这般新风新貌来得并不容易。

因客观环境所限，龙川村曾是有名的“落后村”。“一条泥巴路是与外界的唯一通道”，是村民们早年的记忆。

面对落后的局面，龙川村穷则思变。村子要发展，关键靠支部，选好配强“带头人”，让基层党组织强起来。

何述智就是大伙儿选出的“带头人”。2008年，村“两委”换届，54岁的他当选为村党支部书记。

走马上任后，何述智找准切入点，从群众最关心的事干起。

那就是——要想富，先修路。路路通，百事通。

那几年，他一心扑在项目上，四处找钱，多方筹资，争取到300多万元，把11个村民组的道路全部改为了水泥路。

路通了，群众的劲头足了。“只要村‘两委’想干事、能干事，大伙都看在眼里、记在心里。从那以后，只要一动员，群众都积极参与到村里大小事务中。”何述智说。

2012年，美好乡村建设拉开序幕。眼看着周边很多村庄环境美了起来，何述智和村“两委”一班人动员大伙，“我们龙川也要变美，环境也要变好，生活也要改善！”

人心齐，泰山移。村民积极开展房前绿化、庭院净化、环境美化，在完善卫生保洁制度的基础上，全面推广“户集、村收”的农村生活垃圾收集处置模式，改善村庄环境卫生。

“领导带头干，党员冲在先。在党建引领下，支部的凝聚力、战斗力得到了进一步增强，村庄的面貌实现了从大乱、大治到大美的转变。”今年67岁的何述智感触很深。

支部强起来，村庄美起来。在美好乡村建设中，龙川村多次邀请专家考察村情村貌，对村庄进行了整体规划设计。仅仅用了1年多的时间，规划就从蓝图走向了现实：基础设施逐渐完善，文化内涵不断提升，旅游资源日渐集聚……

龙川村大变样了！2013年，被评为“安徽省美好乡村重点示范村”。

2019年，53岁的潘立新接过老何书记的“接力棒”，成为新任党支部书记。在新一届村“两委”带领下，龙川村先后完成改水改厕工程，开展了拆破改旧、河道清理、绿化亮化等工作，村民们的幸福感、获得感、安全感日渐提升。

“我们坚持以教育培训、日常管理、考核监督为主要内容，以基层组织力为抓手，打造过硬支部，提升村级组织力，为深入实施乡村振兴战略夯实基础。”潘立新说。

◆ 班子强起来 村民富起来

龙川变美，村集体变强，村民也在奔小康的路上一天天富裕起来。

他们选的小康路是家庭农场。

也是老何书记带头，开展大田莲藕种植、销售，为村民作出成功的示范。他还带领村“两委”班子试点龙川生态园、白茶和蓝莓基地，探索发展乡村旅游，鼓励有条件的村民开办农家乐，增加村民和村集体收入。

“为了给村民致富探路，村里以党支部为阵地，鼓励党员干部立足村情尝试发展新产业。”何述智说，“正是有了党员的先行先试，如同一粒粒火种，点燃了群众脱贫致富的激情”。

茭白是龙川村的特色农产品，但一直以来由于规模小、附加值低，发展得始终不温不火。

村“两委”一班人在外出考察取经的基础上，成立了茭白专业合作社，通过开展常态化专业培训、技术指导，引导农户发展茭白生产，让茭白产业逐渐成为该村的支柱产业。2013年底，龙川村农民人均收入突破万元。

路子越走越广。2014年，龙川村党支部通过整合资源引进白茶基地项目，建成万年山千亩白茶基地，以村集体经济入股的形式每年可稳定获取分红收益。

项目越来越多。2016年，搭乘旌德县“抓股改、促三变”的东风，村里成立了旌德县创新农业发展有限公司，下设大梁花卉种植专业合作社和三都畜禽养殖专业合作社，通过开发岩山、永丰山场以及出租老村委会大楼等方式，先后引进白茶深加工等项目，让村集体经济有了“源头活水”。

尤其是近两年，龙川村积极整合当地红色资源，打造精品红色旅游线路，让火种绽放出新的光华。

“通过发展旅游，集聚了更多人气，也为贫困户提供了更多就业岗位，实现了村集体经济与贫困户收入‘双增收’。”潘立新介绍，2020年，村集体经济收入达46.64万元。

航拍龙川　戴巍　摄

◆ 民心聚起来　乡风好起来

班子强起来，民心聚起来，乡风好起来。

2019年，龙川村持续深化党建引领，探索建立“1+6+N”模式，着力打造“红色龙川”党建品牌，充分激发群众参与基层社会治理的积极性，助力乡风文明建设。

何为“1+6+N”？潘立新介绍得详细。

“1”即龙川村党支部，“6”即6支红色队伍——红色应急突击队、红色乡贤理事队、红色党员志愿队、红色便民服务队、红色文化表演队、红色经典读书队，“N”即队伍的组成人员。

“6支队伍各有所长、互相配合，在安保维稳、志愿服务、精神文明建设等方面发挥了重要作用。”

2020年初，新冠肺炎疫情猝然来袭。龙川村党支部在全镇率先推行“书记上门制”，即遇到村民家中操办红白喜事，由网格负责人直接上报党支部书记，书记第一时间上门开展劝导工作，协调相关后续事宜，引导村民支持防控工作。

作为红色应急突击队队长，潘立新和队员们在走访中了解到“张玖灵户正月初五要举办喜宴”。为避免因人员聚集增加交叉感染风险，他和队员们立刻赶到村民家中，对其家属动之以情、晓之以理，最终该户决定延期举办婚礼。

“突击队由退役军人、民兵、农村青壮年和义警等20余人组成，主要负责应急抢险工作，防汛防火、突发事件的应急处置等。”副队长、龙川村村主任宣早霞说。

红色乡贤理事队，是6支红色队伍中最活跃的一支，由村里退休干部、老党员、经济文化能人、创业致富能手组成。“我们充分发挥他们在村里威望高、善调解、懂法律、明乡情的优势，创新推出了‘乡贤调解’民调工作模式，按照规范的调解程序开展调解工作，化解农村矛盾纠纷。”红色乡贤理事队队长朱天平介绍说。

6支队伍，各扬所长。在党史学习教育中，红色经典读书队伍每月开展红色读书会，邀请党史专家、老革命后代为游客讲解发生在龙川村的革命故事，推介红色文化。

眼下，正是龙川村人气最旺的时节，漫山遍野的映山红，映红了龙川，映照着乡村振兴的新画卷……

红史一页

银像传奇

这是一尊高二十厘米左右的银质半身像：宽大的额头，布满思索的皱纹，浓密的眉毛下，一双大眼透出深邃的目光，连鬓的络腮胡须，垂落到胸际。

马克思银像　戴巍　摄

谁都认识他，全世界无产阶级和劳动人民的伟大导师——卡尔·马克思。

可有多少人知道，这尊珍藏在旌德县档案馆的马克思银像，乃是在中国出现的第一尊、目前所知的全国唯一一尊！

“它的内壁铸有俄文书写体‘第六号，莫斯科制造’。”旌德县党史和地方志研究室工作人员介绍，20世纪初，它从遥远的异国辗转来到中国，给予中国共产党人以真理、信念和前进的力量，并历经波折在皖南偏远山村传承下来。

从《旌德党史资料汇编》等资料中，可以寻到这尊银像的来历。1921年5月，任弼时、萧劲光等赴共产国际创办的莫斯科东方劳动者共产主义大学（简称“东方大学”）学习。

在东方大学学习班，各国青年学员都对马克思敬仰有加，很想找到马克思的肖像带回国内。共产国际采纳学员意见，设计铸造了10尊马克思半身像，并将“第六号”赠予中国。1924年，萧劲光带着这尊珍贵的银像回国。

马克思银像为何会来到旌德？这与旌德革命史上的早期马克思主义传播

者梅大栋有关。

在旌德县版书乡龙川村梅家组村，梅大栋的侄孙梅春平介绍，梅大栋1901年出生在旌德三都梅村，1924年加入中国共产党后，任安源路矿工人俱乐部的秘书。彼时，刘少奇担任安源路矿工人俱乐部总主任。萧劲光回国后，把银像交给了刘少奇。

“刘少奇让梅大栋负责保管银像。”旌德县委党史和地方志研究室主任徐继霞介绍，1925年9月，安源党组织遭到反动军阀的破坏，为保存革命力量，人员被迫疏散。梅大栋离开安源之前，刘少奇郑重地嘱咐他，希望他把银像安全带回皖南，继续开展革命活动。

于是，梅大栋乔装成矿工，把银像裹在衣服里，藏在背篓底下，趁乱逃出安源。一路上，他机智地躲过敌人的多次盘查，翻山越岭，日夜兼程，终于在1925年10月，将银像带回自己的家乡旌德三都梅村。

回到旌德后，梅大栋没有辜负党组织的期望。他与中共党员曹宣天创办了一所农民夜校——旌德三都农民补习学校，并建立了皖南中国共产党的支部——中共旌德三都农民补习学校支部。

“他向一些进步青年展示马克思银像，郑重地指出：马克思是革命先导，是他提出了共产主义的崇高理想，为人类翻身解放指明了方向。”梅春平告诉我们，当年梅大栋发展的新党员，就是站在这尊马克思银像前入党宣誓的。

1928年，反动县政权大肆搜捕共产党人和进步青年，党组织被严重破坏，梅大栋和胞弟梅大梁被捕。梅大栋逃脱后在上海继续开展革命活动，而梅大梁惨遭杀害。反动当局查封了他家的房屋，家人被迫搬到柴棚居住，处境十分险恶。

“多亏了我勇敢的姨婆，这银像才得以传承。”梅春平说，梅大栋的母亲宋坤荣平时深受儿子言行影响，深知这尊银像的重要。她将银像用纸包起来，又裹上几层布，埋在了柴棚的地下，上面堆上瓦砾、木板和稻草。历经几次抄家，都没有被发现，这尊银像就这样保存了下来。

梅母去世后，保护银像的任务落在了梅大栋后代的身上。直到新中国成立后，1959年，梅大栋的儿子梅本华将银像交给了旌德县人民政府。历经梅家三代人的保护，银像终于重现于世。

这尊马克思银像，现珍藏在旌德县档案馆。2010年，经过专家评审，被确定为国家一级文物。

这尊银像，见证了皖南革命发展的星火燎原，也书写了安徽党史重要的一笔。

注：本专题内容依据旌德县档案馆资料整理。

（“火种”报道组：顾维林 张玉荣 刘 畅 戴 巍）

一个时代有一个时代的问题，一代人有一代人的使命。

——习近平

旌德 江村

弦歌

XIANGE

红村档案

昔日江村，是“皖南版西南联大”——宁属六县联立中学的诞生地、江上青烈士祖居地，也是中共旌泾太中心县委机关旧址所在地，涌现出数学家江泽涵等著名人物。

今日江村，是爱国主义教育基地，先后被评为“国家AAAA级旅游景区”“全国重点文物保护单位”“国家红色经典旅游景区”“中国历史文化名村”。

题记

旌德县白地镇江村，是“红村记”主题采访的第二站。

千年江村，源远流长，更有深厚的红色土壤。

这里是江上青烈士祖居地，也是中共旌泾太中心县委机关旧址所在地，涌现出江福喜、江金根父子烈士的英勇事迹，还曾是抗战烽火中，被誉为“皖南版西南联大”的宁属六县联立中学校址。

今天，走进江村，在溥公祠的立本堂里，那一口旧钟仍在，那一曲弦歌不绝——

宣州沦陷寇氛张，校址远徙旌西乡，四山环绕好风光，弦歌不辍武威扬……

伴着依然清脆的钟声，寻访尘封许久的联中往事，那是“抗战数年、育才八千”的耕耘，那是“教育救国、薪火相传”的坚守，那是“誓灭顽敌驱豺狼”的激昂斗志，那是“千秋万岁中华长”的家国情怀！

小巷深深，在江村的时光里，我们感受历史的变迁。

青石路长，在不绝的弦歌中，我们感知时代的芳华。

这是脱贫出列的江村，扶贫工作队兑现“三年之诺”，实现一年变大样、三年大变样……

这是焕然一新的江村，爱国主义教育基地、中国历史文化名村、国家红色经典旅游景区……

这是有底蕴有颜值有魅力的江村，村容美了，名气大了，民宿火了，人气旺了……

一个时代有一个时代的问题，一代人有一代人的使命。昨日的江村，抗日烽烟中弦歌不绝；今日的江村，乡村振兴中战歌嘹亮。

烽烟中的弦歌

——宁属六县联立中学往事

“当当当……”初夏的微风里，旌德县白地镇江村的江丕俄老人再次敲响这口老钟，讲述曾经发生在宁属六县联立中学（以下简称“联中”）的故事。

抗战数年，育才八千，这所迁至江村的联中，在艰难困苦的环境中培养了8000余名学子，成为当时省内规模最大的一所中学。

伴着钟声，一首悠扬的弦歌渐渐响起……

◆ 迁校江村

江村，青砖黛瓦、茂林修竹，村里祠堂、庙宇、古民居等保存完好。

“现存的祠堂，就是当年联中老师和学生上课的地方。”江丕俄老人今年88岁，虽是年代久远的往事，但仍清晰地刻在他的记忆里。

宁属六县联立中学迁到江村后，村民们时常能看到师生上课、弦歌声声的景象。

相关资料介

宁属联立中学高中第五届毕业同学摄影(资料图片)

绍："宁属"系沿用旧称，自古江南宁国府治在宣城，辖宣城、南陵、泾县、太平、旌德、宁国六县，而联中是宁国府属下的六个县联合在宣城办的学校。

"宣州沦陷寇氛张，校址远徙旌西乡"。1937年，宣城遭到日军轰炸，师生疏散，学校停课。当年11月，宣城沦陷，校舍也被日寇所毁，所有教学设备荡然无存。为了保存教育的种子，让薪火相传，搬迁成为当时联中的唯一选择。

"面对民族危难，大家深知教育兴、则国家兴，教育不毁、则国不毁。"旌德县委党史和地方志研究室主任徐继霞介绍，当时的江村山水并秀、四山环抱，是躲避战乱相对安全、安静之所。村内祠堂、庙宇甚多，可以容纳四方学子，尤其这里还有旌德最大的图书馆——江村图书馆，藏书丰富。

当"迁校江村，联中开学"的消息传出去后，宣城的进步青年和学子怀着对祖国的爱、对民族的责任，冒着生命危险，穿越一道道火线来到江村，学习先进知识、思想、文化。

江上青烈士像　戴巍　摄

◆ 琅琅书声

艰难困苦，玉汝于成。“当时的联中，被称为一所飞机炸不倒、艰苦难不倒、弦歌声不息的学校。”徐继霞说，面对极度困难的外部环境，联中师生因陋就简，因地制宜，坚持从事教学与科研活动。

翻开联中1945届高中毕业校友王大泽的回忆录，把时光拉回那个硝烟弥漫但弦歌不绝的年代。“这里名师荟萃，首任教务主任江强世是安徽大学教育系高材生，还有在京、沪等地的教育精英江世禄、周源、江俊仙、陈希权等人，抗战爆发后，排除万难回到联中任教。”

让王大泽最为怀念的是英语老师苏博云，一位印尼华侨。教学课本由苏老师一笔一画写出来，教学时他废弃了沿用的韦氏音符，采用最为先进的国际音标，将纯正的英语读法传授给学生。讲课中还不断穿插海外的奇闻趣事，让学生们开阔视野。

烽火中的联中，教学管理模式先进。除开设语文、数学、外语、生物、物理、体育、音乐等多门学科外，还执行考试、升级、留级制度。学期结束后评定成绩，成绩优秀的免缴学费。

烽火中的联中，师生生活异常艰苦，住祠堂、睡通铺、饿肚子是常事。缺少教学器材，老师带着学生上山砍树，用木板做圆规、三角板；没有黑板，就借老乡的门板；缺少墨汁，用锅底灰、煤灰调成墨水。

在这样的坚持下，江村人才荟萃，朝歌暮弦，人文科学思想广泛传播，文化教育空前鼎盛。后来，苏、鄂、冀、粤、京等地的学生，也纷纷坐火车、乘轮船、搭马车、徒步来到江村求学。

村民江小成今年75岁，他从小就听父母经常提到联中教学的盛况。白天：山坡上、屋舍内读书声琅琅；晚上：蜡烛和小煤油灯彻夜通明，同学们学习孜孜不倦。

“看到学生们从四面八方来到村里学文化，开展爱国运动，也唤醒了群众的抗战激情。村里人也都主动为师生提供食宿，很多学生直接住在村民家。”

江小成说，后面随着学生越来越多，大伙便将所有祠堂、庙宇全部用于支持教育。

江小成的记忆从资料记载中得到了印证。据了解，联中迁校之初只有初中3个班，134个学生。到了1940年，已发展到17个班，829名学生。到了1942年，联中校舍遍及全村，村里的五分祠、韶公祠、汪氏宗祠、东岳观用作教室，六分祠、狮山庙等用作宿舍、音乐教室等，校舍共计30多幢，连起来共有1000米之长。体育场4处，面积10余亩。其间，在1939年和1941年，应宣城、泾县、宁国要求，联中还在这三地设立了分校。

当年联中使用的钟　戴巍　摄

联中由此闻名遐迩，被誉为“皖南版西南联大”，成为安徽省当时唯一拥有多处分校的中学。这些分校，也为各县以后创立县中奠定了基础。

◆ 壮怀激烈

3000个日夜的坚守，增强了学子们与国家同呼吸、与民族共命运的使命感。

正如《联中校歌》所唱：“四山环绕好风光，弦歌不辍武维扬……誓灭顽敌取豺狼，千秋万岁中华长！”

这是学堂里的弦歌，更是烽火中的战歌。

徐继霞介绍，当时联中的一大特色，是学术活动与革命活动紧密结合。展厅里，泛黄的《联众晨报》仿佛再现了当年的一幕：微弱的煤油灯旁，在老师的带领下，学生们挑灯办报，宣传中共抗日主张和各项方针政策。

“学生们下课后，经常自发到村头唱校歌，然后再发表演讲，讲日寇在中国犯下的种种滔天罪行，动员群众抗日。”江丕俄回忆这一幕，仍激动不已，学生们高昂的抗日热情，也让他的父母和乡亲们坚定了抗战的决心，看到了胜利的希望。

不仅如此，学校还组织师生开展形式多样的抗日救国活动。组建抗日宣传队，师生到附近村庄散发抗日传单，书写抗日标语。组织歌咏队、国乐队、西乐队、篮球足球队和话剧团、京剧团，在节假日演出抗日救国题材的文艺节目。此外，联中师生还募捐了不少衣物、药品，送给前方战士。

报道组与江丕俄老人合影　戴巍　摄

“当时的师生置个人安危于不顾，勇敢地走出校园、走上街头、深入农村，通过演讲、读报、演戏剧、发传单、贴墙报、夜呼等活动，宣传思想，教育群众，动员一切可以团结的力量共同抗日。”村民汪日贵指着一块农田说，这就是以前学生演讲、演戏的地方，他的长辈就是当时的围观群众之一。在师生们动员下，当地群众同仇敌忾，团结抗日，抵御外侮氛围高涨。

烽火中的历练，让青年学子快速成长。1941年，旌德县城的中东门桥等地遭到日机轰炸，为应对危急形势，学校建立了军训团。上级发给军训团步枪8支，子弹若干发，供学生打靶使用。每周两节军训课，学生一律穿黑色制服，打绑腿，束皮带。夜晚由教官召集紧急训练，激发学生的高度警惕性和抗战到底的决心。

“我们抗日的意志像钢铁、像烈火、像奔腾的长江。江村啊，您是读书的圣地，您是抗日洪流的后方，我们要以抗战的胜利为您增添伟大荣光。”这首由联中教师林中鸟创作的《歌颂江村》，一直在传唱。

联中办学八年间，8000学子怀揣报国之志，背负着坚定的革命信念从这里出发，南下北上，有的在正面战场奋勇杀敌，有的在后方传播抗日与革命火种，为夺取抗战的最后胜利，作出了历史贡献。

今天，烽火硝烟已散尽，而联中弦歌依然不绝，回荡在江村的山水间……

三年之诺

——江村脱贫记

青山如黛，碧水长流。

2021年“五一”假期，江村格外热闹。一波又一波游客纷至沓来，民宿、农庄人气十足……

曾几何时，拥有丰富生态和旅游资源的江村，还是一个环境差、经济薄弱的“贫困村”。2017年，扶贫工作队进驻江村，立下了“一年变大样、三年大变样”的“三年之诺”。

再看今朝，“三年之诺”已成现实，江村展露新颜、焕发光彩。

◆ 第一诺：青山绿水回来了

2017年4月28日，扶贫工作队队长赵学工带领工作队兴冲冲来江村报到。在他想象中，江村是4A级景区，一定是风光旖旎的好地方。

初来乍到，脏乱差的卫生环境就让赵队长大吃一惊。垃圾遍地，游客寥寥，作为景区却连个像样的停车场都没有……名声在外的江村，已在发展大潮中渐渐掉了队、落了伍，成了“贫困村”。扶贫工作队进村细细调研：“明明拥有丰富的自然资源和厚重的红色文化，江村不应该‘沉睡’。”

扶贫工作队联合村“两委”迅即召开村民大会，庄严作出承诺：“扶贫工作队要让村里一年变大样、三年大变样！我们江村一定会美起来、产业发展起来、大伙腰包鼓起来！”

承诺点燃了村民的期待。“谁都希望日子变好，但到底这句话是不是空头‘支票’，大家都在观望。”村民汪日贵回忆当时的情景。

江村驻村扶贫工作队队长赵学工　戴巍　摄

那时，大伙反映最多的，是环境卫生问题。工作队铆住重点，趁热打铁。

“我们找到了突破口，那就是从解决环境问题入手，推进美丽乡村建设。”赵学工说，解决群众反映多的热点难点问题，关键在于党建为引领，党员带头，党群共同参与。村里设置党员责任区，开启了“爱江村、讲奉献、党员在行动”活动，让党员们发挥模范作用，引领村民一起参与村庄治理。

村党总支书记王胜勇率先拆除了自家的违章建筑，打响党员干部带头拆违的“第一枪”。

“乱搭乱建在村里实在碍眼，我是党员，支持家乡发展我不能拖后腿。”随后，党员徐建、韦秋来、江峰等40多位党员都主动拆除自家违建。为确保拆违工作顺利推进，这些党员还动员自己的直系亲属，率先拆除危旧房、违章房。

村民看在眼里，开始落实在行动上。

渐渐地，党员们带领着群众，组成了志愿服务队，村里刮起了一场“美丽风暴”，每天都有村民自发打捞河里的白色垃圾、清除小溪里的障碍物。

人心齐，泰山移。

借助美丽乡村建设东风，江村整合各方资金，同时推进村庄沟渠清淤、村路硬化、拆破改旧、徽派院墙修建等工作。完成了12条道路建设，实现了到组路硬化全覆盖，建成文化广场、农家书屋、卫生室等公共场所。

“美丽乡村建设中，还有不少村民主动投工投劳，帮助清理沟边、加固路肩。”王胜勇高兴地说，正是全村齐心协力，江村仅用了一年时间，露天厕所、垃圾山就全没了。

人不负青山，青山定不负人。

河流清澈见底，两岸绿树成荫，处处鸟语花香，江南韵味十足，江村一跃成为我市第二届十大美丽乡村之一。就像扶贫工作队承诺的一样，一年江村变了大样。

◆ 第二诺：美丽产业火起来

美丽乡村不仅要有“颜值”，关键是产业增“内涵”。

“我们一没技术，二没资金，能发展啥产业？即便有了收成，又卖给谁？”面对群众的困惑，扶贫工作队深知只有找对符合村情实际的发展路子，才会让大家安下心、有信心。

“绿水青山就是金山银山。打好旅游牌，是江村打个漂亮‘翻身仗’的关键。”赵学工说，为了调动大家积极性，村里决定收购村民手中的闲置民房，租赁给投资者，引导村民以土地、民房等形式入股发展民宿旅游。

村民变“股民”，每年享受分红“红包”，大家树立了“主人翁”意识参与村里经济建设。目前该村已经有53栋民房被收购。

泥墙瓦舍，青石板、鹅卵石路面，在曲曲折折的小巷深处，一座古朴的

航拍江村 江建兴 摄

高端民宿“坐忘·江村”映入眼前。“浓浓老家的味道，在这里居住旅游，仿佛忘记了时间。”5月2日，入住的上海游客蒋友晨是第二次来江村，这回要住上4天，充分感受慢生活。

“这就是我们收购的民房，然后发包给马来西亚华侨改造的！”赵学工指着“坐忘·江村”自豪地介绍，现在这座民宿不仅每年要给村集体固定租金，还直接解决了村民就业问题。

今年“五一”，村里的“青年旅社”生意很旺，“旅社”原先是村里一处“粮站”，发包给北京投资商改造后，既有标准间，也有大通铺。便宜的价格，让北京的20多位大学生特意来此度假、写生。“吃农家饭、住青旅，在这里随时随地都能现场素描，还能在旅社门口下河摸鱼，我喜欢这个和城里不一样的‘家’。”大学生段诗雯对“青旅”的环境十分认可。

为了让民宿叫好又卖座，村里要求民宿实现特色化、差异化。比如青年旅社，主要针对年轻群体，挖掘了江村人江冬秀和胡适的爱情故事，以后还将主打“爱情”主题。“坐忘·江村”面对工作后的成年人群体，主打“返璞归真、清心静养”主题。

“想不到我种的菜、养的鸡都能成为抢手货。”脱贫户项土兴每天把果蔬直接送往民宿，味美的“土菜”受到游客的欢迎，他也依靠民宿每个月获得稳定收入。

像项土兴一样，一个个精致民宿，在促进当地经济发展的同时，还让村民种植的农副产品变成旅游商品，解决了村民农产品销售方面的后顾之忧……江村的“美丽产业”渐渐火起来了。

◆ 第三诺：乡村振兴再提速

有了人气，江村“苏醒”了。

早先在大城市发展的年轻人，又回来了。“90后”江琦就是其中之一。“家门口就业，收入比城里还要多，干吗不回来呢？”江琦是“江村民宿”的老板，这个民宿共有10间客房，能容纳百人的旅游团同时吃上可口的农家饭。

开业一年，他一盘账，营业额达到80万元！

不用多动员，村民们自发将村里的公共空间美化、亮化，为游客居住提供一条龙服务。

江村聚秀湖

“5分钟换好一套床件，还能把毛巾、浴巾叠成栩栩如生的天鹅、大象等造型。原先在外地工作的我，现在回到江村成了一位民宿管家。”李琳说，村民们吃上了“旅游饭”，旅游旺季游客络绎不绝，不管是农家乐还是民宿一房难求，村里确实“大变样”。

不过，扶贫工作队远不满足于此，还要“憋个大招”。

“眼下脱贫攻坚获得全胜，村里的后续发展怎么办？”赵学工说，为了实现生态美、百姓富的乡村振兴目标，村里邀请上海专家编制设计《宣城市旌德县江村乡村振兴产业发展规划》，“文旅+农旅”相结合的道路，打造“文化江村·多彩田园”，扩大富民“版图”。

多彩田园绘出了美丽未来——江村不仅做强文化旅游民宿产业，而且要打造休闲农业、体验式康养和节庆活动等产业。

目前，小黄牛养殖基地、灵芝等中药材种植基地和塔下花卉观光采摘园三大产业区域已经初步形成。“不管是看小黄牛养殖、买黄牛肉，还是‘打卡’花海、采摘灵芝，在江村都能统统‘搞定’，一家人来玩上两三天都不够！”赵学工对未来信心满满。

眼下，以赵学工为组长的第七批扶贫工作队即将离开。扶贫工作队的承诺一一兑现：全村脱贫摘帽贫困户稳定脱贫，人均纯收入由最初的不到4000元增长到1.6万元，去年底江村集体经济达到36万元，今年“五一”假期接待游客近万人次……

放眼望去，江村振兴的新画卷正在展开……

英烈父子

江村英雄辈出。

江福喜和儿子江金根是江村的一对父子烈士，他们的故事在弦歌声声的江村口口相传。

“这辈子最大的遗憾就是没有见过祖父和父亲，他们也没能留下一张照片。”今年81岁的江小海是江福喜的孙子，也是江金根的遗腹子。老人说，家里仅有的一张《革命烈士证明书》是父亲“留”下的唯一一个物件。

聊起祖辈和父辈的故事，老人打开了记忆的闸门，娓娓道出了那段红色往事。

出生于1890年的江福喜是土生土长的江村人。1929年39岁的他光荣地加入中国共产党，从此积极投身革命活动，成为党员骨干。1932年3月，中共旌德县委在江村秘密建立，江福喜当上了县委委员。旌德县苏维埃政府成立后，江福喜也是其中的一名成员。后来，江福喜又成为江村团组织的负责人，带领农村青年参加革命活动。

也是在那个时候，江福喜的儿子江金根受父亲的影响也参加了革命活动。当时的江金根还是个十来岁的小小少年。

在那个风雨如磐的年代，参加革命就意味着奉献、牺牲。1934年3月初的一个晚

江小海老人展示《革命烈士证明书》 朱 勤 摄

上，叛徒程天星带领国民党县自卫队进入江村开展清剿，包围了江福喜的房子，时任江村党支部书记的江福喜因事外出躲过了一劫。得知家中遭劫，江福喜趁着黑夜赶到了绩溪县的岳父家，后又转移到了合肥舅舅家隐蔽。盛夏7月，离家4个多月的江福喜回到了家乡，正当他觉得一切如常时，旌德县调查室上门逮捕关押了他，紧接着对他进行了残酷的刑讯逼供，坚贞不屈的江福喜始终没有吐露半个字。后来他被保释出狱。

1938年秋，新四军军部移驻泾县云岭后，旌德特支与军部接上关系后，旌德党组织开始恢复活动，并选派青年去军部教导队受训。江福喜和儿子江金根等人一同被派往泾县茂林受训。年底，学习正式结束，父子俩回到了家乡，继续开展抗日救亡活动。

1941年1月，震惊中外的皖南事变发生，国民党反动派大肆搜捕共产党人。1月21日夜晚，国民党行动队长江端、叛徒程天星带领行动队，突然逮捕了江福喜、江金根父子俩。尽管国民党反动派用尽了各种酷刑，但父子俩始终没有暴露党的机密，维护了隐蔽在黄高峰的中心县委胡明等负责同志的安全，保存了党的力量。不久，江福喜父子俩被押往泾县。1941年3月5日，江福喜在泾县城外被敌人杀害，壮烈牺牲，时年51岁。

江金根被押回旌德，经具结保释回家，但他并没有逃出敌人的魔爪。

“1941年10月，特务头子江端又密告江金根、洪继根，说他们在山背后的社屋坑藏进了共产党。”江小海回忆说，当时国民党伪专员徐世良借到江村开会之机，突然将江金根和洪继根二人逮捕。10月22日，江金根在押往县城的途中石井岭头惨遭杀害，年仅22岁。

黄沙掩忠骨，英魂镇青山。如今，在白地镇江村上街96号仍然保留着江福喜一家三代的故居，江小海老人每隔一段时间都会过来看看，寻觅着祖父和父亲的生活印记，想象着未曾谋面的他们的模样……

注：本专题内容依据溥公祠资料整理。

（“弦歌”报道组：顾维林 张玉荣 刘 畅 戴 巍）

一寸山河一寸血，
一抔热土一抔魂。
——习近平

绩溪 家朋

浩气

HAOQI

红村档案

家朋村是中国人民志愿军特等功臣、一级战斗英雄、朝鲜民主主义人民共和国英雄许家朋烈士的家乡。原名磡头村，为纪念许家朋烈士改名为家朋村，村南社屋山的许家朋烈士陵园是安徽省国防教育基地、省级重点烈士纪念建筑物保护单位、宣城市爱国主义教育基地。

今日家朋，是“安徽省历史文化名村”“安徽省摄影家协会创作基地”，获得“宣城市美好乡村示范村”“宣城市文明村”等称号。

题记

家朋，一个山村的名字，一位英雄的名字。

70年前，在炮火纷飞的朝鲜战场，一名从这里走出的年轻志愿军战士，用胸膛堵住敌人的枪口，以生命打开胜利的通道，壮烈地成为黄继光式的战斗英雄。

他，就是许家朋烈士。

家乡，因他平添壮美的红色；家朋，以烈士命名以志永远的怀念。

英雄不朽，浩气长存。

在这里，我们再一次追思英雄的点点滴滴，又一次接受心灵的洗礼，深深领悟伟大的抗美援朝精神。

我们一遍遍聆听讲述，一次次查阅资料，想更近一些知道，面对喷吐的火舌，年仅21岁的战士奋身一扑的动力，来自何处?

我们一次次走访，一次次探寻，更加真切地感到，英雄浩气代代相传，已融会在这片他挚爱的山水里。

追思红色过往，是为开创更加美好的未来。

如烈士所愿，他舍身护卫的家国已然沧桑巨变。

在诞生英雄花的地方，如今正盛开着幸福花——远近闻名的家朋油菜花，已是英雄故里又一个美丽的标签。

故乡黄花分外香。明媚灿烂的油菜花，带火了乡村旅游，吸引着八方来客。朴实而勤劳的村邻，正用这朵花酿造着越来越美好的生活。

社屋山巅，许家朋烈士纪念碑是那样巍峨；家朋村里，安宁幸福的日子是那样甜蜜……

忆往昔

浩气长存桑梓地

——追记中国人民志愿军特等功臣许家朋烈士

绩溪县家朋乡家朋村，一个以英雄命名的红色村庄，许家朋烈士纪念碑在社屋山之巅，肃然矗立。

70年前的这个时节，许家朋离开家乡，光荣入伍，踏上保家卫国的征途。

70年后的今天，我们来到英雄故里，追寻这位年仅21岁的烈士之光辉足迹。

◆ 自古英雄出少年

家朋村，原名磡头村，是山里的一个古村。

涧溪河穿村而过，穿过水街，流过岁月沧桑。

许家朋，就出生在这里。

1932—1953年，英雄已离去近70年了，但英雄的故事在故乡久久流传，直到今天也不曾褪色。

1932年9月8日，许家朋出生于一个贫苦的农民家庭。“他家无田无地，仅靠父母在山上开荒种植玉米为生，家里日子真的很苦。”提起许家朋小时候的家境，村里上了年纪的老人都这样说。

作为家中长子，像很多农家孩子一样，许家朋小小年纪就帮着父母种地干活，朴实勤快，但他身上也有与众不同之处，那就是勇敢和机灵。

在许家朋烈士陵园，一把木制手枪、一双当民兵时穿过的草鞋，静静地摆放在陈列柜里，无声地诉说着曾经的故事。

家朋村这一带，在革命斗争年代，也是一方红色土地，为皖南游击队的

磡头水街　唐祖怀　摄

活动区域。

许家朋从小耳濡目染，心中播下了红色种子。12岁时，他就当上了游击队交通员。有一次，他与游击队员一道，乔装成赶集卖柴的人，前去当时的宁国县金沙保，摸清了伪军据点的情况，为游击队全歼金沙保伪军立了功。

当民兵时，他主动请战，带领4位民兵，冒着大雨，连夜翻山越岭20多里路，将一名畏罪潜逃的反革命分子抓获。

1951年5月，在翻身解放的欢歌声中，19岁的他戴着大红花，告别亲人和家乡，光荣地加入了中国人民解放军。

纪念馆里有一张他的照片，头戴军帽，微笑地望着前方，稚气未脱的脸庞，是青春正好的年纪。

这张照片是刚参军时，为制作军人证拍摄的，也是烈士存世的唯一一张照片。

◆ 为有牺牲多壮志

入伍后，许家朋最先被分配到皖南警卫部队。1951年7月，他加入中国人民志愿军，跨过鸭绿江，奔赴炮火连天的抗美援朝前线。

在朝鲜战场上，许家朋一直苦练作战本领。为练好刺杀，在十分寒冷的11月，他经常晚上脱掉棉衣苦练至满头大汗。清晨当战友们还在熟睡时，他便起床在寒风大雪中，反复练习投手榴弹。良好的军事技能，让他如愿调入了突击排。

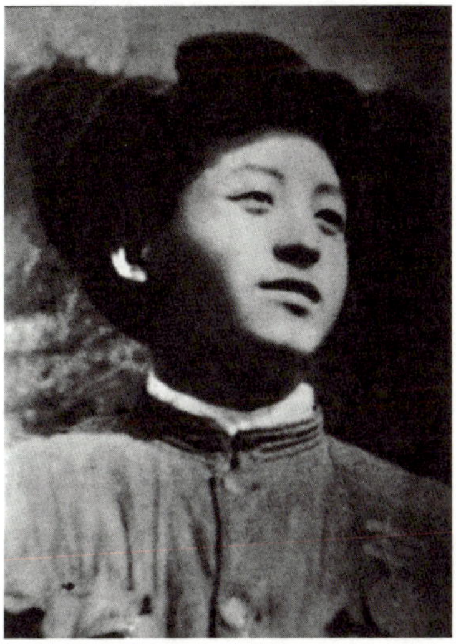
许家朋烈士(资料图片)

1953年7月，中国人民志愿军发动的夏季反击第三次进攻开始，许家朋所在的部队受命对美军据守的石砚洞北山进行反击作战。

作战任务下达后，许家朋第一个向团支部交了决心书：“我要向黄继光英雄学习，有信心、有决心完成任务，攻击中保证英勇顽强……”

7月6日晚，石砚洞北山战斗打响！许家朋所在突击排，担负着以最快速度插上主峰，为后续部队开辟道路的重任。

一阵猛烈的炮火攻击后，突击排连续突破敌人三道铁丝网，飞似的向上挺进。当接近主峰时，正上方敌人暗堡内的火力点复活了，一挺机枪不停地吐着火舌，压制了突击排和后续部队的前进。

战友孙伦球去实施爆破，刚跨出几步，便被机枪打倒了。

此时，许家朋正伏在距离暗堡二十米的山坡上，在这节骨眼上，他顾不上多想，一跃而起，从战友手中取过炸药包，冒着密集的弹雨直扑敌人暗堡。

“十米、九米、八米……”前进中许家朋双腿被炸伤，他忍着伤痛，顽强地爬抵暗堡，拉响了导火线。由于炸药包被雨淋湿，爆破未能成功。

时间一分一秒过去，战士们被重机枪火力压制，情况紧急。千钧一发之际，许家朋奋力支撑起受伤的腿，挺身扑向暗堡射击孔。

这是他留在战友眼中的最后身影——瘦小而坚毅的他，上半身钻进射击孔，双手死死抓住敌人的机枪架，直接以自己的胸膛，挡住了敌人的机枪……敌人的机枪哑了，突击排和后续部队踏着他开辟的道路，攻占了北山主峰。

21岁的战士，用热血践行决心书，用生命打开胜利通道，用壮烈的行动履行誓言，做一名黄继光式的战斗英雄！

今天，在纪念馆里，一幅油画定格了这伟大的瞬间。画中的许家朋怒目圆睁，抱着炸药包无畏地扑向敌人喷着火舌的枪口。据介绍，这幅画是一名记者在报道英雄事迹时，在战场上绘制的。

英雄壮举，气壮山河。

中国人民志愿军领导机关给许家朋追记特等功，追授“一级战斗英雄”称号；朝鲜民主主义人民共和国授予许家朋“朝鲜民主主义人民共和国英雄”称号和一级国旗勋章、金星奖章。

◆ 青山有幸埋忠骨

那一年，许家朋英勇牺牲的事迹，连同鲜血浸染的军衣，传回了家乡。

涧溪河畔，泪雨纷飞。父老乡亲痛惜英雄的离去，自豪英雄的壮举。

1954年2月14日，绩溪县举行了许家朋革命烈士公祭大会，家乡人民以最高规格缅怀他，以最深的感情纪念他。

1955年冬，磡头乡磡头村成立了以许家朋英名命名的农业生产合作社。1957年，经省人民政府批准，“磡头乡”更名为“家朋乡”，“磡头村”更名为“家朋村”，学校更名为“家朋学校”。

1973年7月6日，绩溪县修建占地9876平方米的许家朋烈士陵园，以志永远深切的怀念。

陵园里，许家朋烈士纪念碑建在社屋山顶上。纪念碑高14米，全用花岗岩砌成，正面镌刻着“英雄许家朋永垂不朽”九个大字，背面刻有“中国人民志愿军特等功臣、一级英雄、朝鲜民主主义人民共和国英雄许家朋烈士纪念碑”字样。

纪念碑的设计者许传成，是他儿时的伙伴，今年已83岁了。

许老说，社屋山是许家朋年少时劳作和嬉戏的地方，留下过他的足迹。碑上的花纹，寓意浩气长存；围栏呈长城城垛状，寓意保家卫国；宝瓶和星星，象征着英雄永在。

英雄魂归故里，与青翠的松柏相伴，守护着这片他挚爱的土地。

许家朋烈士纪念碑　叶竞文　摄

这里，已是人们追思英雄、接受红色教育的重要场所。绩溪县党史地方志室副主任邵本武介绍，20世纪70年代，他还在伏岭学校读书时，每年清明节，学校都会组织同学们步行到许家朋烈士陵园举行祭扫活动。从伏岭到家朋有近40里的山路，邵本武和同学们早晨带着干粮从学校出发，扫墓后吃完午饭再返回学校。“那时候许家朋的父母还健在，老人会跟我们讲许家朋小时候的故事。许家朋的英雄事迹从那时起，就深深地烙在了我们心里。”

鲜花祭英雄，长歌颂英杰。每年的清明节和烈士纪念日，绩溪县委县政府都在这里隆重举行烈士公祭活动，人们怀着崇敬的心情，瞻仰许家朋烈士纪念碑，祭拜英烈，追思缅怀。

在社屋山脚下不远处，坐落着一座美丽的乡村学校，这就是家朋学校。

就像学校的名字一样，家乡的英雄许家朋，是这所学校永远的精神坐标。

学校编纂了以许家朋等英雄为内容的教材，让孩子们读着家乡的英雄故事长大。校内专门建有许家朋烈士展览馆，教学楼里“花海家朋 英雄故里”红色大字格外醒目。“我们要用好家乡的红色资源，在孩子们心中扬英雄精神、养浩然之气。”校长程文格说。

在山顶许家朋烈士陵园，时常清楚地传来山下家朋学校的琅琅书声。

碑园穆穆，书声琅琅，这是最好的慰藉，这是最好的传承。

家美朋自来

从历史中走来，它是英雄故里，烈士许家朋的事迹吸引无数人前去瞻仰，汲取红色力量；

从画中走来，它是“徽州古村落的明珠”，令无数人倾慕，前来邂逅千年旧时光。

今年的“五一”小长假，绩溪家朋游客数再度刷新历史纪录，家朋村党支部书记唐德有用“人气火爆”来形容，“以前从没想过，我们小山村还能这么火”。

曾经“养在深闺人未识”，如今“络绎游人纷沓来”。今日家朋，红色基因铸魂，文旅融合聚力，绘就出一幅乡村美、人气旺、群众富、百姓乐的魅力新图景。

◆ 风景变“前景”

来自南京的摄影爱好者蒋伟民，是家朋村的常客。前年油菜花节时，他跟不少摄影爱好者一起来拍油菜花，出了不少好片。“与家人一道来这里逛逛水街、品品徽菜，感觉挺好，带孩子瞻仰许家朋烈士陵园，接受爱国主义教育。”

他的镜头里，装着如今的家朋风光：远山如屏云雾缭绕，花海梯田层层叠叠，点点村落山环水抱隐逸其中，恍若世外桃源；家朋村中，云川溪穿村而过、蜿蜒曲折，粉墙黛瓦鳞次栉比，小桥流水、亭台巷弄、宗祠牌坊，徽州古韵浓郁。蒋伟民感叹道：“就像大家说的一样，处处是景、步步入画，人在景中、景在画里。”

然而，十多年前，家朋村不是这样美。

唐德有回忆道，以前当地人多种植水稻、玉米。在他们看来，家朋村没有沃野良田千顷，有的只是山坡瘦地，人均五分；没有村中大道，有的只是一条落差30米的穿村涧溪，而且经常闹洪灾。村边寿山屏、阳和屏、平顶山屏三屏鼎立，村外饭甑尖、黄茅尖、门前岩等六山环峙，带来的只有难以耕种的困境。田间劳作既辛苦，还没有什么收益，大部分人选择外出务工。

2005年，一张照片带来转机——摄影家严厚康在家朋乡梅干岭油菜花梯田拍摄的作品《皖南人家》获联合国人居环境摄影图片一等奖，油菜花梯田瞬间火“出圈”。2007年，绩溪县借势举办首届油菜花节，打造品牌放大效应。

以节为媒，在大山深处隐藏千年的“明珠”绽放光华，吸引了山外的目光。一辆辆旅游大巴开进家朋，来自全国各地的摄影爱好者纷至沓来，唤醒了整个村庄。

人来了，问题也随之而来——基础设施太差，吃住行都成了“老大难”，村里留不住客。

“那时候街上一家农家乐都没有，摄影爱好者早上来拍照，晚上还要回县城，另外饭店少、停车难，游客体验不好。”据家朋乡党委委员、组织委员洪丽红介绍，从问题入手，乡村两级通过“宣传引导+政府补贴”，鼓励农户规范发展农家乐、开办民宿，丰富商业业态。几年中，村口建起大型停车场、旅游公厕，平顶山上修建观景平台，新修了通往烈士陵园的道路，村边道路硬化、绿化陆续实施，小山村变得更“可亲可近”。

清牛粪、清理乱堆乱放、挨家挨户上门宣传……环境整治之后，村子换上了新貌。

◆ “土味”变品位

乡村旅游体量小，无法做到大而全，从自身最突出的优势出发，找准定位才能做出特色，培育核心竞争力。洪丽红是联系家朋村的乡干部，她说，家朋村的这份优势，就是丰厚的历史底蕴和文化资源。

据《磡头志》记载，家朋村因“村中有溪流穿过”，古名“涧洲”，又因“依山筑舍，就水建房，石阶奇多”，所以又曾叫“磡头”。

磡头水街始建于明代洪武二年（1369年），至今近700年，是典型的徽州古村街道。

水街两侧文物甚多，据称有24条古巷、10座古桥、2座古祠、4座古坊、1座古楼。现存古民居大多建于明清时期，许氏宗祠、听泉楼、节妇坊、节孝坊等遗迹古貌犹存。随便走进一条古巷，便都是历史。

磡头水街被誉为“中国古民居、古村落的主体教材”“徽州古村落的一颗明珠”。1989年，被安徽省政府公布为第一批“历史文化保护区”。

“做好文旅融合文章，当务之急，是保护好古村落古建筑。”据介绍，从保护入手，早在2009年前后，乡村两级便采取了一些措施，比如水街老屋不能随意拆除，不允许私自新建，构件不允许破坏和售卖，必须“修旧如旧、能保尽保”。

家朋村还实施了磡头明清徽文化一条街复原工程，陆续开展了许氏宗祠

家朋春色　唐祖怀　摄

修缮、节妇坊扶正、水街石栏杆恢复、云川河道整治、水街改徽等项目，一步步恢复磡头古村落风貌。去年，家朋村又投入40多万元，重建恢复了被1991年大水冲垮的时润牌坊，圆了村民们多年的心愿。

挖掘本地文化，乡贤是重要智库资源。《磡头志》编纂者许传成更是“活”的村志。为重现坎头古风貌，家朋积极发动乡贤叶高悦、许传成等人，通过大量翻阅历史资料、与其他年长者一起追寻记忆里的磡头，对许氏宗祠、节妇坊、英雄桥、神童巷等地名来历、地名故事、地名传说，进行了深度挖掘整理。家朋村也在此基础上，探索地名文化成果运用。

值得一提的是，借一年一度的油菜花节，磡头老鼓、跳青狮、舞龙、放飏灯、徽州婚嫁等家朋传统民俗，也都得以一一展现在世人面前，重获新生。

如今，家朋村将结合摄影小镇的打造，通过省传统古村落保护工程、省历史文化名村项目，对水街进行全面保护开发。唐德有表示：“希望通过历史文化的挖掘，传统民俗的重现，进一步丰富乡村旅游的内涵，讲好徽文化故事，让我们家朋村走得更好更远。”

◆ 人气变“财气”

“五一”小长假结束，“姚阿姨客栈”老板许利终于舒了口气——节日期间，家朋村一床难求，他家客栈更是人气爆棚，许利忙到脚不沾地。

许利是家朋本地人，今年51岁。厨师出身的他，1985年起经营家朋第一家饭店——润滨饭店。2015年，看到家朋乡村旅游火热的景象，许利果断投资160余万元，将小饭店改扩建成上下五层、设26个标准客房、床位达60张、同时可容纳300人就餐的农家乐。

这一决定很快就被印证是正确的。接下来几年中，每到三、四月份举办“油菜花节”活动，客栈都爆满。每年接待游客8000余人次，光游客住宿、就餐，就能给他带来近30万元收入。

2015年，姚阿姨客栈获评省三星级农家乐。如今，许利的事业已由“90后”的儿子接手。在他的线上推介下，客栈成为8264户外论坛接待点，与南

报道组在家朋村采访　顾维林　摄

京、丹阳、上海、青岛等地户外俱乐部、自驾户外交友群达成长期固定合作关系，在户外旅行圈打开了知名度。

距姚阿姨客栈不远的红红面馆，也刚经历了一场战斗似的忙碌。

红红面馆主打绩溪特产美食挞馃。老板娘谢祝红告诉记者，节日期间，店里每天要做上五六百个，即使多雇了2人帮忙，还是从早忙到晚。一番忙碌也赚了个盆满钵满，每天销售面条、挞馃，毛收入达5000多元。

谢祝红没给自己休息的时间，旺季之外，还在微信朋友圈里线上销售，每天都能收到来自周边苏浙沪，甚至福建、北京的订单。她笑着说，有一笔来自四川的订单她印象格外深刻，客人在来绩溪游玩时品尝过她家挞馃，回去后念念不忘，一口气下单150个，光邮费就要300多元。

生意越做越红火，谢祝红近日还申请了自己的品牌，希望进一步打开市场。她很期待："日子越过越好，对未来充满了信心。"

如今站在家朋村主干道，抬眼可见的都是各家客栈、农家乐招牌，全村农家乐数量达52家、床位数达千余张。乡村旅游也带动了当地山核桃、笋干等土特产的销售，家家户户吃上了"旅游饭"。

2016年，全国首个摄影小镇落户家朋乡。自2007年以来，家朋乡已连续举办十三届“中国·绩溪油菜花文化旅游节”。家朋乡村旅游内涵不断丰富，文化旅游、红色旅游比翼齐飞，季节性瓶颈逐步打破，已成为当地发展、农民增收的主要渠道。

“家”美“朋”自来。家朋村乡村旅游促振兴之路，正越走越宽。

水街修志人

家朋故事多，一如水街河水长。

家朋有故事的人更多，83 岁的乡贤许传成，就是其中一位。

他用十余年的时间，写出了上、中、下三册村史，并正式问世。

这个初夏的午后，走进洒满阳光、绿意盎然的庭院，在老式陈设的堂屋里，我们拜访了他。

许老是地道的家朋人。

家朋村原名磡头村，这里的人和事，他都熟悉。村里往昔岁月的一件件，老人历历在目，如数家珍。

为村写志，来自一件事的触动。1991 年，绩溪遭受的特大洪灾几乎冲掉了所有关于磡头的纸质材料，他坐不住了。“修志便于子孙后代寻根问祖，以期美德善行百世流芳，让‘明珠’更放异彩”的强烈愿望，促使他开始着手写村史。

许传成老人　余　庆　摄

说起来，许老本就是多才多艺的人，原是一名石匠，又喜欢写写画画，许家朋烈士纪念碑就是他设计并带人修建的。但写村史是一个浩大工程，要写清楚家朋村几百年的历史变迁，绝非易事。许老和在屯溪一中任教的儿子许晓骏一起，着手这项繁杂工程。

父子俩不辞辛苦，多方寻取第一手史料，克服资金不足、时间不充分等困难，利用节假日到处访问知情人士，稽核历史文献。除足迹布满本徽州地区外，志书后记里，记载着他们南下北上搜集考证的经历：往上海图书馆翻检谱牒，到南京图书馆摘抄诗文，赴宁波天一阁浏览方志，进省会申办书号、约写文章，上北京联系材料、请人校稿。除自置各种工具书外，陆续斥资2万余元购买有关乡邦的宗谱、方志、契约、碑版等文献史料近百种，以储备修志素材。

许传成负责找资料、档案、誊写，儿子许晓骏负责主笔。几度寒暑，数易其稿，《磡头志》上下两册先于1997年出版，成为绩溪县第一部村志。由于地名几经更替，中卷在前两卷的基础上，对自然地理资料和人文历史档案作了进一步的整理，也于2002年付梓。

翻开眼前的《磡头志》，字里行间，一幅幅百年古村的风物画卷徐徐铺展开来，许氏英烈的忠爱仁义跃然纸上；上溯至明清，下讫1997年，从徽州古村落的概述，到村景纪胜、人物赞传、家族谱系，再到地方经济、村区政治、教育文化、风土人情、宗脉探访，无不涵括其中。《磡头志》并没有因其内容丰富翔实而失去深度，作者对许多问题的分析深入细致、洞若观火。许老对这套书很自豪："看过的人都觉得把磡头的来龙去脉讲清楚了，我的任务算是完成了。"

"《磡头志》是我所见到的全国第一部如此包罗万象、如此详尽、如此详实又如此结构严谨、文字优美的村志。"著名美学家、中国作家协会会员郭因在作序中这样评价。

村志写完，许传成又有了新的追求，那就是把家朋的红色故事讲给更多人听……

注：本专题内容依据许家朋烈士纪念馆资料整理。

（"浩气"报道组：段北生　余 庆　谭艺莹　叶竞文）

唯有不忘初心，方可告慰历史、告慰先辈，方可赢得民心、赢得时代，方可善作善成、一往无前。

——习近平

绩溪 大障

丹心

DANXIN

红村档案

昔日大障，在新民主主义革命时期，是中共皖南地委胡明领导下的绩歙昌游击根据地。在九年游击战争中，大障先后有多人加入中国共产党。他们在艰苦的岁月里，筚路蓝缕，浴血奋战，为民族独立、人民解放作出了重要贡献，谱写下光辉的篇章。

今日大障，通过打赢脱贫攻坚战，面貌焕然一新，村出列、户脱贫，被评为“全省乡村旅游重点村”“市级美好乡村建设试点村”“县旅游村庄建设试点村”。

题记

来到大障村的时候，满山的红杜鹃正盛开。

那大片大片的红色，一如当年的游击队员为了崇高的革命事业洒下的热血那般浓烈、怀抱的丹心那样炽热。

一片丹心向阳开。在这个大山深处的红色村庄，有了最直观的呈现。

这里有绩歙昌游击队留下的一行行坚定足迹，有唐辉部队留下的红色传奇，有战地医院的遗存，有军民鱼水情深的佳话。大障山革命历史纪念馆里，“坚持皖南来斗争呀，艰苦奋斗不怕死，为的是人民求解放……”胡明同志作词的《坚持皖南斗争歌》，旋律犹在耳边回荡。

革命岁月，碧血丹心，日月可鉴。

新时代，初心不改，丹心犹在。

丹心从来系家园。我们记录下一位女扶贫队长的5年时光，记录下大障村脱贫攻坚的道阻且长，记录下这里日新月异的变化、群众心里的阳光。

在记叙中，我们深刻地感知，丹心即初心。前有革命先辈的无畏精神，为了人民求解放；后有扶贫工作队的砥砺前行，全面小康路上一个都不能少。唯有不忘初心，方可告慰历史、告慰先辈，方可赢得民心、赢得时代。

时光流转，时代变迁。大山深处，奋斗的精神在接续，共产党人的丹心在发扬光大……一如满山的红杜鹃，浓烈，炽热。

崇山峻岭映丹心

大障村，东起清凉峰，西连百丈岩，南接歙南乌田降，北靠江南第一关，平均海拔1000多米。村如其名，越过层层重峦叠嶂之后，才能到达。

这是一个大山深处密林环绕的村庄，也是留下赫赫有名的“老郭”司令传奇的地方，还是当年绩歙昌革命根据地中心地区。

在这个夏阳灿烂的时节，我们走进大障山，来到大障村，回顾那一段红旗漫卷、丹心闪耀的岁月……

◆ 星星之火

绩溪县伏岭镇大障村地处安徽、浙江两省，绩溪、歙县、临安三县（区）交界，这里群山环抱，山高沟深。当时，很多区域交界的山区，都是革命根据地，大障山里，也是星火燎原。

20世纪30年代初，大障便开始出现了革命活动。1931年，中共绩溪支部在伏岭镇成立，即决定以大障山区为中心开展党的工作。次年，数位大障村村民入党，这也是绩溪本地发展的第一批党员，到1934年，仅在大障村，就有20多人加入了中国共产党。

但不久之后，国民党反动派强化对皖南的控制，加紧了对中共组织的破坏。在极端艰苦的斗争环境中，白色恐怖笼罩绩溪，大障党组织遭到严重破坏，10余名党员被捕，革命处于低潮。

大障山百丈岩　余 庆　摄

大障山区的星星之火并未熄灭。

1935年，中共皖南特委短枪队一行10人，从歙县来到这里，先后在炮竹坑、半坞、天子墓等村活动，并在炮竹坑召开群众大会，宣传革命道理。1936年，红军游击队50余人从歙南进入大障山区，红军所到之处，打土豪、分田地，宣传动员群众，传播革命道理，在大障人民心中深深埋下革命的种子。

“进入1940年，大障的革命星星之火开始燃烧起来。”绩溪县党史地方志室副主任邵本武介绍。尤其是“皖南事变”之后，失散的新四军战士和中共地下党员，不断来到大障各村开展活动。

当年还不到10岁的邵名元，就见到了游击队。

今年已88岁的老人，听闻我们要来，花了几天时间，写下了关于大障村新四军游击队的回忆。他从口袋里掏出手写的四张信纸，郑重地摊放在桌子上——当年，他就是为游击队站岗、送信的儿童团员。

年幼的邵名元当时在天子墓自然村的汪顺栋老先生家里启蒙读书，亲眼

大障山革命历史纪念馆　顾维林　摄

看到有“裁缝”和“茶商”在老先生家里讲暗语、做手势，有时在桌子上划字作交流，其中化名“老周”“老马”和“老戴”的，给他留下了深刻的印象。

那一段时间，在大障的深山密林中，出没着数支游击队和武工队，唐辉所带领的游击队是其中的一支主干力量。

在邵名元和村里小伙伴的眼里，唐辉是传奇式的英雄人物。大约1945年，“老郭”的英名传到了大障山区，“老郭”就是唐辉化名。一个冬天的深夜，邵名元的家中长辈在厨房里谈心，他亲耳听到他们神秘兮兮地说，现在绩溪有“共产党”了，去年新四军在绩溪的“鸡公关”伏击了一支国民党运送武器弹药的车队，一枪未发，一滴血未流，夺取了枪支、子弹、手榴弹几十担，听说是“老郭”的部队干的。

那时邵名元不知道的是，“老郭”是真实的传奇。唐辉原是驻泾县云岭的新四军战士，在皖南事变中被捕，不久成功越狱，带着三个人、两支枪来到了绩溪，在大障山一带打游击。这支队伍最初只有四人，全部武器就是一支好的、一支坏的两把枪，故有“一支半枪闹革命”的传说。

在大障山和周边的崇山峻岭之中，“老郭”等各支游击队、武工队转战各地，队伍不断壮大，武装斗争风起云涌，革命烈火熊熊燃烧。

◆ 碧血丹心

今天的大障，呈现的是山青水绿、赏心悦目的景色。在革命战争年代，恰是偏远隐秘的深山老林，为游击战士提供了天然庇护。

第一次见到唐辉游击队的情景，邵名元后来最喜欢与人说起。1947年初夏的一天早晨，邵名元听到一位族中长辈在村里大声喊：“老郭的队伍来了，大家快起床……”他迫不及待地跑到村头，第一次见到“老郭”和游击队战士。

“老郭”，中等个子，长方形的脸，目光略显深邃，衣着与战士们一样。游击队员个个年轻精神，飒爽英姿，头戴浅黑色鸭舌帽，帽子前檐有两颗黑

青山环绕大障村　顾维林　摄

色小纽扣，脚穿对纽草鞋，腰间系着皮带，肩上从左向右斜肩着子弹袋，从右向左斜肩着干粮袋。

从四个人、一支半枪，几年转战之后，这时唐辉的队伍已经壮大到1000余人，成为皖南地区威名赫赫的人民武装力量。“这个时候，大障作为绩歙昌革命根据地，已经成为绩溪及周边一带的革命中心。”邵本武说。

大障山夏天凉快，适合部队休整和训练。1947、1948两年的夏天，“老郭”的部队都在大障。每天下午，“老郭”就带着战士到一个叫十亩坵的地方操练。训练项目有举枪瞄准、练刺杀、练地上滚打、练擒拿格斗，还有练登山竞技等项目。邵名元经常去看战士们训练，练兵的情景至今仍历历在目，记忆犹新。

在艰苦的斗争环境中，游击队英勇战斗，又聪明机智。游击队全部是在夜间出击行动，让当地基干民兵一起参加，民兵没有正规枪支，就拿着猎枪、土铳。来到敌占区，队伍浩浩荡荡，隐隐约约看着人人肩上都有枪，其实有些人肩上扛的是扁担。为了造成更大声势，部队都要到田畈地头站队报数，不但声音响，而且报数时，队伍从头报到尾，又从尾报到头，循环往复，反复报几遍，数据就很大了。

这很好地迷惑和震慑了敌人，经常游击队夜里经过后，次日老百姓就传话说，昨夜新四军有上千人路过这里，个个有枪，武装整齐……吓得敌人胆战心惊。

以大障为“大后方”，游击队主动向外出击，勇敢无畏地进行了大大小小多次战斗，歼灭敌人，壮大自己，巩固扩大红色地盘。

这年秋天，唐辉的部队经过休整训练后离开大障，准备攻打绩溪北部的敌人，在暂驻尚田村的时候，晚上敌人三个连几百人突然进村，夜幕下两军交战十分激烈，此战敌人被击死击伤上百人，我军仅伤亡十余人。

1948年初夏，唐辉派遣独立连攻打歙南一个乡公所，独立连径直冲到祠堂时，发现门哨在打瞌睡，战士们将其俘获并缴了枪，连长冲进去夺了一挺轻机枪，狠狠打击了刚从睡梦中惊醒的敌人，取得一场巧胜。

让邵名元印象最深的一次胜利，是1948年的端午节。那次，驻守现在荆州的敌军，慑于游击队的威势，主动投降。得知消息，白天邵名元和小伙伴一道，到河里捕了60多斤石斑鱼，送给游击队犒劳战士。傍晚，他们亲眼看到，游击队员和民兵挑了20余担武器弹药凯旋回来。这天晚上，军民一起观看文艺演出，欢天喜地通宵达旦。

另一次让邵名元难以忘记的战斗，是游击队副司令陈灿的牺牲。1948年末的一天，游击队司令唐辉和副司令陈灿率领两个中队和一个排约三百兵力夜袭于潜县保安队，回师大障根据地的时候，遭到了昌化、临安等县保安团的围击，虽然击毙击伤了上百名敌军官兵，但是副司令陈灿身受重伤，不久后牺牲。

炮竹坑四面环山，一户简陋的农房，一直保存至今，这就是炮竹坑战地医院。1948年春天，皖南游击队进入全面反攻，为适应战事需要，当年7月，在这里建立了战地医院。当时这里仅一户人家，这户人家为人忠厚，心向共产党。医院就设在这户人家的楼上，条件十分简陋，仅一张病床，药品只有红药水、麻布撕成的纱布和几瓶“土士林”。“土士林”就是在没有凡士林的情况下，用猪油熬成的药膏。

碧血长天，面对随时可能遭遇的牺牲，游击队员们从未停止勇敢顽强地战斗；丹心无悔，无论多么艰苦的条件，“老郭”和战士们都在大山深处坚持了下来。

乐观、无畏、坚定，是革命先辈留给邵名元深刻的记忆。

◆ 鱼水情深

大障村成为中心革命根据地，除了地形因素，其实更主要的，是当年大障人民对革命队伍的拥护和爱戴。

在满目疮痍、民不聊生的时世，新四军是人民的子弟兵，是为穷人打天下的亲人，为大障各村家喻户晓。他们，成了大家心中的希望和明灯。

在天子墓村民组，一座已有百年光景不起眼的土坯房，是当年游击队员经常借宿的农房，屋子里摆放着老旧的木床、桌子。“这些还是以前游击队在我家留宿时的样子，我父亲当时是游击队的联络员。”村民汪灶陆说。

而这座土坯房后面，是今年已经94岁的村民许腊志的家，老人对过去的记忆已经有些模糊，但是提到游击队，她的双眼就亮了起来。当年，她和村里的一帮年轻妇女为游击队做饭，她清楚记得给借宿在家的游击队员们煮玉米吃。“当时游击队日子过得苦哇，我和村里的姐妹经常翻山到江南第一关那边去，帮游击队买米背回来。”

在邵名元手写的回忆里，记录着当年根据地群众组织的情况：14—18岁的男孩组成儿童团，任务是送情报、为战士买菜买鞋、晚上与民兵一起到哨岗放哨；19—25岁男性组成基干民兵，接受集中训练，配合游击队出击打仗；26—35岁男性组成中年民兵，晚上站岗放哨，向地主收粮收款；妇女组织，主要是做军鞋、运送粮食和组成担架队。

当时，大障有三条对外通道，路口都设有哨岗，主要有中年民兵和儿童团员值勤。一旦发现情况，使用毛竹做的“拍拍节”拍打，三处哨岗有一处发出信号，三处都能听到，情况紧急时，三处都有司号员吹号。

邵名元儿时就是儿童团员，拿着红缨枪在村口放哨，是其中一处的司号员，还帮游击队传递情报。“别看我快90岁了，折情报我还是一把好手。”说着，他拿起桌子上的一张纸折了起来，只见他手指翻飞，不到一分钟的时间，一张纸就被折成了小一圈的方块。

采访邵名元(左)　叶竞文　摄

在艰苦的斗争中，大障村有很多村民加入了地下党、民兵和游击队，如今的大障村支部书记许再生的父亲，当年就与游击队一起战斗。像他这样父辈、祖辈曾参加革命的村民，在大障村并不少见。据邵本武介绍，当时，唐辉游击队的队员，绝大部分都是安徽旌德、太平和绩溪的当地人。

那时候的大障，军民鱼水相融，同心干革命，亲如一家人。新四军游击队经常利用晚上到各村召开群众大会，唤醒群众觉悟，活跃文化生活。每每会议开了之后，战士们还教群众唱歌，如《解放区的天》《送郎参军》《吐苦水、挖苦根》等。

邵名元还记得1947年中秋节的情景，吃过晚饭，部队文工团更衣化装登台演出，内容有歌剧、话剧，还有小品、相声，演得惟妙惟肖，军民其乐融融。一位姓胡的战士在台上演出《叫花子拾金》节目，引起台下观众哄然大笑。

唐辉较长时间住在村中，邵名元经常到“老郭”司令那里，“老郭”向他问长问短，还教他学习，曾经问他中国经历了哪些朝代，每个朝代的皇帝叫什么名字？邵名元回答后，“老郭”对回答不全的地方，进行补充。“老郭”经常鼓励他好好读书，还问他长大以后，愿不愿意跟着自己出去闹革命。

邵老关于大障山里游击队的回忆，言犹未尽。那些革命斗争年代闪耀红色、镌刻丹心的人和事，永远留在他的记忆深处，也永远留在了大障山的深处。

风光好处是障山

大障村，四面青山一条绿水。

在群山环抱中，大障人民曾与皖南游击队共赴革命斗争。战火硝烟散去，大障继续奋斗，坚持“以党建为统领，以项目为支撑，以产业发展为核心”，在脱贫攻坚的战场上开启新征程，打出漂亮仗。

历时五年的“攻坚战”，今日大障——村集体经济从零攀升至全县前列，扶贫工作队获评全市“十佳驻村扶贫工作队”……

丹心映照党旗红，大障村以脱贫实绩告慰先烈。

◆ 环境：黑变清

大障村地处绩溪县最偏远的东南部，是典型的偏僻山村。2017年4月底，高瑞霓来到大障，担任扶贫工作队队长、村第一书记。

初来乍到，眼前的景象让高瑞霓有点措手不及：久居深山，村民生活方式落后，全村垃圾靠水冲，有的地方垃圾堆得一人高，打下的山核桃的表皮也倒在河里，“绿水”成了“黑河”……

好山好水是大障最宝贵的财富。高瑞霓与村“两委”下定决心，治贫首战治污！

她把村“两委”和村骨干党员集中起来，分标段包保河道，自己则包了大障村入口最脏的那一段。盛夏的一天，她戴上手套、穿上胶靴，第一个走进河里，不顾脏臭，连拉带拽清除垃圾。原本站在岸上的村民，也纷纷跟着下河，干部群众连续干了几个小时，直到下午一点多，才把这最脏的一段河

航拍大障（资料图片）

道清理出来了。

就这样，前后一个月时间，河道里的垃圾彻底消失不见，穿村而过的大障河整洁一新。

首战治污告捷，改变了眼前的景象，更燃起了大家的激情。“看来，扶贫工作队真的是来干事的。”村民们议论着，也兴奋着。对于城里来的扶贫队，大家看在眼里，也信在心里。

“思想观念的转变，是最大的转变。”乘势而上，趁热打铁，高瑞霓带领扶贫队、村“两委”从加强党建、凝聚人心上开始发力。

以前，因村组分散，村里组织开会都很难，村里党员、村民代表能坐下来好好开会就更难。

现在，人心聚拢起来，坚固堡垒构筑起来。“一联三帮”是大障村推进扶贫的自选动作。根据实际情况，大障村将全村39名党员和部分村民代表联系40户建档立卡贫困户，帮助解决生产和生活困难。“这样可以调近水解近渴，很好地打通扶贫的‘最后一公里’。”高瑞霓解释道。

正是通过“一联三帮”，独居贫困户汪灶陆多了个“亲人”——住在一里开外的党员汪天跃作为他的联系人，帮忙烘笋干、烘茶叶不说，逢年过节还为他送菜送包子、添衣添物，让他感受到了家人般的温暖。平常喜欢写点什么的汪灶陆，写下了这样的话：“不是亲人胜亲人，人民公仆为人民。”

◆ 产业：土生金

花了一个多月跑遍大障的角角落落，高瑞霓对全村有了清楚的认识，她总结为“四个最”：

最大的优势是生态，村里有好山好水好环境；

最大的愿望是修路架桥，通往各村多是狭窄的土路，很多地方不通车；

最大的短板是老百姓农产品附加值低，虽然坐拥2000多亩茶园、3000多亩竹笋、4000多亩山核桃，但农产品卖不上价；

最大的压力是村集体经济薄弱，不仅没有，还欠债近60万元……

高山大岭为当年游击根据地构建出天然屏障，却也为现在的发展带来重重阻碍。

科学治贫，长远脱贫。高瑞霓想办法找来了安徽师范大学规划编制团队，花了一个月时间深入调研，列出了“基础设施、红绿旅游产业发展、农业提升、公共功能完善”四大板块、17个项目，从“短期—中期—长期”着手，做出了大障村整体发展规划。

有了这个规划，大障村就有了从眼前直至长远的发展路径。而安徽师范大学团队出于对贫困村和老区的感情，全是义务劳动，没拿一分钱报酬。

项目从村民最迫切的愿望开始，那就是修路——对全村18公里主干道全部硬化、拓宽，安装防护栏，还安装了太阳能路灯。一条条生产便道也修建起来，村民结束了“挑山核桃、运竹笋在山上连滚带爬”的困境。

产业“活血”是根本。立足资源优势，把“土疙瘩”变“金疙瘩”，是大障脱贫之路上的“重头戏”。

在黄山休宁学习考察时，当地“公司+农户”养殖石斑鱼的模式，为村“两委”带来了启发：“统一供苗、统一收购的模式能带动贫困户增收，尤其大障水好、生态好，特别适合养殖石斑鱼，我们完全可以尝试。”

说干就干，通过公开挂网招租，浙商胡凯相中项目，前来承租，绩溪县大障山石斑鱼养殖有限公司很快成立。

从大障村委会往西几百米，临河岸边，就是石斑鱼养殖基地。基地占地三亩，有十多个池子，可投放50万尾石斑鱼鱼苗。公司实行智能化养殖，无论水量调控、投料、调温增氧，还是杀菌，都能远程控制，一年收益可达几百万元。

在现场，我们还看到，基地有20个蓝色大桶“排排坐”。“除了基地养殖，这些桶可以让农户自己在家养殖，公司提供技术指导，很好操作，能带来可观的收入。”胡凯说。

好水可养鱼，好山出好茶。大障海拔高，土壤和空气俱佳，当地茶叶品质很好，但一直以来茶叶卖不上价。

村“两委”与胡凯又“一拍即合”，绩溪天凹红茶叶销售公司也于年前建立起来。

公司利用天子墓村民组闲置多年的老茶厂，重新修复改造，购入先进设备，建起新茶厂。翻阅县志，以当地原有的“天凹红”命名，挖掘打造茶叶品牌。

虽然是运营第一年，但茶农增收效果已立竿见影。2021年春天，村民许启昌向茶厂卖了600多斤鲜叶，相比往年多挣了2万多元，“还不用自己在家烘、找地方卖，这多好”。

一番长袖善舞，通过入股经营、盘活资产、搞起产业，全村经济活起来，呈现出强劲的发展势头。

◆ 旅游：红配绿

“溪水咏美人，翠竹吟古风”。

穿过吴越文化长廊的竹门，沿着石头铺就的小道拾级而上，山林间流水淙淙、一步一景，水磨、语儿亭、西施壶古韵悠然，排列路旁的几十块石磨——刻有古代诗人吟咏西施的诗作，令人兴趣盎然……

发展乡村旅游，是大障强村富民的长远规划，现在已经打开扉页。

如何做好旅游文章，因地制宜打造大障特色？曾多年担任县旅游局局长的高瑞霓，更是拿出看家本领，带领村民走景村融合发展道路，做“红配绿”结合的文章。

“大障有着革命斗争的红色历史，要开发好利用好这些宝贵资源。”大障山革命历史纪念馆的修建、战地医院旧址的恢复，很快成为当地红色旅游的一景。

扶贫工作队队长高瑞霓(右)接受采访　顾维林　摄

奔着“有看头”“有说头”的目标，高瑞霓细细挖掘历史素材、收集图片资料、穿插布置相关元素，还精心编撰“大障故事”，制作旅游风光片，很是费了一番功夫。

软件发力，硬件也要跟上。大障村积极争取项目资金，在全村实施了旅游“八个一”工程，新建了旅游公厕、游客接待中心、旅游标识牌、休闲设施等，还完成了天子墓等环境整治项目。

除了有“看头”有“说头”，乡村旅游还要有“赚头”。为此，村“两委”积极指导村民发展农家乐，并借旅游、借品牌，提升农产品附加值。

汪天跃与爱人邵秋宜开的障山客栈，坐落在天子墓村民组。随着旅游景区一步步成型，客人也逐渐多了起来，旺季还要雇两个人帮忙。现在光靠客栈，汪天跃一年能挣上三四万元。

“以前只有少数过路客，根本没想过，我们这个闭塞的小山村，还能把游客留下来，变成旅游村”。对这一变化，汪天跃喜出望外，“有了客人，家里的茶叶、笋干、山核桃都卖上了好价钱”。

如今，大障村旧貌换新颜，村民日子芝麻开花节节高。村里贫困户人均年收入从2014年2400元，增加到人均1.3万元。2018年，大障村成为绩溪县第一批景区村庄创建村、省级旅游扶贫重点村。

“对于大障村的发展，我们看到了希望，充满了信心。”高瑞霓代表扶贫队和村“两委”的表白，是一片丹心抓脱贫的总结，也是推进乡村振兴的宣示。

红史一页

“生态美”兑出新风尚

2杯烟蒂就能兑换一包盐，25节旧电池能兑换一支牙刷……每周四，大障村“生态美超市”都“生意兴隆”，村民们或拎着大大小小的麻袋，或抱着塑料筐，装着满满的塑料瓶、烟蒂、纸盒等废弃物，排起长队。

超市内，工作人员有条不紊地为他们一一称重、计数、兑换、登记，在这里，村民手里的垃圾纷纷变废为宝。

村党支部书记许再生介绍，2019年11月，绩溪县启动了第一批“生态美超市”建设。2020年筹备第二批时，他们村就主动向伏岭镇党委提出申请。当年8月，超市正式开张营业。

说是超市，其实是村委会一楼的一个大房间，里面摆放着各类生活日用品，供村民兑换。管理制度和工作流程一一张贴上墙，兑换标准表清楚明晰：50个一次性塑料袋、30个大饮用瓶、15个农药包装物等，均可兑换1分；商品价目表中则标明，食用盐2分、肥皂6分、牙膏7分、毛巾8分……共有15种日用品。

大障村党群服务中心　余　庆　摄

每次超市开业，贫困户邵巧娟都一大早赶过来。“自从有了这个超市，平日里废旧物品都留着不乱扔，能换到不少生活用品，我们家都好久没有花钱买过盐了。”邵巧娟说起来乐呵呵的。

群众得了实惠，村干部也开心。“以前山涧小溪里不是农药袋就是农药瓶，但是自从建了生态美超市，现在路边连个烟头都看不见。”

收回来的垃圾有的变废为宝，有的分类处理。超市将农户兑换来的可回收垃圾，联系废品公司按价回收，出售资金返回超市；农药包装、废旧电池等有害垃圾，则统一由保洁公司回收，进行无害化处理。

大障村为村民们建立了“绿色账户”。生态美超市会员积分明细表厚厚一叠、一人一档，其中记录了村民们每次的回收物品、所得积分、兑付商品、转出积分等。“邵宗全烟头32杯、32分，汪天国烟头30杯、一次性纸杯180个、烟壳210个，43分……我们村兑换大户比比皆是。”许再生一边翻阅一边说道。

超市管理员许宜娟介绍，村民用废弃物品兑换实物的热情很高，多的一天能兑上四五吨垃圾，大卡车才能拉走。此外，为了方便尚庄等偏远村民组，大障村还将超市兑换服务送上门，受到乡亲的称赞。

除了废旧物品和垃圾，村里还将学习强国积分及庭院美化、好人好事、志愿服务、无偿献血、见义勇为等10余种行为，纳入“绿色账户”加分项目。散播谣言、打架斗殴、有违移风易俗的不文明行为，则会被扣分。许再生表示，希望通过不断完善垃圾兑换的外延和内涵，引领文明乡风。

变被动保护为主动参与，大障村“生态美超市”兑出了文明新风尚，换出了美丽新乡村。

注：本专题内容依据大障山革命纪念馆资料整理。

（“丹心”报道组：段北生 余 庆 谭艺莹 叶竞文）

我们党之所以历经百年而风华正茂、饱经磨难而生生不息，就是凭着那么一股革命加拼命的强大精神。

——习近平

泾县 章渡

烽火

FENGHUO

红村档案

昔日章渡，新四军驻扎云岭时在此建立了新四军总兵站，1939 年 2 月，周恩来同叶挺乘坐竹筏沿青弋江抵达云岭，在此上岸。境内董氏宗祠提供给新四军作为驻军卫生院。

今日章渡，已由建档立卡贫困村发展为集体经济强村，是“全国乡村旅游扶贫重点村”“中国传统古村落”“省级美丽乡村示范村”“宣城市文明村”。

题记

云岭烽火，战士丹心。

泾县云岭，是新四军军部旧址所在地。这里燃起的抗战救亡烽火，穿云裂雾，映照皖南。章渡村，其中的一方红色热土，烽火所及，岁月峥嵘。

忆往昔，周恩来从这里上岸，亲临新四军军部，商定抗日救亡战略方针；新四军政治部主任袁国平在这里，悲壮地“把最后一颗子弹留给自己”。

叙峥嵘，新四军在这里设立了中共泾县县委，章渡成为泾县地方抗战的政治中心；新四军总兵站也迁至这里，依托青弋江的黄金水道，运送重要军用物资。

当年鏖战急，弹洞前村壁。新四军军部旧址、中共中央东南局旧址、新四军政治部旧址、周恩来上岸处……一处处旧址，一炬炬烽火，见证铁血，昭示未来。

抬望眼，今日章渡，“新四军精神”历久弥新，发扬光大；

看今朝，今日章渡，一场脱贫攻坚战在这里打响，续写华章。

初夏时节，我们走进千亩牡丹盛开的村庄，记录扶贫工作队与全村干部群众拔穷根、摘穷帽的艰辛历程，讲述扶贫又“扶志”的脱贫故事，展现“党员+贫困户”奔上致富路的风貌与新姿。

烽火已远，精神永在。

忆往昔

烽火，辉映皖南

北有太行硝烟，南有云岭烽火。

泾县云岭，1938年夏，新四军军部进驻这里。此后的3年时间里，云岭，这个原先籍籍无名的皖南山村，成为新四军成长壮大的“摇篮”，是大江南北救亡斗争的革命中心，在中国革命史册上留下光辉的一页。

忆往昔峥嵘岁月稠。在“东进！东进！铁的新四军”嘹亮军歌中，“云岭保卫战”可歌可泣，“叶挺桥”鱼水情深，“新四军精神”淬火成钢……

从这里燃起的抗日烽火，辉映皖南、光照千秋。

◆ 云岭烽火盛

云中美人雾里山，立马悬崖君试看。

高高的云岭矗立在群山之间，清清的叶子河缓缓地向西流去，新四军军部旧址就在这山河之间，巍然挺拔。叶挺军长当年手书的“抗战到底”四个大字，今天依然遒劲有力。

1938年8月2日，一个值得历史铭记的日子，新四军军部进驻泾县云岭，中共中央东南局也同时进驻。

初到云岭，新四军发展壮大任务艰巨。

据泾县县委党史和地方志研究室副主任梅艳介绍，初期，新四军还存在部队分散、枪支短缺、缺医少药、建制不全等问题。那时，处于艰苦环境下的这支部队，面对日伪军的反复扫荡、清乡，还有国民党顽军、亲日派制造的摩擦、围剿，形势十分严峻、局面十分复杂，既要遏制消灭敌人，更要发

皖南事变烈士陵园　尹建生　摄

展壮大自己。

在“一面打仗、一面建军”的思想指导下，军部明确了作战方针——“八省健儿汇成一道抗日的铁流，东进东进”！正如军歌所唱，东进，一步步开进敌后抗日，开辟敌后战场。

如今，在司令部旧址会议室内，还能看到墙上挂着的两张作战地图，代表着新四军的一道道红色箭头，宛如利剑，直刺敌占区腹心。

云岭烽火，战士丹心。从这里发出的一道道号令，指引着新四军将士，在扬子江头、淮河之滨驰骋沙场。

棋盘岭上，新四军出其不意，巧妙设伏，重创敌寇；

扁担河口，奇袭官陡门，战斗仅8分钟，打破日寇分割、封锁计划；

泾县保卫战，以弱胜强的经典战役，沉重打击了侵略者的嚣张气焰……

云岭三年，新四军经受了一次次战火与硝烟的洗礼，成为一支铁骨铮铮的铁血“铁军”。

云岭三年，这支铁军，与当地群众鱼水情深，结下了密不可分的血肉联系。

今天仍横跨叶子河的“叶挺桥”，就是一个明证。

南堡与罗里两村之间，原本只有一座独木桥，乡亲们出行不便。1939年4月，叶挺军长提议并亲自设计，军部副官处负责重新建造一座长2米、宽2米的木质结构大桥。

乡亲们听说修桥，争先恐后地报名参加义务劳动，妇女也积极参与。几天以后，新桥便建成了。竣工当天，叶挺军长在桥的两侧题写了“军民合作　抗战到底”8个大字。当时人们称颂这座桥为“军民桥”，之后为纪念叶挺军长，这座桥又改称为“叶挺桥”。

叶子河东面办起了部队医院，新四军又为当地贫苦的放牛娃办起了小学……

军民团结如一人，试看天下谁能敌。

烽火熊熊燃烧，锻造了彪炳史册的“新四军精神”。“新四军精神”内涵丰富，博大精深，其内容主要有：“跟党举旗的坚定信念，英勇果敢的钢铁意志，坚忍不拔的顽强作风，众志成城的赤诚团结，相忍为国的博大胸怀，步调一致的自觉纪律。”

烽火远去，旧址依存。

中共中央东南局旧址　戴巍　摄

新四军军部旧址纪念馆、中共中央东南局旧址、司令部旧址、政治部旧址、军部大礼堂旧址、修械所旧址……一处处旧址，见证铁血硝烟，见证战士丹心，见证“新四军精神”的光芒。

2005年，旧址纪念馆列入全国爱国主义示范教育基地，是全国新四军纪念地中唯一的全国重点文物保护单位，累计接待参观逾千万人次。

从这里，《新四军军歌》传诵四方；从这里，“新四军精神”发扬光大……

◆ 章渡岁月稠

在云岭这片红土地上，章渡村，是其中一处夺目的红色地标，熠熠闪光。

章渡就在青弋江畔。这里留下了一处鲜明的红色印记，那就是周恩来上岸处。

章渡老街大约中间位置，有一个小码头。在几株树下，立着一块小石碑，标注着“周恩来上岸处”的字样。

1939年2月23日，周恩来受毛主席委派来皖南指导新四军工作，顺着青弋江乘竹筏到章渡，在这渡口上岸，发表演说，并在老街上的得月轩茶楼与叶挺、项英等人商谈开展工作。

这是一次意义重大的指导。据史料记载，周恩来传达了党的六届六中全会精神，与新四军领导人共同商定了“向南巩固、向东作战、向北发展”的战略方针，并在全军政工等会议上作了重要报告，视察了军直各单位，会见了外国友人。

章渡，因此在红色坐标系里，有了闪光的标识。

据记载，这里历来就为兵家重地。新四军军部进驻云岭之后，章渡成为当时军部的交通枢纽，也是新四军物资运输的重要码头。

1938年8月，新四军总兵站迁至章渡古镇的董氏大夫第内。

借助当地便利的水利交通与重要的地理位置，兵站肩负起为新四军运输给养、通信联络、物资筹备等任务。依托青弋江的黄金水道，军用物资辗转抵达宁波、绍兴、武汉、长沙等地。

还是这一年，新四军在章渡设立了中共泾县县委，机关设在上街头，章渡也成为泾县地方抗战的政治中心。

周恩来上岸处——章家渡　戴巍　摄

在这里，新四军与宣纸也结下了不解之缘。

抗战爆发后，泾县附近的南陵、芜湖、宣城相继沦陷，宣纸销路断绝，宣纸产业几近凋敝。

看到这一状况，军部为保护好传承千年的宣纸技艺，给予宣纸业资金支持和优惠包销的政策。在战火中，让泾县宣纸生产得到恢复，宣纸技术工人的生活有了着落，这一传统艺术瑰宝得以幸存、延续和发展。

不仅是宣纸业，新四军还尽全力保护了举步维艰的地方经济。泾县新四军历史研究会副会长陈志宏介绍说，在极其困难的条件下，新四军在章渡等地办起了宣纸社、制碱社、肥皂厂、蜡烛厂，既粉碎了日伪军对皖南的经济封锁，又解决了流民和当地失业手工业者就业困难，保障了百姓的基本生活。

说起新四军当年办的件件实事，陈志宏一一数来：兴办教育医疗，服务民众；减租减息，改善民生；创办工业合作社，保护发展地方经济……

今天，章渡当地还流传着这样的民谣："新四军，老百姓，亲如一家人；军护民，民帮军，血肉联系不可分。"

章渡村党总支原书记董光铸也给我们念了一支民谣："吃菜要吃白菜心，当兵要当新四军。"他饱含深情地说，听父辈讲过，新四军英勇善战，抗击日寇，打出军威；纪律严明，秋毫无犯，所到之处，老百姓张灯结彩，热烈欢迎。

在新四军精神的感召下，这支部队成为热血男儿的向往之处，章渡当地有很多青年踊跃报名参加了新四军，走上保家卫国的战场。

在新四军的大力支持下，章渡农抗会、妇抗会等群众组织恢复建立。在1940年皖南两次反日军“扫荡”的战斗中，农抗会会员扛着梭镖、土枪，辅助参加战斗；妇抗会会员为战士送水、送饭，护理伤员；当地群众自发组织担架队，运送伤员和武器弹药，配合新四军英勇杀敌……

烽火，辉映皖南；烽火，照亮前路。

看今朝

青弋江畔写华章

依水而筑，沿河而建，风光秀美的章渡曾是遐迩闻名的江南古镇，有“江南千条腿”美誉的吊栋阁遗迹风韵犹存。

抗战期间，古埠章渡又添风华，成为新四军的重要根据地；当年周恩来到云岭新四军军部，就是从章家渡口拾级而上……

江水悠悠，岁月峥嵘，这片烽火辉映的红土地，红色基因历久弥新，“新四军精神”再谱新篇——在刚刚收官的脱贫攻坚战场上，章渡村党总支与扶贫工作队闯关夺隘、拼搏奋斗，带领群众拔穷根、摘穷帽，一跃成为经济强村，在青弋江畔书写新时代的华章。

章渡千亩牡丹生态园　戴巍　摄

◆ 支部就是“主心骨”

2020年，章渡村盘点家底，村集体经营收入突破115万元。

从“0”到“115万”，章渡用了5年。这个曾经的“空壳村”，如何一跃成为经济强村？

村党总支书记董光龙总结为：党总支当好群众的“主心骨”，带领群众用好政策、盘活资源，共同致富。

2016年，在村里工作十来年的董光龙，被选为村党总支书记。

一上任，董光龙就和老搭档村党总支副书记李金康动起了脑筋——章渡依山傍水，有生态有底蕴，还有好的扶贫政策，我们得想法子让资源活起来，把绿水青山变成金山银山。

争取到县里的第一笔扶贫资金，村“两委”立即行动，在中洲滩的荒地上开挖出了6个鱼塘。

经过一番动员，村民章亮亮勇当第一个吃螃蟹的人，一鼓作气承包了4个鱼塘。他很有干劲：“有党总支给我们做‘靠山’，我们就有了主心骨，何愁不能奔上小康路！”

第一年，鱼塘养殖让章亮亮增收10万余元，也为村集体带来了2万多元的收入。目前，鱼塘每年稳定承包费收入16.29万元，并带动了周边16户贫困户就业、104户贫困户参与资产收益分红。

养鱼挖出“第一桶金”，董书记又盘算起了用好砂石资源的活路子。

通过与泾县城镇化公司合作，村里先将鱼塘扩挖后产生的砂石作为资本入该公司股享受分红，再在开挖点设置了地磅房，对每车运送的砂石称重并收取服务费。这是笔大收入，为村里带来了40多万元的收益。

点子越来越多，路子越来越宽。

章渡村将扶贫专项资金、村集体经济收入，与星火旅游发展有限公司、章渡喜来福食品有限公司、泾县顺和金属有限公司开展合作经营，年分红收益又多了8.9万元。

在党总支的带领下，村集体经济逐步壮大，让章渡有了底气，建设迈开了大步。

村"两委"以基础设施建设为重要抓手，着力打造美丽乡村，改善人居环境。对村域范围内3000平方米环境进行整治绿化、为248户村民实施卫生厕所改造；对兰山组、虎山组、前坦组电网实施改造，保障村民用电安全与稳定。

"住的是小楼房，走的是水泥路，喝的是自来水……"村民由衷地感慨，"章渡富了，旧貌换新颜，我们的日子比蜜甜"。

◆ 党员成为"领头雁"

在脱贫攻坚战中，章渡村党总支不仅充分发挥堡垒作用，还积极引导党员发挥先锋模范作用，以"党员+贫困户"的模式，"领头雁"带着群众一起闯，带着群众一起干。

走进落星潭，云岭绿色家园生产专业合作社的蔬菜基地里，各类蔬菜长势喜人，村民们正忙着除草、施肥。

一排排白色大棚，生长的是希望，带来的是收入。合作社负责人文来宝算过，一亩地每年能为贫困户增加4000多元收入。

这个成立于2008年的合作社，经营效益很好，蔬菜不愁销路，一年产量有80多万斤。文来宝是54岁的老党员，他觉得，在小康路上不能光想着自己富，还要带着大伙一块朝着好日子奔。

他是这样想的，也是这样做的。目前，合作社里有20%的员工，都是周边的贫困户。

顺着文来宝的合作社再往前几百米，就是章渡千亩牡丹生态园。眼下，虽然牡丹已过花期，但花香犹在。

58岁的方真武，是安徽落星潭旅游有限公司的负责人，也是一名老党员。他介绍说，在土地流转中，为了给贫困户增加收入，他以高出市场价每亩400元的价格，流转了这片荒地。

章渡风光　戴巍　摄

经过三年的投入整治，千亩牡丹园基本完成了花卉栽培，成为远近闻名的乡村旅游新热点。

值得一提的是，园区在发展过程中积极探索“企业+园区+贫困户”的模式，目前已流转20余户贫困户土地，并长期稳定优先录用当地贫困户村民，务工日均收入在100元左右。

这是姹紫嫣红的花园，更是被寄予厚望的产业。

方真武对未来充满信心：“牡丹园不仅带动了赏花经济，还能产生实体效益，牡丹花籽能产油、牡丹花能入药。”

现在，章渡村正探索更多新的发展模式，更好地发挥党员先锋作用、企业带动作用，最大限度地在信息、资金、技术等方面带动群众、扶持产业。

◆ 贫困户自立自强争“最美”

脱贫摘帽的章渡村，蒸蒸日上。

在党支部的带领和党员的带动下，村里的贫困户们自立自强，干劲十足。

58岁蔡兵坤就是其中的一位。

“以前的我，没文化、没技术，更没有致富的动力，反正一人吃饱，全家不愁。”他只想过一天混一天，但扶贫工作队却不这么看。

工作队和村“两委”的思路是：对老蔡，扶贫先扶志。

扶贫工作队长、村第一书记程林多次和他谈心，你身体健康，年纪又不算大，也有完全劳动能力，干吗不好好过日子呢？扶贫干部和村干部不厌其烦地上门做工作，了解他的困难、困惑，帮助解决问题，鼓励他自立自强。

渐渐地，老蔡的心思活了，志气高了，认识到有好的扶贫政策、有扶贫工作队的关心、有村里的支持，还是有奋斗的机会。

工作队为老蔡找到了出路。2016年，介绍他到良德石粉加工厂上班，老蔡在家门口就业了！他很珍惜这个工作的机会，认真负责、表现很好，受到了企业的认可，每月收入有五六千元。老蔡很开心，“我现在不是闲人，而是‘忙’人，心里很踏实，日子有滋味”。

2018年，蔡兵坤被评为泾县“最美贫困户”，这位章渡村的“老后进”变成了“新先进”。

董国新的脱贫路，也凝聚了工作队和村“两委”的心血。

2014年，因家庭变故，董国新被识别为建档立卡贫困户。他曾经有多年的养殖经历，而且，他还有继续从事养殖业的意愿。

急贫困户所急，帮贫困户所需。工作队和村里制定了帮扶方案，在前坦组抛荒地协调了土地，帮助他建设鸡棚发展养殖业，并长期提供技术支持。

2017年，董国新养殖鸡苗5000余只，纯收入达1万元；2019年，养殖场面积由600平方米扩大到1200平方米，全年养殖2万只鸡，家庭纯收入达4万元。

老董不仅走上了小康路，2020年还被评为泾县“最美贫困户”。

老蔡和老董这样的脱贫故事，在章渡村还有很多。截至2020年10月末，全村200名贫困人口实现稳定就业。

牡丹花映小康景，青弋江畔写华章。今天的章渡，在脱贫攻坚战的凯歌声里，又翻开了乡村振兴华彩篇章的崭新一页……

最后一颗子弹

袁国平（资料图片）

“如果我们有100发子弹，要用99发射向敌人，最后1发留给自己，决不当俘虏！”新四军军部旧址展馆内，讲解员如泣如诉，娓娓道来；新四军政治部主任袁国平的英勇事迹，把我们又带回到那烽火连天的岁月……

袁国平早年就投身革命，一生戎马倥偬。他先后参加了北伐战争、南昌起义、井冈山的斗争、万里长征……1938年3月，袁国平出任新四军政治部主任，从此汇入南方八省的抗日铁流之中。在云岭，他把群众工作作为敌后游击战争中的政治工作的重要部分。军政治部下设的民运部和战地服务团在云岭、章家渡、汀潭、茂林、小河口等处设立民运工作组，广泛发动群众，组织青抗会、妇抗会、工抗会、农抗会等，同时还吸收发展地方党员，使新四军政治工作和群众工作在较短时间内就呈现蓬勃发展的局面。

“前进号响，大家准备好，子弹上膛，刺刀出鞘……”1941年1月初，新四军9000将士高唱着袁国平作词的《别了，皖南》，告别云岭，向北转移。

新四军转移途中被国民党顽军包围、伏击……震惊中外的“皖南事变”爆发。事变中，军长叶挺奉命下山谈判时被扣押，副军长项英和副参谋长周子昆突围后被叛徒暗害。袁国平在激战中，身中数弹，一头从山坡上栽到沟底的草丛中。军部卫士连副连长李甫及战士们见他浑身血肉模糊，不能行走，想背着他走。袁国平睁开眼睛，吃力地对李甫说：“战士们都是革命的种子，要赶快突围，把他们带出去……你们走你们的，不要管我了！”战士们不肯把首长丢下，他们用树枝扎了副担架，艰难地抬着他，一起突围。

几经辗转，队伍赶到青弋江边的章家渡。但在渡河时又被堵截的敌人发现。密集的子弹飞来，战士们一个个倒下，袁国平也几次掉进水中。后面的战士冲上来几次把他抬起，边打边强渡……渡河后，100多人的队伍只剩下了30多人。

渡河后袁国平再度受伤，身体极度虚弱。在章家渡下游的一个庙门口稍事停留时，袁国平挣扎着把一个笔记本和7块大洋交给李甫，断断续续地说：“你们赶快突围……不要管我了……否则一个都出不去……替我向组织上汇报。”并指着7块大洋说：“这是党费……”为了不拖累部队突围，乘战士们不备，袁国平悄悄从口袋里摸出手枪，对准自己的太阳穴扣动了扳机……

青山不语，流水呜咽。袁国平，这位年仅35岁的新四军高级将领，将宝贵的生命献给了革命事业。“愿拼热血头颅，战死沙场”——这曾是袁国平写在寄给母亲的照片后的一句附言，他以生命践行了自己的誓言。

注：本专题内容依据云岭新四军军部史料陈列馆资料整理。

（“烽火”报道组：利成志　徐文宣　余　健　戴　巍）

我们党的历史就是我们党与人民心心相印、与人民同甘共苦、与人民团结奋斗的历史……

——习近平

泾县 涌溪

厚土

HOUTU

红村档案

昔日涌溪，中共皖南地委在这里建立了以宁国板桥、泾县涌溪为中心的游击根据地和泾旌宁宣县委，以胡明、吕辉为领导的游击队驻扎在这片山区，坚持革命斗争。1947年的皖南地委“九月会议”，1948年的“枫坑伏击战”都发生在这里。

今日涌溪，致力于发展“中国十大名茶·涌溪火青”茶产业，因“一村一品”茶文化获评“省级专业示范村”。涌溪还是“中国传统村落”“安徽省生态村”“宣城市文明村”“全市基层党建示范点”。

题记

涌溪的红色，与众不同。

这里留下了新四军皖南第一纵队突围的足迹，闪现着泾旌宁宣游击队的身影，响彻过枫坑伏击战的枪声，特别的是，有一段涌溪人民抚养保护革命后代——“小妹”的传奇佳话，流传至今。

今天，我们来到“小妹”住过的地方，见到了当年抚养“小妹”的胡家后人。

岁月流逝，70多年过去了，胡家老屋门前的两棵桂花树还在，依然枝繁叶茂，依然植根厚土。

“小妹”在涌溪的时光，绝非岁月静好，却是意味深长。

当年，白色恐怖之中，以胡宗来为代表的老区人民，凭着保护新四军后代的朴素信念，默默地用生命、用温情呵护了革命的后代——新四军皖南第一纵队司令员兼政治委员傅秋涛的女儿“小妹”。

“小妹”重回父母怀抱之后，父亲傅秋涛上将为她取名“傅还”。当年的“小妹”在80岁高龄之际，向泾县中学捐款80万元并设立“傅寰奖助学金”，以这样的方式，表达对这方厚土的深深情意，延续着这段鱼水佳话。

涌溪，是尽染红色的热土，也是鱼水情深的厚土。

涌溪的厚土情深而肥沃，不仅养人，还孕育出了好茶——著名的“涌溪火青”茶就产在这里。

大山深处火青香，红色厚土别样红。采茶季的涌溪村，合作社生意红红火火，茶农增收喜气洋洋，又是一季好收成，又是一年好光景。当年历经沧桑的厚土，今日已然成为老区人民勤劳致富建设美好社会的热土。

涌溪红村，红得与众不同。

厚土情深传佳话

初夏时节，泾县榔桥镇涌溪村依偎在大山的怀抱中，葱茏，静谧。

在村民胡传宏家祖屋前的山坡上，两棵老桂花树迎风伫立，深深扎根于厚土之中，繁茂的树冠尽情地向天空伸展，微风拂来，树叶轻轻摇曳，仿佛在诉说着并不久远的往事……

傅寰和父母的合影(资料图片)

是啊，在那个风雨如磐的岁月，两棵桂花树就这样静静地站在那里，见证了新四军皖南第一纵队英勇突围的身影，看见了“泾旌宁宣”游击队员们英勇斗争的足迹，记住了老区人民保护新四军将领后代的佳话。

树犹如此，人何以忘？红色厚土，情深意长。

◆ “傅司令”留下小“国美”

走在涌溪村斑驳的石阶上，往事如风，拂面而来。

那是80多年前的血雨腥风。

1941年1月，震惊中外的“皖南事变”发生，新四军皖南第一纵队司令员兼政治委员傅秋涛率领一纵队（左路），浴血奋战，冲出包围圈，到达涌溪老虎坪一带。

老虎坪山高林密，傅秋涛在这里收拢被打散的部队，把300多人整编为一个步兵营和一个手枪队，准备继续坚持斗争。然而，还没等他们脚跟站稳，国民党军“清剿”大部队又寻迹追来了。傅秋涛只得再次将队伍化整为零，分散突围。2月初的一天，傅秋涛带着10余人离开坚持斗争了二十几天的老虎坪，准备向苏南突围。临行前，傅秋涛把不满周岁的女儿“国美”，匆匆地交给了当地一位老百姓。傅秋涛记得，这位老乡姓胡。

父女这一别，就是好多年。

1942年9月，中共泾旌太中心县委书记胡明得知当年傅秋涛突围时，还有一个女儿留在当地的情况，他交给泾旌宁宣新四军游击队负责人吕辉一项特殊的任务——寻找小国美。

小国美到底在哪里？

功夫不负有心人。1943年，吕辉在泾县桃岭鸟雀岭一带活动时，打听到当时有个叫吴家应的农民曾给傅秋涛部队带过路。顺着这条线索，吕辉终于得知小国美寄养在鸟雀岭脚一个叫胡金玉的农民家里，现在改名叫“小妹”。

“小妹”找到了。为了给孩子一个更安全的家，吕辉将“小妹”秘密送到宣城溪口的共产党员桂柏林家中；桂家是一个可靠的“堡垒户”。再次改名为“桂英”的小妹，在这里待了三年。1946年，由于叛徒出卖，小“桂英”的身份暴露了，她被送回了游击队。

吕辉犯难了。游击队常年在大山里风餐露宿，枪林弹雨是家常便饭，带着孩子太危险。孩子怎么安置？吕辉把队伍中的每个人在头脑里过了遍，最后决定让游击队党支部组宣委员、四班长黄义成来办这件事。

吕辉单独找来黄义成说：“你在涌溪养伤待的时间较长，对那一带的情况很熟悉。孩子现在交给你，改个名字，放到一户绝对可靠的人家。这件事，只有你一人知道，不许告诉任何人，出了差错，你负责。”

◆ “堡垒户”家来了个“小妹”

吕辉找对了人。当晚，黄义成就把睡得迷迷糊糊的孩子背在身后，在崇山峻岭间走了一夜，天快亮时到了涌溪的二坑村。

这是一个当时只有8户人家的小村子，地处群山之中，出入只有一条必经之路。8户人家都姓胡，同宗同姓，大家守望相助，外面一有什么动静，里面就知道了。特别是，黄义成曾经在涌溪秘密发展了一批地下党员，还建立了几个“堡垒户”，二坑村的胡宗来家就是其中可靠的一户。

黄义成径直来到胡宗来家，说明来意，并代表游击队对胡宗来提出了明确要求：一是孩子名叫“小妹”，二是对外称“小妹”是母亲的幺姑娘，三是孩子的口粮、穿衣、看病等费用由游击队提供……黄义成最后特别叮嘱胡宗来：“宁可自己死，也要保护好孩子！”

颠沛辗转的“小妹”，就这样在胡宗来家秘密地安顿下来。

胡宗来早已故去，他的孙子胡传宏还住在村里。说起这段历史，胡传宏依然很自豪。

“爷爷奶奶并不知道她是谁的孩子，但他们知道，只要是新四军的后代，哪怕有丢掉生命的危险，也要拼尽全力保护孩子安全长大。”胡传宏说，“那时候粮食紧张，但是家里只要有好吃的，一定会先给‘小妹’。村民们把她看作是自家孩子一样”。

泾旌宁宣游击队在涌溪（资料图片）

在傅寰（小妹）后来撰写的回忆文章《我的皖南父老乡亲》中，她还饱含深情地记述了一个更为凄美的故事——

“我刚刚记事的时候，记得我被送到一户孩子较多的人家寄养。我在那里还没住上两天，这家的男主人，四五十岁的年纪，一大早就被村里的还乡团叫去了，直到晚上都没有回家。第二天，他是被人用门板抬回来的，只见他

2020年“傅寰奖助学金”捐赠仪式在泾县举行(资料图片)

浑身上下血迹斑斑，已经被打死了。听大人们说，还乡团把他叫去，就是发现他家多出了一个孩子，就盘问他，这个孩子是从哪里来的？他一口咬定说我是他亲戚家的孩子，敌人不相信，就把他吊在房梁上凶狠地毒打，直到把他打死，才叫人把他抬回来。村里的人含着眼泪扎了纸马、纸人、纸房子给他送葬。那也是我第一次参加送葬的仪式，虽然那时我年龄小，但我却知道，这位大叔是为了保护我才被坏人打死的……”

傅寰记忆中的这个故事，我们今天已无法还原当时的场景、细节，甚至连这是哪一户人家、牺牲的那位“男主人”姓甚名谁，也无法求证；但我们知道，这样的故事在皖南、在涌溪，肯定不止一次真实地发生过。

泾县新四军研究会学术委员会会员王黎明介绍，皖南事变发生后，国民党在游击队活动区实行严酷的清剿政策，但涌溪的百姓并没有被国民党反动派吓倒，仍然想方设法给游击队筹款筹粮、送情报，依然冒着生命危险，积极帮助和掩护新四军。“新四军虽然在皖南时间并不长，但和当地人民群众结下了深厚情谊，新四军爱人民，人民也把他们当作子弟兵，所以在那样白色恐怖的情况下，老百姓能够舍生忘死保护新四军。”

在全村人的呵护下，饱受颠沛流离之苦的“小妹”，不再担惊受怕，一如祖屋旁的那两棵桂花树，一天天长大。

◆ “傅还”记得那棵桂花树

1949年4月，百万雄师渡大江，皖南各地相继解放。

村文化墙——涌溪作战线路图　戴巍　摄

胡明始终没有忘记在泾县涌溪山坑里的“小妹”。在刚刚解放的那个春天，他就专门安排两位得力的同志，在地方政府干部的陪同下，来到涌溪胡宗来家，找到了“小妹”。

他们提出，把孩子送到上海她父亲那里。也许是长期艰险的生存环境养成了她机敏、警惕的性格，“小妹”说她哪也不去，就和妈妈（胡宗来的母亲）在一起。

胡宗来一家为“小妹”能回到亲生父母的身边感到高兴，也劝她去上海。“小妹”最后虽同意去上海，但提出一个要求：哥哥必须陪她一道去。

1949年夏季，“小妹”在哥哥胡宗来的陪同下，从青弋江坐上小竹排到了芜湖，转而又乘轮船到达南京，最终在上海见到了亲生父母。

傅秋涛夫妇非常高兴，没想到他们失去多年的女儿又回来而且长大了。傅秋涛感慨地说：“改名吧，叫傅还。皖南人民不但把我女儿养大了，还送回来，这是失而复得哟！”

8年的分离，傅还回到亲生父母身边，后又改名为傅寰。

光阴荏苒，很多童年的记忆都渐渐淡忘，但老家那两棵桂花树，傅寰一直印在心里，没有忘记。据胡传宏介绍，20世纪80年代，傅寰曾专门托人来泾县看望胡家人。她告诉来看望的人，胡家门前有两棵桂花树，找到桂花树，就找到胡家了。

2020年，傅寰在80岁高龄之际，向泾县中学捐赠了80万元，并成立“傅寰奖助学金”，以此回报皖南人民、涌溪老百姓。正如她在回忆录中所写：在那么艰难困苦的岁月里，皖南的父老乡亲们对我的救命之情、养育之恩我终生难以忘怀，我会永远铭记在心底，我将永远怀念着他们，永志不忘！

红色厚土，情深意长。在涌溪，鱼水情深的红色往事，就像胡家祖屋前的桂花树，依然历久弥新，依然岁月留香。

大山深处火青香

沿着蜿蜒的山路盘旋而上，涌溪村就在云雾缭绕、青翠连天的地方。

一垄垄吐翠的茶棚里，头戴竹笠、肩背茶篓的茶农们忙着采摘新茶，空气中散发着丝丝香甜气息。茶季到了，这是涌溪最美的时节，也是最忙碌的时候。

昔日书写红色佳话的厚土，如今已是茶香满园的沃土。绿油油的茶叶，不仅成为涌溪响当当的“名片”，更铺就了群众奔向幸福生活的金色大道。

◆ 村干部的思索

说起涌溪的茶叶，首推涌溪火青。

涌溪村党总支书记张方凡如数家珍：火青茶属珠茶，颗粒细嫩重实，色泽墨绿莹润，银毫密披；冲泡形似兰花舒展，汤色杏黄明亮，并有特殊清香。

这可是有年头的老品牌。

“不知泾邑山之崖，春风茁此香灵芽……宣州诸茶此绝伦，芳馨那逊龙山春。”相传，涌溪火青创制于明末清初，距今约四百载。

报道组在涌溪村　戴　巍　摄

涌溪的厚土和水质，为茶叶生长提供了得天独厚的地理环境。

涌溪火青有过辉煌的岁月。1982年，被商业部和中国茶学会联合评定为“全国十大名茶”之一。1988年，在全国首届食品博览会上获铜质奖。1997年，被农业部茶叶检测中心授予名茶质量证书，次年又获农业部“名茶推荐产品”称号。

进入21世纪，由于加工技术落后、标准化水平低等一系列问题，这一传统品牌光环暗淡下来，茶叶卖不上价钱，茶农也得不到实惠，养在深闺人未识。

张方凡分析原因，“产量少，是涌溪火青影响力削弱的重要因素”。茶叶采制共有18道工序，从杀青到老锅制成茶，共需20—22个小时。制作的关键在于低温炭火烘干，当地人叫“掰老锅”。这道工序劳动强度大，长期以来成为制约产量上不去的“卡脖子”环节。

他认为，没有形成标准化生产，也是品牌跌入低谷的原因之一。“之前是分户生产，农户一天采摘的鲜叶往往不足以一次炒干成型，半成品摊放时间较长，严重影响了茶叶品质。”

受制于产量和品质，名茶没能走出深山，茶农抱着金饭碗没能掘到金。这是困扰涌溪村发展的大难题，也是横在小康路上的“绊脚石”。

如何让“涌溪火青”这个茶叶老品牌重塑辉煌？涌溪村“两委”一直在思考和探索。

◆ 合作社的探索

这道难题，涌溪村下了大决心破解；这块“绊脚石”，村“两委”下了大力气搬开。

村“两委”统一了思想：家家山上有茶园，户户院中栽茶树，95%的村民从事茶叶相关产业，茶叶收入占农民收入80%，振兴茶产业，就是最合适村情的致富路！

村里以市场为导向、以公司为龙头、以茶叶加工厂为基础，探索“公司+

涌溪村茶园 戴巍 摄

基地+合作社+农户”的模式，将产前、产中、产后三个环节有机连贯起来，实行产业化经营。

这条路行不行得通？涌溪村用实绩说话。

我们进村的这一天，已是采茶季。

只见茶园里，茶农们熟练地掐下“两叶一心”装入竹篓，采完之后，便背着鲜叶，往来于收茶的小车前，看货、过秤、装车，然后送到合作社茶厂，在机器中杀青、成型、烘干。

这段时间，整个村都沉浸在茶香之中。

泾县绿茶制作技艺（涌溪火青）省级非遗代表性传承人石其华，在阵阵茶香里侃侃而谈，他是涌溪村茶产业发展中“第一个吃螃蟹的人”。

2008年，在村“两委”的支持下，他以自己公司牵头联合当地茶农，成立了村里的第一个专业合作社——泾县火青茶叶专业合作社，初创“公司+农户+合作社”之路。

石其华介绍，组建合作社的初衷，简单地说，就是带着农户抱团闯市场，让好茶叶卖出好价格。

“合作社成立的第一步，必须统一采摘标准、制作工艺，以提升茶叶品质为目标，推广茶叶标准化生产。”合作社在茶园管理、采摘、改革传统工艺上层层把关，让茶叶品质保持稳定。

这条路还带来了技术设备的升级。“传统的制茶方法劳动强度极大，费工费时，当天采的茶叶不可能一天做完，很容易使汤汁变样。”他说，现在茶叶合作社都是机械化操作，茶厂的杀青机、烘干机等设备都是大伙集资购买的，茶农都是股东，积极性高得很。

谈起加入合作社的好处，村民吴权红深有感触：“以往采了鲜叶自家炒，单门独户没啥工艺，也卖不出好价，经常到了第二年都卖不出去。”自从加入合作社，他家年收入较以往相比增长了近一倍。他扳着手指比划：“我只要按合作社的要求，把茶园打理好就行了，炒茶、销售都不用我烦神。”茶叶为他带来了一年8万多元的收入，日子越过越红火。

张方凡自豪地说，如今在涌溪村，像吴权红这样收入稳定、生活富足的茶农越来越多。有了成功的示范引领，“云海茶叶”“盛谐茶叶”“旷谷茶叶”相继成立，各种新型农业经营主体为茶产业发展增添了新动力。

在合作社、龙头企业的辐射带动下，涌溪村富起来了！现在，茶园可采摘面积达4600多亩，茶叶产量从不足2万斤猛增到15万多斤。

2020年，涌溪村实现贫困人口全部脱贫。

◆ 茶旅融合的新路

茶兴村兴。

在这片红色厚土、绿色沃土的滋养下，涌溪村念好“茶叶经”、走上“美丽路”、打出“文旅牌”。

美丽乡村建设，让颜值大提升。

从2016年开始，村“两委”围绕建设美丽乡村，以民生工程建设为契机，改造水泥路，栽上行道树，实现村庄硬化、亮化、美化；建立垃圾池和卫生环境保洁制度，生活垃圾实现日产日清，农村生活污水也实现了集中处理；建立农家书屋，修葺斑驳的房屋外墙，打造古雅村庄容貌……

村民顾贤华说到村庄的变化，打开了话匣子："往年一到茶季，碰上雨水天气，坑洼不平的道路不好走不说，还严重影响茶叶交易。"他说，现在这里旧貌换新颜啦！水泥路四通八达，两边都装了路灯，将分散的自然村落串联在青山绿水中。

茶产业与乡村旅游的融合，让涌溪增添了新的魅力。

村里积极参加茶文化节、名优茶品牌推介会等文旅活动，提升涌溪知名度。游客来了住农民屋、吃农家菜、购土特产，既增加了村民的收入，也促进了乡村旅游的发展。

谈到未来茶旅融合发展，张方凡很有底气："我们正积极争取打通涌溪至桃岭的公路，与皖南川藏线接通，争取吸引更多的游客资源。"

可喜的是，枫坑茶旅度假村项目也正在稳步推进。这是下一步涌溪村乡村振兴的方向，"以旅兴茶，以茶促旅"，让旅游、农业、餐饮住宿联动发展。

按照村"两委"的想法，茶旅融合将成为突破传统茶产业发展"瓶颈"的重要路径，让茶产业进入依靠特色产品、质量效益的"内涵式"转型阶段。"以茶旅融合为创新点，我们希望茶产业经济链提质扩面，实现纵深式综合发展，让茶山变成带动增收致富的'金山'。"

大山深处火青香。眼前的茶叶，在热水冲泡下，一芽两叶垂立，汤色嫩绿浅黄，沉静的兰花香伴着热气缓缓散开……村民的未来，在这杯浅金色的茶汤里渐渐浮现、渐渐鲜活。

红史一页

再话鱼水情

4月29日上午，我们前往涌溪村。

涌溪村共8个村民组，都分布在崇山峻岭中，这一带也是当年中共皖南地委和泾旌宁宣游击队活动的中心地带。我们此行是去了解当年的一段军民鱼水情深的故事。

天气很好，天空湛蓝，满目青山愈发苍翠欲滴。汽车在蜿蜒曲折的小路上，向大山深处行去，宛如一只甲壳虫穿行在草地中。尽管已经通了水泥路，但路面狭窄，我们乘坐的一辆7座商务车和一辆SUV不得不在中途换成小车。

身临其境有一种真切的感受：难怪当年我们党选择在此打游击。那些曾在书本上读过的“星星之火，可以燎原”“农村包围城市”“和中国革命具体实际相结合”等词语，顿时鲜活起来。

车在山间行驶了40多分钟，大约20多公里，我们终于来到涌溪村七队村民组。故事，就发生在这里。

1941年1月，“皖南事变”发生后，新四军将领傅秋涛率部突围过程中，忍痛将不满周岁的女儿寄养在当地老百姓家。几经辗转，傅秋涛的女儿最后被送到涌溪，寄养在农户胡宗来、朱玲香夫妇家。直到1949年夏天，经组织上多方寻找，才回到父母身边。傅秋涛的女儿原名叫傅国美。和父母团聚后，傅秋涛将女儿的名字改为“傅还”（后改为傅寰）。意思是：皖南人民不但把自己的女儿养大，还安安全全地送了回来。

这段历史，胡家人一直引以为骄傲。听说我们来了，胡家的好几位后人都迎了出来，其中有胡宗来的2个儿子：胡八生（71岁）、胡望生（66岁），以及2个孙子：胡传宏、胡传四。而当年抚养傅寰的胡宗来、朱玲香如今已不在人世了。胡宗来1979年去世，时年58岁，如果能活到今天，刚好100

岁。朱玲香2011年去世，享年87岁。

胡传宏家祖屋前的桂花树　戴　巍　摄

据胡家人介绍，寄养在胡家时，大家都叫她“小妹”，在胡家待了3年，其间，为保护和抚养傅寰，胡家付出了极大的艰辛，更有游击队员付出了生命，傅寰和胡家有了深厚的感情。组织上来人接她时，傅寰坚持要胡宗来陪到南京，才肯出发。胡家人说，傅寰还曾托人来泾县看望过胡家人，傅寰告诉来看望的人，胡家门前有两棵桂花树，找到这两棵树，就找到胡家了。在胡家人现居的屋后，我们看到了两棵桂花树，枝繁叶茂，像岁月河流中的一座小渡口，无言见证着一段段沧桑。

傅寰回到父母身边后，一直惦记着皖南，她曾写过一篇《我的皖南父老乡亲》的文章，深情回忆了她的这段经历，表达了对皖南老区人民的浓浓感激之情。2020年，傅寰80岁，她为泾县捐赠了80万元，资助教育。

返宣当天，胡传四深夜给我发来一段微信：“谢谢你们了！我觉得你们内容里面应该写我爷爷无私奉献的精神，我们后代也不求图报。奶奶临终愿望，还想再见傅寰一面。”随微信还给我发来一张奶奶朱玲香的照片，照片大约摄于2000年。照片上的奶奶，容颜慈祥，气质端庄。

或许，我们的到来，又一次触开了胡家人的这段记忆，就像胡家祖屋前的那两棵隐于深山的桂花树，在胡家一代代人的内心深处，也永远珍藏着这段鱼水情深。　（孙力／文）

（“厚土”报道组：利成志　徐文宣　余　健　戴　巍）

要教育引导全党大力发扬红色传统、传承红色基因，赓续共产党人精神血脉……

——习近平

郎溪 灯塔

赓续

GENGXU

红村档案

灯塔村是中共郎溪党组织创始人——夏雨初烈士的家乡。夏雨初一家是个英雄的家庭，他的妻子董淑是郎溪第一位女共产党员，次子夏道清1948年在解放战争中牺牲，年仅20岁。建在这里的郎溪县革命烈士陵园，是宣城市爱国主义教育基地。

今日灯塔，是“美丽乡村省级中心村”“省级粮食提质增效示范村”“安徽省森林村庄”。

题记

来到灯塔村的时候，雨忽然下得很大。

仿佛是为了呼应一个英雄的名字，夏雨初。

我们在夏雨中，探寻一位共产党人的足迹——他出生在这里，正当英年就义于雨花台，这位中共郎溪党组织的创始人，最终长眠在家乡。

夏雨初的故事，没有结束，而是以另外一种方式赓续。

他大哥的儿子、孙子，父子两代人默默地为他守墓，风雨无阻地看护着烈士陵园。他们70年坚持做一件事，向来瞻仰的人，一遍遍讲述他“恰同学少年”的灯塔时光，他“风雨飘摇终如初”的崇高理想，他“再走那条最难走的路”的英雄襟怀……

夏家父子二人，两位普通村民，他们没有惊人事迹，不会说大道理，只是想把夏雨初的故事，讲给更多人听，希望更多人记住一个简单而又实在的道理——“今天的幸福生活不是天上掉下来的，是烈士的鲜血和生命换来的”。

在灯塔，在夏家父子身上，我们看到了一种润物无声的传承，一种坚韧不绝的赓续。

这样的传承、赓续，在灯塔村今天的建设中，同样清晰可见。

今日灯塔，正以红色为主调，描绘着一幅多彩的乡村振兴新画卷。一边依水，美丽乡村建设让灯塔满目秀色、绿意盎然；一边傍山，千亩黄魁基地带动产业发展、脱贫增收。“雨初广场”上，展示着今朝的好生活；建设中的“雨初大道”，连接着明天的幸福路……

水乡遇雨，温润如画；红村忆旧，赓续如歌。

父子两代人的守护

一阵大雨后，郎川河畔的灯塔村，水汽氤氲。

村道曲折悠长，沿着绘有他生平事迹的红色文化墙，走进郎溪县革命烈士陵园，青松翠柏间，夏雨初烈士墓安然伫立；旁边相伴的是他的妻子、郎溪县第一个女共产党员董淑和次子夏道清烈士之墓。

陵园安静肃穆，每当有人来瞻仰，夏道胤、夏昌一中总会有一个人来到这里，带着乡音深情讲述烈士的故事。这一讲，便是68年的光阴。

夏雨初烈士（资料图片）

夏道胤是夏雨初大哥的儿子，夏昌一是夏道胤的儿子。年年岁岁，父子二人默默守护着烈士的陵墓、守望着心中的灯塔，用自己朴素的方式，赓续着英雄的精神。

◆ 一门忠烈

夏季的雨，激烈、戛然，一如夏雨初烈士27岁的一生，短暂、绚烂。

中共郎溪党组织创始人夏雨初的故乡，就在灯塔村。

今年88岁的夏道胤，没有见过三叔的模样，1933年他出生时，三叔已经牺牲3年了。

他认识的三叔，活在父亲夏雨人的讲述里。

“父亲当年做点小生意，父母早亡，三叔可以说是父亲一手拉扯长大的。”他的父亲思想开明，一直支持弟弟参加革命活动。

1927年，夏雨初被捕，是夏雨人拿重金赎他出狱。后来夏雨初回到郎溪，创办建平公学的经费也由大哥资助。

1930年夏天，27岁的夏雨初高呼“中国共产党万岁”就义于南京雨花台。夏雨人在党组织的资助下，冒着生命危险，把三弟的遗骨从雨花台偷偷带回故乡，葬在离家不远的地方。

父亲经常说起，三叔从小就同情劳苦大众，“看到穷人住草窝子、穿破衣服就难过。读书以后，懂得了革命道理，信仰了共产主义，要为穷人打天下”。

在夏道胤的记忆里，三叔是真正的大英雄，为了共产主义抛头颅、洒热血。他更敬佩的是，三叔一家满门忠烈。

“三婶董淑也是了不起的人物，郎溪第一位女共产党员，曾担任沪西的交通员，为革命做出过贡献。”他还记得夏雨初小儿子夏道清的样子，“堂哥头大大的，小名叫小东，15岁就参加新四军了！”

那是1944年，新四军在这一带活动，夏道清瞒着母亲董淑偷偷加入了队伍，“小小年纪就冒着枪林弹雨打仗了，条件很艰苦，一天要走几十里路”。后来，夏道清随部队转战苏北抗击日军，1948年在解放战争中牺牲，年仅20岁。

在三叔一家献身革命的精神感召下，1950年，夏道胤继承烈士遗志，光荣参加中国人民解放军。1953年，退伍返乡。

他说，退伍回来的第一天，放下背包，他就来到夏雨初烈士墓前，庄严地敬了个军礼，在心里默默许诺：叔叔，我回来守护您！

◆ 一生承诺

这一诺，夏道胤用了一生践行。

夏道胤和夏昌一父子已守护陵园68载 余 庆 摄

“20世纪50年代，条件很差，三叔的墓只是用黄土堆成的坟茔。”有一年秋天，夜里接连下了几场大雨，黄土坟被冲毁得很严重，他的心里像被蝎子蜇了一样疼。天晴后，他和老伴忙了一个多星期，才把坟墓恢复原样。此后每到雨季，他都要带着妻儿，为坟墓挖沟排水。

每年除夕，他总会来到陵园，在三叔三婶墓前摆上菜，敬上酒，然后坐在一旁，“汇报”一年的收成，说一说心里话。

不知道从何时开始，越来越多的人慕名来瞻仰夏雨初烈士墓，每当有人问起三叔的故事，他便滔滔不绝地说起来。

一天天、一次次，夏道胤不知不觉成为陵园的义务讲解员。特别是清明前后，几乎每天都要解说3场以上，在陵墓前一站就是4个多小时。有一次，因为过度劳累，他竟晕倒在墓地。

他不觉得这是苦差事。他觉得，通过自己的讲述，让更多人知晓烈士的事迹是好事，“今天的好日子是烈士的生命和鲜血换来的，来之不易，应当好好珍惜”。

有一年清明节，郎溪县一所小学的40多名学生步行30多里路，到陵园扫墓。生病躺在床上的夏道胤听说后，不顾家人劝阻，硬是爬起来，到陵园为学生作了1个多小时的解说。“要让孩子们知道，好好读书，才能对得起烈士的流血牺牲。”

据村干部统计，多年来，夏道胤至少讲述烈士故事几千遍，受教育人员达10万之众。

老人的辛苦，村民们看在眼里，他们出点子，让他将解说词录成磁带播放，他不同意：“不同的对象需要不同的解说词，我不能糊弄他们！再说，现场问的问题，录音机哪回答得出来。”

多年来，他倾尽全力一遍遍讲述烈士故事，从不要一分讲解费。他的想法很朴素：“三叔是夏家永远的骄傲，他年纪轻轻为了革命连生命都可以牺牲，我拿这个钱就是对不起三叔。”

2012年，一生致力红色宣讲的夏道胤，被评为“感动宣城”十佳人物。

如今，夏雨初烈士陵园修缮一新。2016年，陵园被确定为宣城市文物保护单位。夏道胤很欣慰，“后人没有忘记三叔，我这么多年的守护和讲解是有意义的”。

◆ 一家接力

随着年纪的增长，夏道胤的身子骨不如以前了，特别是腿脚不便，难以走出家门。

谁来接替自己继续守护烈士墓？夏道胤思来想去，决定把“接力棒”交给儿子夏昌一。

那时夏昌一还在杭州的建筑工地上打工，有着一份不错的收入。得悉父亲的愿望，他没有犹豫，回到家乡接过了这根沉甸甸的“接力棒”。

从2000年到2021年，这根“接力棒”一接就是21年。看守、清扫、除草……对夏昌一来说，守护工作不算体力活，让这个寡言的汉子犯难的是讲解，要把烈士事迹生动流畅地讲解出来，他费了九牛二虎之力。

刚开始，夏昌一每每接到祭扫通知，都要提前准备好解说词，再一句句背下来。很快，他有了一本密密麻麻的解说本……

现在，他已经不需要拿着解说本了。他说，自己只要一到陵园，就浑身充满力量，先辈们可歌可泣的事迹，仿佛就在眼前，已深深地刻在心里。

21年来，夏昌一再也没有出过远门，也没有外出务工，和妻子在家依靠8亩地为生，家里并不宽裕。可他没有别的想法，就是想好好守着烈士墓，把父亲的嘱托完成，把这份义务的事业坚持下去。

“夏雨初为革命英勇献身，是为‘忠’；夏家父子接续守护陵园，是为‘义’。”在郎溪县毕桥镇退役军人事务站站长刘毅看来，父子俩都不简单，他们用自己朴素的方式，继承了红色血脉，笃守了心中信义，赓续了烈士的光荣与梦想。

大雨初歇，临近中午，一队戴着红领巾的小学生来到陵园，祭扫烈士。“夏雨初烈士，1903年出生于灯塔村……”夏昌一的解说又开始了，夹着乡音，带着深情。

灯塔村处处有红色印记　戴　巍　摄

看今朝

灯塔映照景色新

『红村』记

灯塔长明，初心赓续。

村如其名，灯塔村的红是如此鲜明，厚重幽静的烈士陵园、沧桑古朴的夏雨初故居、12幅红色墙绘连环画……处处留有红色印记。

今天的灯塔，也是特色彰显，潺潺流动的南河边，村容整洁，道路宽敞，茶香满园……美丽乡村建设描出多彩画卷。

◆ 绿色扮靓

蒋顾村，灯塔村的中心村，夏雨初烈士的家乡。一进村口，“红色蒋顾，秀美水乡”的标志告诉我们，这里曾经的红多么浓烈，今天的绿又是多么浓郁。

蒋顾村，在初夏雨后最美。细雨如酥，风烟俱净，两三水鸭徜徉水面，岸边是青色的麦田，绿茵如织……在美丽乡村建设中，环境大变样，颜值大提升。

报道组在夏道胤家采访　戴巍　摄

2019年，蒋顾村被确定为美丽乡村省级中心村建设点。这是个好契机，村“两委”紧紧抓在手里，明确了重点，首要任务是

灯塔村貌　余克俭　摄

整治环境。

蒋顾村党支部书记陶维齐说得直接："一个村连环境都整不好，还谈什么发展呢?"

这一年，以环境综合整治为突破口，围绕"因地制宜、以点带面、逐步推开"的思路，蒋顾扎扎实实推进美丽乡村建设。

第一步，将全村157户自来水入户、卫生改厕和污水集中处理100%覆盖的任务列入正式规划，一边做基础设施的"加法"，一边做好污水、垃圾处理的"减法"。

蒋顾要脱去"脏衣服"，打出"组合拳"，穿上"新衣裳"。通过国家政策奖补、项目整合和村"两委"自筹，筹措了500多万元资金。

资金用在了刀刃上，突出红色主题，建设了8200平方米的雨初广场；内部道路摊铺沥青2公里，房前屋后环境整治15000平方米，安装太阳能路灯60套；利用闲置民房，修建村民综合文化活动室，丰富村民生活；彻底清理了多年的垃圾、粪堆、河道淤泥……

"垃圾山没了，泥巴路也没了，老旱厕改了，空气闻着都香了。"村民陈世清站在自家院子里，笑着细数近年的变化。

他有切身体会："以前的旱厕，就是在屋外挖个坑，放上两块砖，挂个帘子，既不卫生也不方便。”改水改厕之后，陈世清家的环境有了质的变化，“现在，不管雨天晴天，我家房前屋后都干净着呢!”

这是蒋顾的变化，也是灯塔的变化。当绿意邂逅美丽乡村，山还是那座山，水还是那方水，村庄却已然是崭新模样。

好风光也塑造了好民风。灯塔村委会副主任陈四清认为，变美是灯塔最显著的变化，更深层的变化还在人心，“大家自觉维护村容村貌，自发参与村庄保洁，处处是文明新风”。

◆ 金色添彩

今天的灯塔，不仅绿意浓，还添了一抹夺目的金色。

从灯塔村向西南不远，就到了中华茶博园，这里种植了1000多亩优质黄魁茶。

一望无际的黄叶，顺着山势起伏绵延，在阳光下呈现出金黄色……这是灯塔村最耀眼的颜色，也是产业扶贫的亮点。

“建平西南，茶林间产异茶，每年四月上旬，萌发嫩梢，其色玄黄，其味绝殊，族人以为瑞茶。”郎溪县所产黄化茶种古已有之，但数量极为稀少。

2008年，宏云制茶有限公司在毕桥镇发现了叶色黄化的茶树单株，联合安徽农业大学茶学国家重点实验室对该茶树单株进行保护性挖掘、选育和再优选，最终培育出了珍稀茶树新品种，其“外形胜玉叶，汤色盖黄金”，故名为“黄魁”。

据毕桥镇党委书记邹宗斌介绍，灯塔村是毕桥三个贫困村之一，是典型的丘陵地貌，村里一直有种植茶树的传统，但全村1000亩茶园80%以上都是老品种。“产品没有品牌，产业水平低，缺乏市场竞争力，一直卖不出好价钱，农户也难以增收。”

茶叶新品种“黄魁”的试种成功，让灯塔看到了希望。从2015年起，毕桥镇党委政府因地制宜，在灯塔村发展黄魁种植产业，带动贫困户走产业扶贫的路子。

这是一条好路子。利用27万元扶贫产业发展项目资金，灯塔村与宏云制茶合作，在中华茶博园共建30亩黄魁扶贫产业基地。

荒地种上了黄魁，资金带来了效益。30亩基地租赁期15年，每年支付村经营管理费4.2万元，增加了村集体收入。

负责这个项目的安徽黄魁茶业有限公司总经理戴世权算了一笔账，茶叶基地每年用工的费用约500万元，工人主要来自灯塔村及附近村庄，茶季高峰期一天就有900多人在茶园采摘，每人每天的工资是160元。

这个郎溪最大的茶叶出口企业，通过"公司+基地+农户"方式，让原先亩均收入只有2000多元的老茶园，现在亩均效益能达到6000元以上，为贫困户创造了20多个就业岗位、有了稳定的工资收入，还有表现突出的贫困户在公司成功走上了中层管理岗位。

易高友是村里的贫困户，这天，他和采茶工们一起，在茶叶扶贫产业基地里，背着茶篓排队称重刚刚采摘下来的茶叶。虽已年过六旬，他却很有干劲，"到茶园里采茶是个好差事，秤杆子一放就拿钱"。在家门口务工，不仅让他摘掉了贫困户的帽子，年均工资还能拿到4万元左右，"现在不愁吃不愁穿，还有点小积蓄，人越忙越有精神"。

黄魁茶园

2020年，灯塔村实现贫困人口全部脱贫，村集体经济也从2015年时的不足5万元，发展到如今约40万元。

◆ 红色赓续

红色，是灯塔村的底色。

村里，12面绘有夏雨初烈士生平事迹的红色文化墙，宽敞整洁的雨初广场，让这个红村的红格外突出。

近年来，在毕桥镇的指导下，村“两委”在整合红色资源、做深红色教育上下足了功夫，立足红色资源，重点谋划构建红色文旅区。

以夏雨初烈士故里为载体，建立郎溪县革命烈士陵园和爱国主义教育基地；依托清明节、公祭日等重要时期，开展祭扫烈士陵园、革命历史讲座、主题党日活动等爱国主义红色主题教育。

一个个红色遗址的保护和挖掘，一堂堂生动的革命传统教育实践课，让夏雨初的事迹越传越广，也让灯塔的名声越传越远。一批又一批党员、干部、学生来到这里，缅怀先烈、追寻足迹，赓续红色精神。

灯塔村纪检委员王炳富介绍，这几年从各地赶来烈士陵园瞻仰的人也越来越多，有郎溪本地的，也有外地的。“全村已累计组织开展各类红色教育活动500余场次，参与党员群众数万之众。”

如今，总投资1700余万元、总长2.7公里的“雨初大道”改扩建工程已开工，届时快速通道将直达红色景区；夏雨初烈士故居已申报省级文物保护单位，并获得首批修缮资金；烈士陵园改扩建项目已重新编制……

灯塔村已明晰下一步目标，那就是打响红色品牌，做大做深做实红色教育，将红色资源优势转化为发展优势，让红色灯塔长明，让多彩灯塔出彩！

红史一页

郎溪农民暴动

1928年，时任中共郎溪特支书记夏雨初根据“八七会议”精神，积极筹备武装暴动。

队伍从哪里来？夏雨初了解到，郎溪与宣城交界的南漪湖畔有支武装队伍，劫富济贫、除暴安良，首领也是毕桥人，叫陈文。夏雨初决定把这支队伍争取到革命道路上来。

夏雨初以同乡的身份多次与陈文沟通联络，赢得了他的敬重和信任。很快，这支农民队伍经过整编，与原农民协会的武装合并，组成了一支500多人的“郎溪农民自卫团”，陈文任团长，夏雨初任党代表。

当年，郎溪农民暴动攻城时的郎溪老城墙(资料图片)

有了队伍，暴动从哪里开打？夏雨初、陈文决定要打就打县城。为此，郎溪特支多次召开会议，分析县城内敌人布防情况，反复研究攻城的具体实施方案，成立了由夏雨初任总指挥的暴动指挥部。同时组建了工人突击队和建平公学宣传队，决定用里应外合的方法，攻打县城。

1928年5月9日，郎溪农民暴动第一枪打响了！这天拂晓，农民自卫团500多人按照事先部署，秘密行动到县城附近；随即向县城发起进攻。预先埋伏在城内的工人突击队鸣枪呐喊，接应攻城队伍。

此时，尚在梦中的敌人听到枪声，惊慌失措，不战自乱。经过约1小时的战斗，自卫团攻占了县城。占领县城后，苏维埃郎溪县工农委员会成立，夏雨初任主任委员。

翌日，工农委员会颁发了《告全县同胞书》，提出“不交租，不还债，不纳一切捐税”“铲除贪官污吏，实行土地革命”的政治主张。

郎溪农民暴动引起了国民党当局的极大恐慌，他们慌忙派出重兵，卷土重来，进行了残酷的“清剿”。由于敌我力量悬殊，农民自卫团寡不敌众，500多人的队伍几乎损失殆尽，夏雨初、陈文被迫出逃。

郎溪农民暴动虽然失败了，但以夏雨初为首的共产党人，在白色恐怖之中，不畏强暴、不怕牺牲的革命精神，如一道闪电，划破了风雨如磐的夜空，光照千秋。

注：本专题内容依据宣城市委党史和地方志研究室、郎溪县委党史和地方志研究室资料整理。

（“赓续”报道组：张玉荣　徐文宣　余 健　戴 巍）

回想过去那段峥嵘岁月，我们要向革命先烈表示崇高的敬意，我们永远怀念他们、牢记他们，传承好他们的红色基因。

——习近平

郎溪 夏桥

追寻

ZHUIXUN

红村档案

昔日夏桥，是郎溪县第一个苏维埃政府旧址所在地，是当时苏区广郎宣红色政权的核心领导机构所在地。1930 年 10 月，广郎宣三县代表在夏桥召开苏维埃代表大会，成立姚村苏维埃政府，组建姚村农民赤卫团，一场“抗租、抗税、抗丁”的革命风暴由此掀起。

今日夏桥，是“安徽省森林村庄”“安徽省民主法治示范村”“安徽省美丽中心村”“宣城市文明村”“宣城市民主法治示范村”。

题记

来到夏桥，是为了追寻，追寻一段红色往事。

青春换得江山固，碧血染将天地红。91年前的夏天，这里红旗猎猎，呐喊声声。姚村农民赤卫队高举镰刀锤头，掀起一场暴动，创建了郎溪县第一个苏维埃政府——姚村苏维埃政府。

往事并不如烟。姚村苏维埃政府旧址还在当年的地方。走进旧址，聆听往事，赤卫队员的追寻，依然感天动地、可歌可泣。那是对真理的追寻，那是对理想的追寻，那是对幸福明天的追寻。

在夏桥，我们还遇见了另一种追寻。

为了让后人记住那段峥嵘岁月，记住当年赤卫队员的英雄事迹，一位老人开始长达40年的追寻。这位老人，叫做臧永元。臧永元追寻的不仅仅是一个称号、荣誉，更是一种对革命先辈的敬意、一种对先烈精神的礼赞。

追寻不止于昨天；今天的夏桥人，仍然在追寻的征程上继续前行。他们沿着先辈们的红色足迹，继续追寻着幸福的生活、美好的未来。

我们走进苗圃、鸡舍、茶园……感知家庭农场的蓬勃兴起、新型经营主体的生机活力；在青山绿水间，我们与家庭农场主们畅谈追寻小康路的艰辛与汗水，奔向美好生活的憧憬与期待。

昨天的追寻，多么澎湃；今天的追寻，多么缤纷。

追寻，为了那段红色往事

郎溪 夏桥

历史因铭记而永恒，精神因传承而不灭。

姚村暴动是郎溪红色历史上的光辉一页。1930年，共有570余人参加了姚村农民赤卫队，作为暴动的主力军，他们用鲜血书写了一段红色历史。

往事并不如烟。在郎溪，有一位年逾八旬的老人——郎溪县人民法院退休干部臧永元，致力挖掘姚村的红色往事，追寻当年牺牲的赤卫队员的英雄事迹。

40多年过去，臧永元已满头白发，追寻仍未停止。老人坚信："每一位英雄都值得铭记，每一个牺牲都永垂不朽。"

◆ 踏上追寻之路

臧永元是听着革命先辈的故事成长的。

他的家乡，是郎溪唯一的山区乡姚村，这里曾孕育了郎溪县第一个苏维埃政府——姚村苏维埃政府。

时光回溯到90多年前——

"砰！砰！砰！"1930年夏，一个闷热的午后，随着几声枪响，在邵家冲造纸厂工人陈建富的带领下，几十名青壮年带着长矛、大刀、步枪，冲进茶楼、酒馆，抓捕了一批劣迹斑斑的乡绅。

臧永元 严 扬 摄

轰轰烈烈的姚村暴动自此展开。很快，一支500多人参加的农民赤卫队迅速集结，打土豪、斗地主、分田地。

同年10月，姚村苏维埃政府在姚村夏桥村成立。此后，农民赤卫队不断发展壮大，继续在郎溪、广德两地开展“抗租、抗税、抗丁”斗争。

由于敌人的残酷镇压，加之叛徒的告密，1931年8月底，陈建富、李同洲、阮大佑等赤卫队主要负责人，先后遭敌逮捕，壮烈牺牲。姚村农民暴动失败了。

这一段铁血忠魂的历史，是姚村最鲜明的红色，也是一代又一代姚村人的骄傲。

“在童年记忆里，我的母亲、村里的老人，常常说起关于姚村赤卫队员的英勇事迹。”但臧永元惊奇地发现，被当地老百姓口口相传、视为楷模的革命先辈们，却一直没被认定为烈士。

在姚村暴动发生的49年后，1979年4月，从部队转业回郎溪工作的臧永元，做出了一个重要的决定：做一名“追寻者”，追寻尘封的历史，为牺牲的姚村赤卫队员“正名”。

这一决定背后，还包含着一份沉甸甸的家族情感。

“当年牺牲的队员中，有一人名叫熊恩才，我的母亲就是他的遗孀。”臧永元说，熊恩才牺牲后，他的妻子强忍悲痛产下遗腹子，后因生存艰难，不得不重新组建家庭，“我的三哥熊传富就是熊恩才的后代”。

对这段经历，臧永元的母亲从来没有遮掩，这个坚强的女性一直以丈夫参加赤卫队为荣。

怀着对革命先辈的敬意，怀着对家族的情意，臧永元踏上了追寻的漫漫长途。

◆ 历时40载的坚持

这一条追寻之路，因年代久远、资料缺乏、旧人故去，注定曲折漫长。

我们在臧老的家里，翻开他历年收集整理的申报材料，泛黄的信纸，褪色的墨迹，印证着40多年的时光。

那时，臧永元只能利用周末时间四处走访调查。他根据母亲的回忆，走遍了姚村夏桥的每一个角落，前后找到了60多名知情人，最终确认了家乡有21人参加赤卫队，在姚村暴动中牺牲。

“有一位受访者亲眼看到了赤卫队员受刑的场景，在他的描述下，敌人的残忍程度令人发指，但赤卫队员不畏牺牲、英勇顽强。”回想至此，臧永元难掩激动。他说，每听一次这样的故事，就更坚定了为赤卫队员们“正名”的决心。

1981年4月，臧永元将调查收集的21人的材料，上报到郎溪县民政局和郎溪县党史办。

这一年，臧永元的母亲病重不起。在人生的最后时刻，老人仍记挂着申报的事。“这个好消息，她最终还是没有等到……”臧永元说，因为时间隔得太远，资料难以考证，第一次申报并没有成功。

但是，臧永元没有放弃。他继续收集线索，不断完善资料，为了告慰英魂，也为了完成母亲的夙愿。

1982年，赤卫队员遗属张清福在自家老宅的墙缝中，发现了一份当年赤卫队开会的人员画押名单。他找到臧永元，两人将这份珍贵的资料交到郎溪县党史办，相关资料得到进一步完善。

在追寻的过程中，他也有不被理解的时候。有人朝他泼冷水，让他“别认死理”，“申报不成就算了”……但他从未动摇，“这是一件有意义的事情，我必须坚持下去”。

退休之后，臧永元将全部精力放在追寻之路上。他一遍遍到档案馆、纪念馆查阅史料，联系当地新四军后人、志愿者，深挖历史细节。

2011年，又有一批赤卫队员遗属找到臧永元，商量后决定，这一次，先申报当地党史资料记载较多的8位赤卫队员：李同洲、阮大佑、阮开全、费新海、吴清福、张官成、熊恩才、陈建富。

精诚所至，金石可镂。这一次的申报终于等来了好结果。2014年5月20日，安徽省民政厅发出《关于同意追认陈建富等八名同志为烈士的批复》。

牺牲80年后，8位革命烈士终于得到正式认可。

报道组在夏桥采访　戴巍　摄

当臧永元将这个好消息告诉三哥时，已是古稀老人的熊传富泣不成声，久久不能平静。看着兄长泪流满面的模样，臧永元内心五味杂陈，他觉得，“告慰了三哥亲生父亲熊恩才在天之灵，了却了母亲一辈子的夙愿，但还有13位赤卫队员没能申报成功”。

之后的岁月里，臧永元又进行了两次材料整理，向有关部门反映情况。2016年到2019年，年事已高的老人，在当地工作人员的陪同下，3次赶赴省民政厅、省退役军人事务厅，继续追寻着。

◆ 追寻还在继续

回顾40多年的追寻过程，臧永元感慨万千。“当年赤卫队员为了农民打天下，不怕流血牺牲，我为他们做这点事，无怨无悔。”

他唯一担心的是，随着年纪越来越大，如果有一天，他离开了这个世界，这剩下的13位队员是否会渐渐被人遗忘？他还在搜集相关资料，精心保存着申报材料，希望有一天能派上用场。

据郎溪县退役军人事务局工作人员解释：“申报烈士的程序非常严格，材料需要层层上报和批复。”随着时间的推移，很多知情人士相继去世，有些资料认定的难度会越来越大。

令人欣慰的是，从2015年起，当地相关部门担起了申报的重任，为这13位队员的认定继续努力着。“赤卫队的精神感召着我们，臧老的执着感动了我们，我们有责任也有义务去追寻这段历史。”县退役军人事务局的同志表示。

夏桥村也积极行动起来。在臧老收集资料的基础上，该村正积极参与相关工作。村党总支书记胡国燕说道：“姚村暴动的历史，是我们每一位夏桥村人的光荣与骄傲，在学党史中，我们更深刻地体会到，要用好红色资源、传承好红色基因。”

2020年，位于夏桥村的“姚村苏维埃政府旧址”修缮完毕，正式对外开放。令臧老激动的是，在展览馆内，13位赤卫队员的名字，与8位已被正名的烈士一起，位列“岁月留痕 睹物思人”展板的“英名录”上。“这说明，我这么多年的追寻是有意义、有价值的！”

今天，每一个走进旧址的人，能看到这13位赤卫队员的姓名：张传和、彭本富、阮大任、傅正楷、马国太、谈本杰、何元成、刘海、江玉成、陈家洪、王大成、姚大牛、戴四娃。

青山有幸埋忠骨。历史不会忘记他们。

多彩夏桥焕光彩

朝阳映茶园，炊烟罩人家，鸡鸣田舍间，扶疏绕树屋……坐落在天子湖畔的郎溪县姚村镇夏桥村，好山好水好风光。

昨天的夏桥，革命先辈为追寻真理、信仰，留下了光辉的红色历史；今天的夏桥人，踏着先辈的足迹，迈步在同心奔小康的康庄大道上，追寻着美好生活。

夏桥村的美好生活，是从发展家庭农场起步的。郎溪的家庭农场模式是全国五种家庭农场模式之一，夏桥村的实践为这个模式增添了斑斓的色彩。

多彩夏桥，光彩照人。

◆ 盛夏苗圃绿成荫

岁岁松柏茂，日日丘陵多。夏桥村林业资源丰富，守着的就是一片绿水青山。

大中午，农场主刘义林正忙得不可开交。“这一单发往宁波，这一单发往湖州，这一单发往杭州……”他一边麻利地备注着手机上的订单，一边指挥挖树苗、捆扎、装车。

他是村里第一批尝试家庭农场新模式的人。

2012年，在外发展的刘义林看好苗木市场，回到村里成立了郎溪县盛夏苗木家庭农场。

最初起步，农场流转了几十亩土地，从江苏句容购买了0.8—1厘米的小榉树22000棵、黄山栾树50000棵。

航拍夏桥　虞文灵　摄

他说，刚开始自己是个门外汉，一点苗圃经验都没有，特地从江苏请来老师傅花钱学习种植，但他有想法，夏桥山多土肥树种也丰富，适合苗木种植，“种树总是好事，哪怕不赚钱，也有利于环境”。

“刚开始，也走了不少弯路，缺技术、缺经验、缺资金，最困难的时候，把自家辛苦攒下积累的门面房都抵押了出去。”他咬着牙坚持了下来，渐渐地摸索出了门道，小苗长成大苗，树种丰富了，基地也扩大了。第二年，承包流转土地100亩左右，购买了桂花、紫薇各15万棵。“感谢政府扶持家庭农场的好政策，提供了100多万元专项低息贷款，渡过了难关。”村里也全力支持，80%的绿化管养都交给他负责。

他认为，做生意和种树一样，靠的是毅力和诚信。“你付出多少汗水，苗木也会同样回报。我们凭诚信打开了市场、稳定了销路。”

2014年，刘义林扩大集中流转土地，创办郎溪县翊林苗木种植专业合作社。目前，种植基地已经扩大到了1200亩，年销售额近200万元。

他喜欢待在苗圃里，绿树成荫，生机勃勃。“这片是现在最受欢迎的朴树，那片是红玉兰、三角枫，前面那一片是新品种早樱、速生红花紫薇、红叶石楠球……”前5个月，刘义林已经发出去50多万株苗木，他胸有成竹：去年营业额有300多万元，今年肯定比去年还要好。

盛夏家庭农场先后被评为县级、市级家庭农场示范点，带动了附近40多位村民就业。刘义林说，农忙的时候，需要的人手会更多，一年能为村民增收1万多元。

◆ 龙井山下土鸡肥

夏桥村有座龙井山。

李忠保天天就在山里，饲养着他的3000多只土鸡。

这也是一个农民创办的小型家庭农场，规模不大，很有活力。

老李是姚村龙井山土鸡养殖家庭农场的农场主，个头高大，个性爽朗，领我们进山的步子又大又快。“山里的空气好吧？我养的土鸡，就是天天呼吸这样的空气、喝山里的水、吃山里的笋。”

他也是半路出家。2016年，年过五旬的李忠保，辞去了打工的工作，决定还是回乡创业。“干什么好呢？我们夏桥有山有林，养鸡有地方有条件。”

就这样，他创办了龙井山土鸡养殖家庭农场。员工只有他和聘请的一对老夫妻，一共3人。

往山里走，他领我们参观加工鸡食的车间，“这个季节，土鸡吃的是我们自己挖的笋”。将发酵过的竹笋与麦麸、玉米等无公害的食料混合加熟，是他调制的独家“营养餐”。

再往前，一路就能看到三五成群在山林里觅食的老李家的鸡，“鸡冠黑、爪子黑、翅膀黑，这是我们的特色，要卖150元一只”。老李很得意，山中散养、绿色喂养，他家的鸡结实，“炖出来的鸡汤那叫一个香”！

他说，刚开始那两年，苦于没有技术、没有客户，硬是往农场贴积蓄。“成功哪有那么容易呢？不过，我相信坚持到底就是胜利。”

在村“两委”的帮助下，当地农业部门提供了技术指导。扶贫工作队为他打开了“朋友圈”，“特别感谢扶贫工作队的胡华胜队长，在微信朋友圈、微信群里帮我吆喝，联系客户”。他粗略算了下，靠着扶贫工作队介绍的订单，他就卖出了30多万枚鸡蛋。

李忠保是个有心人，他觉得家庭农场养殖同样要走专业、科学的路子。从2018年开始，他自费聘请第三方检测机构，对自家土鸡每年进行两次抽检，检测鸡肉里有无化学残留、有无激素等。“有了无公害有机的质量检测证明，土鸡和鸡蛋的销路更好了”！

现在，这个小小的家庭农场，一年出栏3000多只老母鸡、30多万枚鸡蛋，带来20多万元收入。致富不忘乡亲，他还主动向周边的村民低价提供鸡苗、免费传授养鸡技术，“把我们龙井山土鸡的品牌越做越大，大家一起奔小康”。

◆ 茶园再添新风光

山里养鸡，山上种茶。

盛茂贵茶叶种植家庭农场的茶园就在山上，种着白茶、绿茶、黄金茶。

采摘下来的茶叶，送到了山下的盛峰名优茶厂里再加工。盛茂贵的儿子盛飞，穿着印有“上山下乡广阔天地大有作为”的文化衫接受了我们的采访。

家庭农场成立于2014年，承包山林面积78亩，拥有茶叶加工厂房500平方米，加工设备15台，辐射带动了全村20余茶叶种植户。

2017年，在外工作的盛飞，被父亲叫回来经营家庭农场。他脑子活，“夏桥有这么好的生态资源、这么丰富的农产品，为什么不抱团一起打品牌、闯市场呢”？

2018年，盛飞联合村里其他几家农场主，成立了宣城市龙井山农业开发有限公司。通过“公司+合作社（家庭农场）+村民”的生产模式，由大户规模经营，带动周边村民发展特色种养业。

利用淘宝网站、微商平台、微信朋友圈等平台，公司将茶叶、莲子、板栗、大米、土鸡等生态农特产品，发往北京、上海、山东等地。“好东西不愁卖！”去年销售额达到70多万元。龙井山的农产品提高了知名度，家庭农场有了新销路，农民增加了新收入。

夏桥的家庭农场红红火火。村党总支书记胡国燕介绍，作为姚村镇家庭农场数量最多的村，夏桥村现有10个家庭农场，合计收入1000万元，带动周边500多位村民就业，人均增加收入5000余元。

借着电商的东风，夏桥的家庭农场还在试水新路。2020年，夏桥村成立

夏桥家庭农场　陈家来　摄

了郎溪县首家实体化运营的村级供销社——夏桥供销社，注册了“多彩夏桥”商标，农产品“打包”销售，提高附加值，一年销售额达到了60多万元。

在胡国燕的构想里，下一步要推动家庭农场“抱团取暖”，增强抗市场风险的能力，提升农产品规模化、标准化水平，让“多彩夏桥”品牌在市场叫得开、叫得响。

多彩夏桥，在追寻美好生活之路上，还将走得更好更远……

红史一页

记姚村苏维埃政府旧址

姚村苏维埃政府旧址坐落在郎溪县姚村镇夏桥村，一座古旧的老屋，青瓦白墙，见证历史。

走进旧址，草鞋、蓑衣、马灯、锈剑……一件件饱含沧桑的实物，一幅幅泛黄的老照片，让时光回溯到91年前的夏天。

那个夏天，在这里，发生了震惊宣郎广的姚村农民暴动，成立了郎溪县第一个苏维埃政府——姚村苏维埃政府。

1930年，在广德暴动和皖南红军独立团斗争日益高涨的声势下，郎溪姚村地区的造纸工人和贫苦农民积极行动起来。

8月初，邵家冲造纸工人陈建富等前往广德与皖南红军独立团团长王金林、政委邱宏毅接上了联系。当月，一支拥有570余人的农民赤卫队就在鸦山、永丰一带组建了，他们公开竖起“抗租、抗税、抗丁”的“三抗”大旗。8月15日，在王金林的部署下，陈建富率赤卫队攻打国民党姚村乡公所，当场击毙伪政府乡长姚木奎，首战告捷，赤卫队很快发展到1000多人，“三抗”斗争轰轰烈烈。

姚村苏维埃政府旧址如今是开展红色教育的基地

10月16日，赤卫队改编为姚村农民赤卫团，并经宣郎广苏维埃准备委员会批准，召开“成立苏维埃政府”代表大会，宣布姚村苏维埃政府成立，陈建富任政府主席，这是郎溪第一个苏维埃政府。

当时，各村普遍建立了农会，高潮时会员发展到2000余人。

姚村地区与广德西南乡的红色区域连成一片，成为广郎宣革命根据地的重要组成部分。

1930年10月，国民党调集武装力量，向广郎宣革命根据地发动了疯狂的“清剿”，根据地队伍损失甚重。为适应斗争形势，1931年初王金林率领部队到郎溪鸦山整编，继续坚持游击斗争。1931年8月底，陈建富等姚村农民赤卫团主要负责人，遭敌逮捕，壮烈牺牲。

报道组在姚村苏维埃政府旧址　戴 巍　摄

烽烟散尽，旧址依存，这间老屋已成为夏桥峥嵘岁月的见证。

夏桥村党总支书记胡国燕介绍，2020年4月下旬，苏维埃政府旧址修复工程启动，并纳入革命文物保护项目，总投资43万元。目前旧址已建成集教育、参观、培训为一体的红色教育实践基地，为宣城市重点文物保护单位。

走出旧址，夏阳灿烂，光影流淌在斑驳的门墙上，91年前的那个夏天仿佛并不遥远……

注：本专题内容依据姚村苏维埃旧址资料整理。

（“追寻”报道组：张玉荣　徐文宣　余 健　戴 巍）

广德 唐流

关山

GUANSHAN

敢于斗争、敢于胜利。一不怕苦、二部怕死，是人民军队血性胆魂的生动写照。

——习近平

红村档案

昔日唐流，是新四军苏浙军区三次反顽战役的主战场之一。中国人民志愿军第一位特等功臣、特级战斗英雄杨根思在唐流桃花山上首立战功，荣获团“战斗模范”称号。

今日唐流，是“卢村好人”评选发源地，省级美丽乡村建设示范点，荣获“安徽省‘五个好’村党组织标兵”“宣城市文明村（社区）”等荣誉称号。

题 记

唐流，又一个书写热血传奇的红村。

万里赴戎机，关山度若飞。当年的唐流，曾是新四军三次反顽战役的主战场之一。群峰苍苍，关山阵阵，镌刻下铁军战士三战三捷的荣光。

在一个夏日的午后，我们沿着蜿蜒的山路前行，来到曾经烽烟弥漫的战场。炙热的阳光下，牛山、桃花山满目葱茏。

雨后复斜阳，关山阵阵苍。

桃花山上，志愿军第一位特等功臣杨根思曾在这里首战立功、锋芒初试；桃花山脚，在红色文化纪念馆，一抹抹永不褪色的红，深深地印在我们脑海中……

牛山之巅，一块英雄石，见证着新四军苏浙军区将士浴血奋战、血战关山的辉煌；牛山之麓，一座反顽战斗遗址纪念园，把我们带进那风云激荡的烽火岁月……

忆往昔，铁血关山战旗红；看今朝，幸福唐流景色新。

今日唐流，“新风堂”文明新风拂面来，“万寿堂”移风易俗新事多，“卢村好人馆”弘扬正能量，“14598”有事我就帮……新时代文明实践活动春风化雨、润物无声，幸福唐流生机蓬勃、流光溢彩。

昔日战火硝烟的红色村庄，今天已是流光溢彩的新模样。

装点此关山，今朝更好看。

唐流，又一片铺展小康画卷的热土。

关山阵阵度若飞

走进唐流，关山苍莽，满目的绿，满山的青。

这个安宁静谧的山村，曾是新四军三次反顽战役的主战场之一。

踏遍青山人未老，犹记当时烽火里。让我们沿着新四军浴血奋战的足迹，重回那个曾经烽烟滚滚的战场，重温这曲壮怀激烈的英雄赞歌！

◆ 烽火起关山

历史的长镜把我们带回到烽火连天的1945年。

那年的1月，新四军苏浙军区在毗邻广德的长兴成立。

军区担负重任。按照毛泽东同志提出的“扩大解放区、缩小沦陷区”的指示，为向东南沿海发展，军区部队奉命向浙西进军。途中，遭到国民党顽固派的多次进攻，新四军被迫在天目山地区进行了三次反顽自卫战，史称为“天目山战役”。

战斗中的新四军（新四军牛山反顽战斗纪念园资料图片）

广德唐流一带就是三次反顽战役的主战场之一。

万里赴戎机，烽火起

关山。

关山重重　叶竞文　摄

是年2月12日，当新四军第三纵队在陶勇司令员率领下进至广德地区时，遭到国民党第三战区六十二师、“忠义救国军”等部五个团兵力的阻击。

第三纵队奋起自卫，经过五天激战，在广德、孝丰边界一带歼灭敌六十二师一部和“忠义救国军”第四团大部，解放孝丰县城，取得了第一次反顽战役的胜利。

时隔半个月，第二次战役打响。这一战，牛山是激战地之一。

在广德市新四军历史研究会副会长许国的陪同下，我们登上了660米高的牛山。

当年鏖战急，弹洞前村壁。山上，战壕、碉堡、前沿指挥所遗址犹在，战火与硝烟仿佛就在眼前。

3月，国民党重新调集五十二师、六十二师、“忠义救国军”等部12个团的兵力，分四路向我孝丰阵地合击。

新四军猛烈反击，经过两天战斗，在桃花山、王街等地歼灭顽军五十二师、一九二师两个团，俘敌副团长以下1700多人，再次粉碎了顽军的进攻。

为什么战旗美如画？英雄的鲜血染红了它。许国介绍，第二次战役中，坚守阵地的新四军三纵队第八支队第一营第三连在石鼓山击退顽军6次进攻，激战7小时，毙、伤顽军200余人，三连指战员大部壮烈牺牲，仅剩13人仍固守阵地。

国民党顽固派不甘失败，卷土重来。5月底，顽军纠集10个师、66000多兵力，向新四军发动第三次大规模进攻。其中，国民党第七十九师、第五十二师是在皖南事变中偷袭新四军的主力部队。

旧恨新仇，同仇敌忾。新四军与国民党顽军在浙江新登、广（德）孝（丰）边境的白水湾、杭坑、桃花山等地展开血战。

桃花山，就在唐流村红色文化纪念馆的对面。昨天硝烟弥漫的战场，如今已是满目葱茏。村民说，“当年那一仗打得可激烈了！”

战斗中，新四军将士高呼“消灭五十二师，为皖南事变死难烈士报仇”的口号，浴血奋战，气贯长虹。

那场战斗，不仅激烈，而且结果很好！

前后一个月的时间，新四军歼灭顽军五十二师2个团及七十九师大部兵力，近9000人。

血战关山，三战三捷！

这是在军史上留下重重一笔的胜利！粉碎了国民党顽军在江南地区发动的大规模进攻，扩大了苏浙皖抗日根据地，为对日大反攻创造了有利条件。

◆ 碧血染关山

雨后复斜阳，关山阵阵苍。

那个午后，我们沿着陶勇路、杨根思路……一路向上，一草一木一碧血，一山一石一丰碑。

一处碉堡遗址，早已断壁残垣；一处战壕遗址，已是草木深深；一处前沿指挥所遗址，只余构杵石基……一块“英雄石”矗立山顶，见证了一个个惊心动魄的战斗瞬间。1945年3月5

许国向学生讲述唐流红色历史（资料图片）

日，新四军苏浙军区第三纵队八支队在此阻击国民党顽军。这场战斗中，二营张班长跃出战壕与敌近战时，被子弹击中，壮烈牺牲。

与牛山相依的桃花山，也是激战之地。

唐流村党委书记刘长英很自豪：中国人民志愿军第一位特等功臣、特级战斗英雄杨根思，曾在这里战斗，立下首功。

那是1945年6月，第三次反顽战役中，新四军四纵队第十支队老一团冒着细雨从浙江省孝丰县城出发，他们要从敌人中间穿插25里，像把尖刀直插桃花山。

走在全团最前面的，正是杨根思所在的一营三连三排九班。

据杨根思战友的回忆，行军中一阵尖锐刺耳的枪声从侧翼传来，两条火舌封锁了穿插的道路，战士们趴在地上无法前进。营长来了，焦急地问："为什么不行动?"班长手一指，营长看到一个黑影正在向敌人火力点运动。营长问："那是谁?""杨根思!"

班长的话音刚落，轰轰两声巨响后，敌人的重机枪哑了。炸掉了这一火力点，为一举攻占桃花山，歼灭顽军第五十二师扫除了障碍。

战斗结束后，杨根思被评为团"战斗模范"称号，首战立功!

杨根思的英雄事迹并没有结束。

1950年11月，杨根思参加了中国人民志愿军抗美援朝作战。11月底，在小高岭战斗中，已任志愿军某部连长的杨根思，以"人在阵地在"的英雄气概，接连击退敌人8次进攻。当投完手榴弹，射出最后一颗子弹，阵地上只剩他和两名伤员时，又有40多名敌人爬近山顶。危急关头，他抱起仅有的一包炸药，拉燃导火索，纵身冲向敌群，与爬上阵地的敌人同归于尽，壮烈牺牲。英雄的生命永远定格在了28岁。

中国人民志愿军为杨根思追记特等功，并追授"特级战斗英雄"称号，命名他生前所在连为"杨根思连"。

在唐流村红色文化纪念馆，杨根思留下的豪言壮语至今震撼人心，"有我们的勇敢就没有敌人的疯狂，有我们在阵地就一定在"。

◆ 装点此关山

红色唐流，换了人间。

2019年1月开馆的红色文化纪念馆，以“永不褪色的红”为主基调，铭记革命历史、传承红色精神。

徽派建筑风格的外墙题写了“昔日根据地、今日新农村”的标识，“桃花山战斗”的墙绘引人注目。

这个占地200平方米的纪念馆，面积不大，展陈分为红色热土和红色精神两大板块。

“新四军苏浙军区第三纵队”“反顽战役”“重要支援线路”“英雄足迹”等板块，记录了新四军突击包围桃花山、歼灭国民党顽军的历史，是唐流村引以为豪的红色记忆。

特别是反顽战役期间，3条支前运输线，其中一条就经过了唐流。当地群众积极给部队送柴、送米、洗衣、洗被、护理伤病员，支前民工肩挑手推，跋山涉水，确保了前线部队的粮食供应。

报道组在牛山聆听新四军战斗故事　叶竞文　摄

“纪念馆是我们开展红色主题教育、进行红色文化宣传的重要载体。”刘长英书记介绍，去年清明节期间，纪念馆还进行了云直播，讲解员化身主播，在网上开启了一场别开生面的红色记忆探寻之旅，网民们纷纷留言参与互动，“让更多人了解三次反顽战役的红色历史，让更多人知晓红色唐流的光辉往昔”。

昔日战场，硝烟弥漫；今日关山，风景独好。

安徽天籁生态农业有限公司总经理张光清是土生土长的本地人，他说，从小就听父辈讲述过牛山的战斗故事，“有这么好的红色资源，我们要保护好、传承好，也要宣传好”。

他一直有这个心愿，让更多的人知道牛山，知道牛山战斗。1999年，在外事业有成的他，回到家乡，取得了牛山的承包经营权。那时的牛山，没有一条像样的路，山上满是荆棘，战场的痕迹快要被岁月淹没了。

他觉得，自己有责任保护这座英雄山。20多年来，他倾注心血、投入资金，修路、种茶、建园、恢复遗址……还在广德市新四军历史研究会的指导、支持下，建设了新四军牛山反顽战斗遗址纪念园。

这个话不多的汉子，是个有心人。历时15年修成的山路，每一段都以一位参加过反顽战役的将士命名，“这也是一种铭记”。他还到处托人收集反顽战役里留下的老物件，在纪念园里做了战场沙盘模型……

如今，山坡的“牛山青”茶园茶香四溢，山上的高山栈道、缆车等旅游设施加紧建设，一个集红色旅游、茶叶种植、休闲民宿于一体的综合旅游项目，即将完工迎客。

登高望远，关山苍莽，唐流今朝更好看。

看今朝

流光溢彩看唐流

青山如黛，绿水含烟。

桃花山下的唐流村，这片曾被热血烽烟洗礼的地方，如今在村民勤劳汗水的浇灌下，一方红土成热土，焕发出美丽新颜——村容村貌焕然一新，文明新风扑面而来，生产生活迈上台阶。

今日唐流，流光溢彩，日新月异……

◆ 旧貌换新颜

步入广德市卢村乡唐流村，杨柳依依，小桥流水，有着皖南山村特有的秀美韵味。

这是今天的新貌。以前的唐流可不是这样。

村里有过顺口溜，“垃圾靠风刮，污水靠蒸发”，还有泥泞的村路、破旧的厕所、拦道的猪圈……

不仅脏乱差，而且很穷。还有一句话，说的也是唐流，“穷不穷，桃梨同”。这个“桃梨”指的就是唐流村，当年集体经济收入只有7500元。

唐流人，可不甘心过这样的日子。

2012年，美好乡村建设拉开大幕。唐流村抓住了千载难逢的大机遇，编制多规合一的美丽乡村建设规划，大力实施整修工程。

水清了！提升了引水工程，修建了蓄水池，对主干河流及塘坝集中清淤，畅通水流、整治河道。

路通了！7个自然村道路实行“户户通”，21个村民组主干道都通了水泥路。硬化道路3.5万平方米，并安装了150多盏太阳能路灯，受益人口覆盖20个村民组近2800名村民。

唐流村新风堂　叶竞文　摄

基础设施有了！接连建设了便民服务大厅、幸福院、红色文化纪念馆、好人馆、休闲广场等。

水清岸美、清新整洁，村容村貌脱胎换骨，唐流村变美的同时，也变富了，变强了。

2016年，村里成立了股份制合作社，实施“资源变资产、资金变股金、农民变股东”的“三变”改革。村集体、唐山自然村五组与六组农户和广德黄金茶叶有限公司，三方合作建设黄茶、薄壳核桃基地。

2018年，唐流村还将省财政及广德市财政扶持壮大村集体经济的50万、20万元资金分别入股了当地三鑫竹木制品厂、广德先雨农业有限公司，每年保底分红分别是3万元、7.5万元。

“三变”改革，不但盘活了村里的闲置资产，解决了部分村民的就业问题，也让村集体得到了发展壮大。黄茶、薄壳核桃基地的股权收入，三鑫竹木制品厂、广德先雨农业有限公司的股权收入和村集体房产租金收入，已经成为村集体经济的主要来源。2020年，村集体经济收入已达50万元。唐流美了，唐流富了。

◆ 新风润农家

提升了颜值，唐流村更深层次的变化，是新时代文明实践活动的落地生根、开花结果。

2018年，卢村乡确定三个移风易俗试点村，唐流村就是其中之一。

试点试出新风尚，村里率先建起了“新风堂”。

村党委书记刘长英介绍说，当时“礼金高、办酒贵”是大家反映比较集中的问题。

就从这里“开刀”，破除陈风陋习。她带着村“两委”一班人前往邻近的浙江乡镇学习“取经”。学到了好点子，回来后，经村民代表大会同意，村“两委”决定利用闲置的一处农贸市场改建为“新风堂”。

“新风堂”新在哪里？

“新风堂”创新发出“221行动”倡议：酒席不超过20桌，每桌不超过10道菜，随礼不超过200元。

村民们签下了承诺书：我承诺带头参与移风易俗红白喜事新办简办行动，抵制大操大办，不盲目、不攀比、不跟风，争做社会文明新风的引领者、倡导者、建设者、传播者。

负责“新风堂”活动组织策划的汪佩介绍，“预定在新风堂办理宴席的村民，只要缴纳1000元场地费，便可免费使用舞台、空调、音响设备”。

2019年1月，“新风堂”正式开门营业。村民熊永华是首位客人。

熊永华还记得曾算过账：“酒席一共摆了18桌，烟酒不计，每桌400元，加上1000元租金，花费8200元。单这一项就比在酒店办酒席节省近万元！”

航拍唐流（资料图片）

新风吹唐流，节俭也时尚。

2019年3月，“万寿堂”建成使用，新风再添新内涵。

在村里任职21年担任12年书记的刘长英，深有感触：“此举破除了陋习。”以前有村民在山上圈地，给自己修“活人墓”，侵占了土地资源，破坏生态环境，有百害而无一利。

“万寿堂”工作推行之初遇到很大的阻力，但村“两委”、老年协会挨家挨户做工作，大伙思想通了、心也齐了，文明祭祀理念深入人心。

作为广德市首个以骨灰集中存放形式建设的村级公墓，“万寿堂”变“入土为安”为“入室为安”，实现了生态安葬、低碳祭祀，并在其他乡镇推广。

刘书记很自豪：“从过去的讲排场、比气派，到现在的讲文明、比家风，看看我们的笑脸墙——传递温暖感受幸福，这就是今日唐流的新乡风。”

◆ 有事我就帮

在村“开放式便民大厅”，沉甸甸的奖牌一字排开，“人民对美好生活的向往就是我们的奋斗目标”标注在大厅最醒目的位置。

“幸福唐流”可不是一句空洞的口号，而是有着现实载体和实际行动，这就是“14598”党建品牌。这5个数字连在一起，正是“有事我就帮”的谐音。

每个数字有具体的指向，“1”突出一个宗旨，即打造服务型党组织；“4”依托四大平台，即乡村综合管理平台、政务代办平台、党群服务中心、游客接待中心；“5”践行五步工作法，即定点说事、集中谈事、及时问事、入户问事、定期评议；“9”加强九支队伍建设，即村“两委”、党员、村民组长、妇女小组长、老年协会、志愿者服务队、治安巡逻队、学生、舞蹈队；“8”开展八大活动，即便民利民、环境整治、志愿服务、关爱帮扶、平安维稳、应急救助、文体娱乐、教育培训。

卢村乡副乡长查未丽介绍，“14598”打通了服务村民的“最后一公里”，唐流村党组织建设迈上了新台阶。已创成广德市首个“5A农村党组织”，成立首个“云上党支部”，组建首个“幸福院党小组之家”，获得了2020年度卢村乡“基层组织建设工作一等奖”“综合工作目标考核一等奖”“党的建设工作目标考核一等奖”……

幸福唐流，宜居宜游。这一点，村民最有发言权。

81岁的王祖光，原先是村老年协会的会长。老人热爱书法，也会裱字画。平日里，他自己掏钱买来笔墨纸砚，免费教村里的孩子写字画画。

见到王老的时候，他正在潜心创作书法作品——“百年华诞九州庆·翰墨丹青颂党恩”。

老人很健谈，“我们老年协会积极配合村‘两委’的工作，大家心往一处想、劲往一处使，目的就一个，让唐流美起来、让日子好起来”。他积极发挥作用，“万寿堂”推进有难度，他带头支持，参与建设；还在每月1日、15日，定期组织老党员学习，开展读书日活动。

幸福唐流的幸福指数还在攀升。

在村党委的积极推动下，村里建立了“1+1+1”志愿服务模式，即“1名好人+1名党员+1名困难群众”进行结对帮扶，开展“每月做一件好事、参加一次公益活动、找村民聊一次天、帮助群众解决一个问题”的“四个一”活动；创办“爱心银行”、发放“爱心存折”、评选“公益之星”“爱心大使”；实行志愿者公益积分制度，做好事，拿积分，为困难群众换物品，志愿服务形成“奉献—积累—回报”的帮扶模式……

雄关漫道真如铁，而今迈步从头越。幸福唐流的好日子还长着呢！

好人馆走笔

硝烟散尽晴方好，风流人物看今朝。

唐流村红色文化纪念馆的正对面，就是“卢村身边好人主题展馆”。

“卢村好人馆”为何设在唐流村？因为这里是卢村好人评选的发源地。

卢村好人馆　叶竞文　摄

2011年，为进一步倡导树立文明新风尚，村里开展了“找找最美唐流人”评选活动。

这一找，身边好人还真不少——

不离不弃照顾植物人妻子的好丈夫王宗林，义务为村民免费上门问诊的村医余政琴，独自一人赡养年迈婆婆抚育一对儿女的梅翠，发挥余热服务乡亲的老年协会负责人王祖光……

特别是在美好乡村建设中，好人好事更是层出不穷。村民主动出资修路，一位在外地办企业的老板专程返乡捐款；占用的山林田地，村民们没要一分钱补偿；修路时，每家每户轮流给工人免费做午饭，50多岁的村民王天福在杭州打工，听说家乡修路，特地请假回家帮忙……

最美唐流人的故事，在卢村乡引起强烈反响。乡党委、政府认为，凡人善举，身边标杆，可敬可学，值得推广。

2013年7月，第一届“身边的感动·找找最美卢村人”好人评选启动，每季度评选10个“最美卢村人”，年终评选10个“年度人物”。

这一活动坚持了8年，8季好人评选表彰共产生148位“最美卢村人”，其中1人获评“中国好人”，7人获评宣城市级好人，75人获评广德市级好人。而来自唐流村的“卢村好人”，占比最多。

现在，“好人卢村”已成为广德市精神文明建设的一张金“名片”。为集中展示好人形象，2019年1月，卢村好人馆建成开馆，馆址就选在唐流村。

走进好人馆，一段段文字、一张张图片，生动展示了来自全乡13个村（社区）的85位好人的事迹。

“助人为乐”“见义勇为”“诚实守信”“敬业奉献”“孝老爱亲”“移风易俗”……他们的故事，平凡又不平凡，寥寥数语的介绍背后，是爱心、是温暖、是善举、是大义。

大爱卢村，善行唐流。

注：本专题内容依据新四军牛山反顽战斗遗址纪念园资料整理。

（“关山”报道组：谭艺莹　何媛媛　徐晨　叶竞文）

胸怀千秋伟业，
恰是百年风华。
——习近平

广德 苏村

风华

FENGHUA

红村档案

昔日苏村，在土地革命时期，王金林等革命先烈就在这里留下战斗的足迹；在抗战时期，许道珍在这里建立中共苏村支部，使广德党组织在抗日战争中第一次得到恢复，成为党领导全县民众抗战的战斗堡垒。1940年，中共广郎中心县委成立，县委也设在苏村。

今日苏村，传承红色基因，创新基层党建，被评为“宣城市十大红色村庄”“宣城市第五届文明村”。

题记

苏村，是我们采访的第十个红村。

来到苏村，领略风华。

在广德市博物馆，我们遥望广德暴动“红旗卷起农奴戟”的烽烟，追寻中央红军皖南独立团浴血奋战的身影与足迹；

在广德抗战第一党支部纪念馆，我们倾听延安传来的“正音”，感悟抗日烽火里中共苏村支部建立的奋斗与艰辛；

在许氏家风家训馆，我们缅怀“许氏三杰”恰同学少年时的意气风发，倾慕革命志士前赴后继为革命的信念和理想……

在苏村，从土地革命到抗日战争的烽火里，从王金林、许道珍革命先辈的故事里，我们感悟，风华，是一种精神，是一种情怀，是一种使命。

来到苏村，遇见风华。

我们在村里邂逅了四名年轻的党员，他（她）们在芳华正好的年纪，根植红土地，接续奋斗，不负韶华。

寒来暑往，他（她）们进村入户，走进田间地头，用心打造红村党建品牌，义务宣讲苏村红色故事，栽下了一片党员义务林，建起了初心党建主题公园……以汗水致青春，献年华于基层，为苏村的红，增添了蓬勃的朝气、飞扬的活力。

在他（她）们身上，我们看到，风华是一种青春，是一种传承，是一种奋斗。

忆往昔，风雨苍茫风华浓；

看今朝，青春作伴苏村红。

忆往昔

风雨苍茫风华浓

苏村，一片红色热土，历经风雨，凝结风华。

翻开苏村的红色历史，风雨骤、风华浓——土地革命时期，这里回荡着广德暴动的怒吼；留下了中国工农红军皖南独立团战斗的足迹；抗战时期，这里恢复建立了中共苏村支部，继而成为中共广郎中心县委所在地，抗日救亡的旗帜映红了这里的山山水水……

伫立苏村河畔，回望红色村史，风雨苍茫风华浓。

◆ 红旗卷起农奴戟

广德暴动，是广德红色历史里浓墨重彩的篇章。

苏村的红色历史正是其中的一页。

广德暴动领导者、共产党人王金林，是广德人，他的出生地花鼓村，离苏村不远，如今都属于誓节镇。

王金林（左四）1929年摄于广德花鼓塘（资料图片）

在苏村的广德抗战第一党支部纪念馆内，王金林生前留下的唯一一张照片，悬挂在最醒目的地方。这位年轻的共产党员，有着宽阔的额头和明亮的眼睛，风华正茂。

1928年，王金林在安徽省立第一甲种农业学校毕业后，考入安徽大学文学院预科，8月转入本科政治系。也是这个月，他光荣地加入中国共产党。

1929年2月，中共广德特别支部成立，王金林成为支部负责人之一。这年冬天，中共广德县委在誓节花鼓塘附近的董家冲成立，26岁的王金林任县委书记。

有了党组织的领导，广德革命形势日益高涨。

山雨欲来风满楼。这年秋天，广德地区蝗虫成灾，大片土地颗粒无收，很多走投无路的农民，自发组织起来，到地主富户家“吃大户”。面对高涨的革命形势，县委着手组织农民开展斗争，为武装暴动进行准备。

一首当年王金林亲自创作的《农民歌》，至今字句铿锵：“农民真正苦，流血流汗养地主，土豪劣绅实在坏，逼迫穷人儿女卖”……旗帜鲜明的斗争精神，通俗易懂的歌词，点燃了广大贫苦农民革命的火焰。

1930年3月，王金林、邓国安领导的县委从群众最迫切的粮食问题入手，发动和组织农民开展大规模的分粮斗争。在陈塘村，王金林率领1000多名农民，高呼“打死比饿死强”，像潮水一般涌向地主家，分粮600担，缴获3支枪。

红旗卷起农奴戟。以分粮斗争为标志，广德暴动拉开序幕。

随着分粮斗争的深入，县委抓住有利时机，及时把分粮斗争转入武装斗争。王金林在黄金坝正式组建第一支红军游击队。他又创作了一首脍炙人口的《士兵歌》：官兵如兄弟，平等又相亲，大家快起来，齐心投红军……

红色歌谣传唱开来，农友来了，工人来了，游击队组织起来了，附近的民团和自卫团也有士兵起义投诚……

游击队在战斗中迅速成长。在王金林率领下，这支不足百人的队伍，以“避敌主力、待机出击”的游击战术，日伏夜行，东袭西扰，多次击退敌人的清剿。

这年7月，游击队已发展到1个营4个连300余人，改编为游击大队。改编后的游击队越战越勇，又连打了几个胜仗。10月，中国工农红军皖南独立

苏村党建主题公园 叶竞文 摄

团成立，王金林任团长，人数共有600余人。

风雷动，旌旗奋。这个时候的广德，革命红色区域已发展到包括苏村在内的150多个大小村庄，面积扩大到600多平方公里，人口有5万多人。

革命形势的高涨引起了国民党反动派的仇视，他们要把红色力量扼杀在摇篮中。

1930年底和1931年初，国民党反动派纠集人员，对红军独立团连续发动了三次清剿。由于红军没有建立巩固的革命根据地，部队给养困难，人员和弹药得不到及时的补充，加上敌人疯狂"清剿"，白色恐怖严重，群众不敢接近红军，部队吃饭穿衣都成了问题。

王金林没有被困难所吓倒，仍然领导部队坚持斗争。

1931年10月下旬，王金林率领红军和赤卫队300余人攻打誓节渡。敌人严密防守，久攻不下。王金林在前沿阵地指挥作战，不幸左臂负伤。部队随即撤出阵地。红军在转移途中不断遭到敌人的包围、追击，伤亡很大，队伍最终被打散。团长王金林被叛徒出卖，不幸被捕。面对敌人的审讯，这个经受了战火硝烟洗礼的共产党员坚贞不屈，慷慨激昂："中国共产党一定胜利！"

同年11月22日，年仅28岁的王金林在凤凰堆被敌人杀害，英勇就义。

轰轰烈烈的广德暴动失败了。

广德市新四军历史研究会副会长许国介绍，这场以农民为主体的革命风暴，其规模之大，坚持时间之长，影响之深远，在皖南革命斗争史上都是空前的。尽管以失败告终，但它所产生的政治影响远达苏皖浙赣四省边区，对该地区的革命斗争起到了重要的动员和宣传作用。

◆ 江山代有英雄出

广德暴动失败了，它播下的革命种子深植沃土，蓄势待发。

广德暴动幸存下来的革命者，接过红色大旗，踏着先烈足迹，继续前行。

许道珍就是其中杰出的一位。

建在苏村的广德抗战第一党支部纪念馆，记录了这位革命者的一生。

许家是苏村的名门望族。许道珍的父亲许济之是当地知名人士，被尊称为“许大先生”。

在广德暴动的那些日子里，许大先生的家成为革命党人的秘密据点，王金林、邓国安等主要领导人常常在他家的厨房开会。

在参加会议的人员中，就有18岁的许道珍。自古英雄出少年，那时候的许道珍已经是红军独立团的成员，担任共青团广德县委巡视员、红军小报编辑。

王金林牺牲后，地方党组织全遭破坏，革命陷入低潮。

这一时期，许道珍先后在东流、广德等地中学任教。在那些风雨如磐的日子里，他并没有放弃共产主义的信仰，没有停下追求革命真理的步伐。

1937年，正在县立初级中学教书的许道珍，得知二弟许道琦在延安。他喜出望外，即与广德进步青年周嘉琳、尚金铭等人千里迢迢，历经辗转奔赴延安，寻求革命真理。

在延安，许道珍参加了延安抗大第三期第三大队学习。“饕餮倭奴步步侵，凶残警激睡狮心。奸帮向敌投媚眼，唯有延安奏正音。”纪念馆墙上这首

《七七事变》诗句，正是他内心的真实写照。

1938年5月，在延安抗大提前毕业的许道珍受中共皖南特委指派，回到广德开展敌后抗日活动，成立了动委会和青工团。短短三个月里，组织广大爱国青年、进步人士积极参加抗日活动，受到特委书记李步新的赞扬。

由于国民党“反共”分子的排挤、迫害，1938年8月，许道珍被迫退出这两个抗日组织，回到了故乡苏村。

回到家乡的许道珍初心不改。他利用苏村下街头的一座古庙创建苏村小学，一面教育学生，一面以此为掩护，继续开展革命活动。功夫不负有心人，很快，许道珍就在当地教师、学生和农民中发展党员20余人，其中，就有三弟许道琛。

1938年秋的一个夜晚，中共苏村支部在苏村小学成立。这是广德党组织在抗战时期第一次重建。

那一夜，革命的星火，再次划破夜空。

讲解员郭鹏向我们介绍，墙上的一幅油画，再现了那个神圣的场景。“鲜艳的党旗挂在墙上，站在前面的就是许道珍，他正带领新党员举起右手庄严宣誓。”

根据中共皖南特委的指示，许道珍以苏村为基地，积极发展党员，至同年冬，全县党员达100余人。

报道组在苏村采访洪传声老人 叶竞文 摄

党组织的迅速壮大，引起了国民党顽固派的警觉，国民党广德县政府密谋逮捕许道珍。这年10月，为保存革命力量，中共苏皖特委将许道珍调至宣当芜中心县委工作。

皖南事变发生后，中共苏皖区委派许道珍再次返回广德，着手组建地方抗日武装。1941年5月，郎广游击队在誓节渡成立，这是郎广地区在抗日战争中党领导建立的第一支地方武装。

1944年1月，广德县抗日民主政府成立，许道珍任县长。中华人民共和国成立后，他又担任中共广德县委书记兼县人民政府县长。

许道珍，这位从苏村走出来的革命先辈，是苏村人最引以为豪的骄傲。

95岁的离休干部洪传声得知我们来，带着自己写的回忆材料，特意赶来。洪传声告诉我们，许道珍是他的老师，他的校长。“许校长个头高大，让人印象最深的是他的眼睛，特别有神。”在这位老党员心目中，许道珍还是当年的模样。

在苏村，铭记红色历史的可不是洪传声老人一位。当年苏村小学的旧址，已被修葺如昔，辟为“广德抗战第一党支部纪念馆”。学校房屋遗留的三根石柱还在，历经沧桑，尽显风华。

青春作伴苏村红

苏村的红，源远流长的红，风华永驻的红。

昨天，从风雨如磐的土地革命时期，到烽火连天的抗日战争时期，苏村都是战斗的热土，红色的堡垒。

今天，苏村，又有一帮年轻人，他们精神抖擞、意气风发，以行动慰先烈，以汗水致青春，为红色苏村再添风华。

改天换地今胜昔，重整山河待后生。

◆ 冯恺 “党建公园的设计师”

“不忘初心、牢记使命”党建主题公园，修建在清清的苏村河畔。誓节镇党委组织办主任冯恺领我们一路参观。

他是“85后”，1988年出生，20岁加入中国共产党。他说，为了全面挖掘展示苏村的红色资源，镇党委政府下了大力气。

2019年，誓节镇在苏村谋划建设“一船两馆两中心”——红色主题公园的“初心号”红木船、广德抗战第一党支部纪念馆、许氏家风家训馆，开放式党群服务中心、党群教育中心。

这是一个颇具规模的红色工程，从动议、规划到建设完成，冯恺全程参与。“纪念馆从2019年10月开始谋划，我们多次去档案馆收集资料，前后改了近十稿。”收集资料的过程，也是学习红色历史的过程，他越来越觉得，自己干的是一件有意义的事。

数易其稿、精心打造，2020年8月，“一船两馆两中心”顺利建设完成，

镇、村四位年轻党员，从左至右为冯恺、郭鹏、刘洁、刘桃
叶竞文 摄

成为苏村提颜值、增内涵的党建品牌，也是集红色教育、便民服务、村级管理于一体的综合服务平台。

冯恺记得，是在盛夏的晚上7时许，“初心号”红木船运到了公园，村民们都赶来围观，“我们在现场为群众解释为什么叫‘初心号’，什么是‘红船精神’，这真是最好的红色课堂。”现在，村里召开党员组织生活会就在这条船上，“每次开会都是一次提醒，共产党员要不忘初心、牢记使命”。

那个月，广德市党建调度会现场会在这里召开，是疫情期间该市举办的唯一一次现场会。提起这件事，冯恺一脸自豪。

◆ 刘洁 “镇里来的女委员”

和冯恺同年，誓节镇党委委员刘洁也是1988年出生。

她笑着告诉记者，党龄已有11年了，当选过县级的“优秀党务工作者”。

刘洁和苏村有缘分。2013年，通过省三支一扶考试来到誓节镇，第一个联系的村就是苏村。

“以前对苏村了解不多，来了才知道，这是一个名副其实的红村。”她在这里熟悉了王金林闹革命、许道珍恢复建立党组织的故事。

这个村有着优良的传统。她记得，第一次参加村里的党员大会，通知是8点，可是党员们6点就差不多到齐了。“还有的老党员年纪太大，是家人搀扶过来的。有的党员住得很远，天还没亮就赶路了。”

这个村有着淳朴的民风。每次在村里走访，虽然大多数村民不认识她，还是会很热情地打招呼，邀请她去家里坐坐，喝口水吃块西瓜。“苏村人勤劳，我第一次参加苏村村委会换届，5点到村部，6点天刚蒙蒙亮跟着村民组长收集选票，原本以为是挨家挨户去收，去了才知道都是到田间地头，大伙早已在田间干活。”

在乡镇工作的8年里，刘洁尽自己所能帮扶贫困学生，其中有几名是家在苏村的大学生。他们一直和刘洁保持联系，每当放假的时候，就主动联系她，积极参加镇里、村里的志愿服务活动。

谈到这些，她很开心，“踏踏实实扎根在红土地上，能实实在在为老百姓办好事”。

◆ 郭鹏 “红色场馆的义务讲解员”

郭鹏，名字很豪迈，人却是一位秀气的女孩。

她是“90后”，1994年出生，2016年5月入党，2017年来镇里工作，现在担任誓节镇妇联副主席、组织干事，获得过“宣城市党员远程教育优秀站点管理员”称号。

郭鹏还有一个重要的“职务”——苏村红色场馆的义务讲解员。虽然是个兼职，她看得很重，干得很用心。

“2020年8月纪念馆开馆，镇里安排我负责解说工作。”她不是当地人，一开始还不了解苏村的红色历史，查找了很多资料，一遍遍补充完善解说词。

一次、两次、三次……一场场解说下来，她对苏村的红，有了更深的理解和感悟。“抗战那么艰难困苦的时期，老一辈共产党员冒着生命危险，在这里恢复重建了广德的党组织，这需要多么大的勇气！这是多么坚定的信念！”

许道珍是她非常崇敬的革命先辈。在解说中，她深情地念起许道珍在延安抗大时期写的诗作《七七事变》，“唯有延安奏正音，配的插画就是延安的宝塔山”。

她非要带我们去纪念馆旁边的许氏家风家训馆看看，她说，虽然没建好，但是值得一看。“许氏三杰的故事里面有介绍，许家真是广德有代表性的革命家庭，三兄弟都走上了革命道路。”

航拍苏村　叶竞文　摄

在许多次的讲解中，郭鹏印象最深的是那次为许家后人的讲解。许氏家族40多人从各地赶来瞻仰家族前辈，那一次，郭鹏为讲解做了精心准备。当许家后人听了郭鹏如数家珍的讲解之后，非常感动。“许道珍的侄子一定要去当年掩护过大伯打游击的堡垒户家看看，在镇、村两级的帮助下，找到了这户人家，他侄子再三表达谢意。”

郭鹏介绍，许家后代还在回报这片红色土地的情意，多次向广德中学、苏村捐款援助。

◆ 刘桃　“党员义工林的护林员”

苏村村委会委员、团支部书记、党务专干刘桃，也是一名“90后”，1991年出生，2019年10月入党。

她全程参与了党建主题公园的建设，介绍红色元素如数家珍。

“从‘初心号’上岸，就是一座弯弯的小桥，现在我们进入到主题公园的‘学初心’板块。”这里的构思很巧妙，桥栏上设置了15块微型红色展牌，分别介绍了“南昌起义”“遵义会议”“三湾改编”等党史重要知识。

“下面一个板块是‘证初心’”，她领我们走进一连串红色五角星形状组成的长廊，这也是独特的创意，两边是可以翻动的木牌，一面是党史题目，另一面则是答案。“边走边测，边测边学，看看理论知识知多少。”

她说，平时村民早起锻炼和傍晚休闲，一路走过来，就耳濡目染了一遍党史知识。周末节假日的时候，也经常能看到家长带着孩子过来，在“证初心”长廊里，认字做题。“在家门口进行红色教育接地气，效果好。”

再往前，设在湖堤上的“践初心”板块，集中展示了当地革命先烈事迹、今天时代楷模风采。

“证初心”长廊　叶竟文　摄

公园最有特色的部分，是党员义工林。

这个项目也是她负责的。今年春天，全村135名党员在公园栽下了135棵红玉兰，每一株树苗都系上了红色的“党员承诺卡”：

——让苏村名号走出去，让更多人走进来

——勤奋扎实工作，做一个让群众满意、信赖的人

——为村民办好每件小事，用心服务群众……

刘桃自己的承诺是：“讲好抗战第一党支部的故事，让每个来访的人都能记住苏村、爱上苏村。”

135句承诺的背后，是实实在在的行动。苏村美丽乡村建设扎实推进，硬化道路约23公里，兴修塘坝18座，安装路灯200余盏，绿化2000平方米，创办老年活动中心，新建公共卫生厕所2座，改建非卫生厕所2000余座……

公园里的玉兰树花期已过，铅华洗尽，但满树新绿，还是那样郁郁葱葱、风华正茂。

许氏三杰

广德赫赫有名的“许氏三杰”，就在誓节。

正在建设的苏村“许氏家风家训馆”里，“许氏三杰”的介绍已展示出来，大哥许道珍、二弟许道琦、三弟许道琛三人照片排在一起，气宇轩昂。

许道珍（资料图片）

许道琦（资料图片）

许道琛（左一）（资料图片）

三兄弟的父亲许济之是当地开明士绅，南京两江师范学堂毕业，被当地人尊称为“许大先生”。

在“耕读传家、精忠报国”祖训教导下，“许氏三杰”都走上了革命道路，为这个当地的名门望族增添了鲜明的红色。

大哥许道珍的故事，广为人知。

早年投身革命，曾赴延安抗大学习；抗战时期，任中共苏村党支部书记，为恢复重建广德县党的组织做出了重要贡献。皖南事变后，他领导创建的郎广游击队，是郎广地区在抗日战争中党领导建立的第一支地方武装。中华人民共和国成立后，为第一任广德县委书记、县长。

受大哥革命思想的影响，许道琦和许道琛也在青年时期参加了学生运动。

1937年，一心向往革命的许道琦辗转赴延安，并在延安抗大学习时加入中国共产党。他的革命生涯也历经艰险，引人注目。

解放战争时期，我中原部队处于敌人30万大军围击的危急关头，许道琦率队侦察北路突破点，使我军大部队得以胜利突围。部队到达陕南后，他又无条件地服从党的决定，从主力部队转到地方，参加建立陕南革命根据地斗争，坚持到刘邓大军南下。

比大哥小五岁的许道琛，1938年加入中国共产党，化名彭海涛，长期在苏浙皖边区坚持游击战争。

三弟的故事也有精彩一笔。

日军投降前夕，汪伪少尉飞行员黄哲夫等人决定弃暗投明。当时在中共宣城县委工作的许道琛热情地接待了他们，并向苏浙军区粟裕司令员汇报。经多方秘密联系安排，1945年8月，黄哲夫等6人驾驶飞机起义，顺利飞抵延安。这是人民军队接受的第一架起义飞机。

“许氏三杰”，青史流芳的红色大家庭。

注：本专题内容依据广德抗战第一党支部纪念馆、许氏家风家训馆资料整理。

（“风华”报道组：谭艺莹　何媛媛　徐 晨　叶竞文）

每到一地，重温那一段段峥嵘岁月，回顾党一路走过的艰难历程，灵魂都受到一次震撼，精神都受到一次洗礼。

——习近平

宣州 蒋山

峥嵘

ZHENGRONG

红村档案

昔日蒋山，新四军二支队司令部曾设在这里，张鼎丞、粟裕在此指挥新四军二支队对日作战，取得了“奔袭官陡门”“狸桥战斗”“夜袭裘公渡”赫赫战绩。

今日蒋山，大力发展河蟹养殖产业，河蟹、青虾生态混养模式效益高、名气大，是闻名遐迩的“螃蟹之乡”。2019 年入选“安徽省第二批美丽乡村示范村”。

题记

盛夏的蒋山，清凌凌的水，蓝莹莹的天。

我们走进一座红色场馆，回顾一段峥嵘历程。

在张家祠堂的老屋里，新四军二支队司令部旧址，还保持了当年的模样。

复原的战场沙盘、挂在墙上的作战地图、老式的手摇电话、刻下岁月痕迹的煤油灯……又把我们带回到抗日烽火中。

一道道号令从这里发出，一次次行军从这里启程，一个个捷报从这里传开——“奔袭官陡门”“狸桥战斗”“白沙李伏击战”“夜袭裘公渡”，旌旗猎猎驾长风，铁军铁血扬威名。

蒋山，因此在新四军军史上，书写了峥嵘一笔。

那山，那水，历经时光，容颜未改。

那村，那人，穿过年华，记忆犹新。

在这里，我们遇到了张家的后人，他们一代又一代守着祠堂，守着旧址，守着往事。

堂兄妹三人年事已高，红色往事记得牢。他们记得张鼎丞、粟裕留下“一块银圆”的厚意；他们记得新四军与人民亲如一家的深情；他们记得人民对子弟兵发自肺腑的牵挂和关怀。

岁月峥嵘忆往昔，山河秀美看今朝。

村边的固城湖，天朗水阔；远处的花山大桥，连接苏皖。

乘着长三角一体化的东风，蒋山风生水起。看，清新整洁，美丽乡村，入画来；看，三千亩水面，波光潋滟，蟹正肥；听，鼎裕合作社里，财气兴旺，幸福多。

从昨天走向今天，蒋山，续写峥嵘，再绘新卷。

硝烟深处写峥嵘

又是一个晴好的夏日。

在宣州区狸桥镇蒋山村，75岁的张金海早早起床，推开自家祠堂的大门，打扫屋内保存的革命文物展区，等待一批又一批来接受红色教育的人们。

时光回溯到83年前，1938年8月，一个同样晴好的夏日，这座祠堂大门曾被一群远道而来的陌生人轻轻“推开”。

“推开”大门的，是时任新四军二支队司令员张鼎丞、副司令员粟裕。在此后的8个月里，这座祠堂就成了二支队的司令部。

那是蒋山村的峥嵘岁月。

◆ “村里来了新四军”

那年夏天，蒋山村人兴奋地奔走相告：村里来了新四军！

这支新四军可是一支有着光荣历史的部队。1938年2月，闽西南红军游击队改编为新四军二支队。张鼎丞任司令员，粟裕任副司令员。部队从福建龙岩整装出发，东进北上抗日，由皖南挺进江南敌后。8月来到狸桥镇蒋山村。

蒋山，由此在宣城抗战史上留下了峥嵘篇章。

当年，新四军为何把司令部设在这里？宣州区党史地方志室副主任徐永剑告诉我们，那是因为蒋山地理位置好。

蒋山所在的狸桥，一脚踏三县（宣州、郎溪、高淳），鸡鸣闻两省（安徽、江苏），与苏南地区茅山抗日游击根据地成犄角之状，正是新四军开展抗

张鼎丞、粟裕指挥战斗(资料图片)

日游击战的好地方。

选在蒋山，更因为这里群众基础好，百姓欢迎子弟兵。

张金海听爷爷张云深说过：“我们家的祠堂刚修葺一新，新四军就来了，爷爷便把祠堂主动提供给部队使用，张鼎丞、粟裕选中这里设立了司令部。”

这是一幢典型的清晚期皖南建筑，六开三进两层木质结构，房梁高、房间多，客厅宽敞，适合研究、指挥战斗。

在张金海的带领下，我们也轻轻“推开”了张家祠堂斑驳的木门，仿佛走进了那年那月那时光。

“作战指挥室”里，一张老照片呈现了当时司令部的全部家当：一张方桌、两把椅子、一台电话，作战图贴满墙。

“张鼎丞卧室”“粟裕卧室”分别在左侧的两个小房间，房间还按当年的样子，简单陈设了桌椅和床。两位将领的照片在墙上，穿着新四军军装，英姿飒爽。

正房当时留给了房东张云深居住，他的孙子张金海现在还住在这房间里。80多年来，张家三代守着这间老屋，守着这段历史。张金海很自豪：“张鼎丞、粟裕可都是了不起的人！在我家住了半年多。”

张金海还写下“思历程牢记使命，见故宅不忘初心”的对联贴在大门上，一遍遍告诉来参观的人，“当年就是在这间屋里，新四军二支队司令部指挥打了胜仗哩”！

新四军二支队司令部旧址　戴巍　摄

◆ “粟裕用兵真如神”

第一个大胜仗，就是奔袭官陡门。

官陡门在哪里？

我们在陈设的作战地图上，找到了这个不起眼的地点——位于芜湖市东北角，是地理位置极为险要的小镇，距离蒋山近百公里。

徐永剑介绍，1937年12月日军侵占芜湖后，将官陡门作为重要军事据点，并在其周边修筑防御工事，设置三层铁丝网和障碍物，派遣300多人把守此镇。“敌人吹嘘过，要想攻下官陡门，除非天降神兵。”

敌人想不到，“神兵”已在蒋山。

“为了使当地民众从敌人铁蹄下解放出来，为了要震撼敌人的心脏，歼灭敌人一部分有生力量，更为了要坚持江南抗战，以和全国友军共同争取抗战胜利。”这是1939年10月7日粟裕发表在《新华日报》上的文章——《芜湖近郊的奇袭》。

离司令部约百米的地方，是二支队的宿营地。昨天厉兵秣马之地，今日已是草木深深，一片宁静。今年82岁的张承高是张金海的堂哥，他听长辈讲过当年紧张的战前准备："战士们每天都在练习，练习划小船，练习枪支操作。晚上也不睡觉，还在河边练习。"

"敌人认为最安全的地方，就是我们出奇制胜的地方。"奔袭官陡门，是一场出其不意、攻其不备的突击战。1939年1月20日，粟裕亲率二支队3团主力，从狸桥向芜湖进发，迂回穿插，隐藏在敌人鼻子尖下行军。

21日凌晨，"神兵"天降！向官陡门据点发起突击。突击队匍匐前进，接近敌人据点，以迅雷不及掩耳之势，冲锋枪、轻机枪一齐开火，很快便攻破了铁丝网。东西两路夹击之下，敌人被打得鬼哭狼嚎、血肉横飞。

这一仗打出了志气。我军以轻伤2名的代价，全歼守敌300余人，缴获机枪4挺、长短枪70余支。

这一仗打出了威名。从攻击开始到战斗结束，仅用时8分钟。周围的敌人还不知道怎么回事，粟裕已率部安全撤出。因谋划之精、出兵之奇、行动之快，被军史称为突击战的经典范例。

在张家祠堂，我们见到一张珍贵的合影，微微泛黄的照片上，定格了官陡门战役后，新四军指战员脸上胜利的喜悦。

好戏还在后头。

1939年4月8日，日军组织1000多人从湾沚、溧水，向二支队司令部进行合围扫荡。

狸桥战斗又打响了！

宣州区新四军历史研究会副会长张光逵的父亲张毅，时任

新四军第二支队第三团奇袭官陡门胜利归来时合影（资料图片）

二支队的军医，亲历过这场战斗。张毅在世时，口述了《新四军狸桥战斗亲历记》，由张光逵整理成文。

据老人的回忆，粟裕用兵真如神。

这一仗，他指挥直属机关随第4团主力转移，令第3团5连、第4团6连在狸桥东北的九龙山构筑阵地阻击敌军。4月10日上午9时，阻击连与大举扑向狸桥的敌军交上了火，敌军重炮猛轰九龙山高地，新四军战士奋战5个多小时，完成任务后迅速转向日军侧后。

下午4时以后，日军占领空无一人的狸桥。夜间，疲惫的日军正在酣睡之时，一支支新四军尖刀小队向其营地发起突袭，待敌军排出阵形出战时，却连一个人影也找不到。一夜下来，敌人被搅得焦头烂额，再也不愿在此停留，第二天一早就分路往北退兵，狸桥扫荡无功而返。

风烟滚滚唱英雄，四面青山侧耳听。

新四军二支队驻扎狸桥期间，开展了大小战斗119次，白沙李伏击战、夜袭裘公渡……连战连胜、捷报频传。

◆ “当兵要当新四军”

1939年4月，新四军主力继续东进抗日，离开蒋山村。8个月的时间，留下的故事多哩！

90岁的村民程兰花奶奶，身子骨硬朗，还能说清楚拴马石的由来。

她指着当年张鼎丞拴马的地方，告诉我们：“张鼎丞、粟裕那么大的官儿，自己节俭得很，但只要听到有老百姓生病或揭不开锅了，就会亲自或者叫工作人员送钱送粮去。”

“一手握枪，一手握锹。”还有村民听老一辈说过，新四军不训练的时候，就帮着大伙干农活、打扫卫生。

75岁的孙杏莲，听外婆朱爱芹说过这事。

1938年6月，外婆的家遭了水灾，新四军派出军医为老百姓治病。朱爱芹和邻居在炮弹袭击下受了伤，也是新四军将她抬去医治，“外婆说，新四军好！是真好！”

忆往昔，峥嵘岁月稠。每次征战，部队出发时，村里的男女老少目送队伍走完了、走远了、看不清楚了，才回转屋里去；大捷后，群众欢天喜地跑来送茶水、送稀粥，放鞭炮夹道欢迎……

“吃菜要吃白菜心，当兵要当新四军。军民合作一条心，专杀日本鬼子兵。”新四军二支队到宣城时人数只有1700多人，离开狸桥时已经发展到6000多人，成为一支抗战的有生力量……

合上张家祠堂的木门，硝烟已远；而蒋山村那一段镌刻着峥嵘的光辉岁月，恍如昨日，历久弥新！

看今朝

天朗水阔走蒋山

摊开长三角地图，狸桥镇像一枚纽扣，将宣城市宣州区和南京市高淳区连在一起。

蒋山村，就在距离这颗“纽扣”孔眼最近的地方。

昨日，新四军二支队司令部曾设在这里，留下了四战四捷的峥嵘战绩。今天，这个省级美丽乡村示范村，绘就了波光粼粼的崭新画卷。

天朗水阔，我们一起走蒋山！

◆ 傍水而美

蒋山村，依在固城湖畔，傍水而美。

正是盛夏好时节，满目新绿阔叶展，一池清波荡微澜。往细处瞧：党史文化长廊、党徽绿化小品、红色主题文化墙……一步一景，秀色可餐。

“现在这环境多好！”一处老宅前，75岁的村民张金海摇着蒲扇，享受着悠闲时光。

老张的话可不假。从老支书张云龙收藏的几张旧照片可见一斑：道路泥泞、房屋破败、杂草丛生。

“过去哪有像样的路啊，烂泥潭、臭水沟随处可见，家里没钱买胶靴，下雨天踩着高跷蹚泥路”，更让张云龙惋惜的是：因为年久失修、缺少维护，村里不少红色旧址没有得到及时修缮保护。

蒋山期待一次华丽蜕变的机遇。

2005年，狸桥镇修通了全镇第一条“村村通”水泥路，这条路从镇政府所在地出发，直达并贯穿蒋山村。

村“两委”抓住机遇，拉开新农村建设大幕。共筹集资金1300多万元，对村庄的道路进行了大规模提升、改造，实现了从“村村通”到“户户通”。

路路通，事事通。2016年1月29日，宣州区美丽乡村建设领导小组会召开。这次会议上，蒋山村被纳入全省2016年度美丽乡村建设名单，成为该区唯一一个进入名单的村庄。

在村“两委”的带动下，村民们自发整理房前屋后、沟渠水塘，原本“灰头土脸”的蒋山村舒展了新气象：房前，小花园靓了，小菜园绿了，小果园多了；屋后，庭院整洁，花团锦簇，绿植丛生。

蒋山村，依水而美。

从“一时美”到“长久美”，离不开长效的管护机制。村党总支书记、村委会主任程春六介绍，目前蒋山村的卫生保洁全部实行市场化运营，通过公开招投标的方式，聘用了六名保洁员加一名清运人员，推动保洁工作常态化、规范化。

张老老是张村组的一名保洁员，负责整个张村组的环境卫生。“现在天气热了，每天早上4点半就开始打扫卫生。”他说，累是累了点，但看到村里干干净净，觉得很值！

作为蒋山村人居环境负责人，匡小双也十分注重村里的环境卫生，每天她都要穿梭在各个村组，查看卫生保洁情况。“每天早上6点开始在各个村组走一遍，看到有乱堆乱放的，也会和村民们说一说，让他们养成良好的习惯。”

报道组在蒋山村采访　戴巍　摄

一张亮闪闪的新名片，为今日蒋山再添新彩。2020年2月27日，蒋山村成功入选“2019年安徽省第二批美丽乡村示范村”。

增美丽“颜值”，更添红色“气质”。

蒋山村的气质，就在那段峥嵘岁月里。

在美好乡村建设中，蒋山村将新四军二支队司令部旧址修缮一新，并新建了红色文化广场、红色文化长廊，打造了“抗美援朝一级战斗英雄”史六顺故居……如今，在党史学习教育的浓厚氛围影响下，代代相传的红色记忆，在蒋山绽放光华。

程春六说，通过深入挖掘红色资源，激励广大村民自觉接受红色文化熏陶，把农村思想文化阵地和农民精神家园建设好、使用好，走好文化兴村之路，为实现乡村振兴奠定坚实基础。

◆ 依水而兴

蒋山村，依水而兴。

固城湖水源充足、水质良好，有着发展水产养殖的天然优势。

20世纪90年代中后期，眼看着一湖之隔的高淳靠着养殖螃蟹发家致富，村里人坐不住了，尝试发展河蟹养殖。村“两委”也“顺水推舟”，通过水面发包的形式，将几百亩水塘承包给村里十几户农户。

张云小就是第一批参与其中的养殖户，现在家里还有十余亩水塘。“以前只种水稻，收入不多。养殖河蟹后，收入比过去翻几番，日子也越来越好了。”

眼下正是蟹塘管理的关键期，每天凌晨4点不到，张云小就起床，来到自家的水塘查看，肥水、喂食、增氧……刚忙完，天就大亮了。“把螃蟹养好，一靠技术，二靠吃苦。”养了20多年河蟹的他颇有心得。靠着养河蟹，他和妻子养育了一双儿女，盖起了二层小楼。

说起河蟹养殖，程春六直言“‘户户通’工程贡献不小”。他说，以前村里是羊肠小道，河蟹上市的时候，外来车辆进不来，稍微一耽搁，河蟹就卖不上好价钱。

航拍蒋山　戴巍　摄

升级后的水泥路打通了河蟹产业发展的“任督二脉”。每到河蟹丰收季，村里就热闹了起来：来自高淳的客商纷纷涌入，蟹农不出家门就能把河蟹销售一空。

销路不愁后，如何卖上好价钱？

2007年，村里成立了宣城市鼎裕渔业专业合作社，为蟹农提供饲料、技术、信息等服务。史小云是法人代表。

“合作社名字里的‘鼎裕’两个字，就是从张鼎丞、粟裕两位革命先辈的名字里各取一个字组成的。”史小云说，之所以用这个名字，一是让大家铭记这段发生在村里的红色往事，二是以革命先辈们英勇顽强、不怕牺牲的精神，激励后来人更好地发展产业、建功家乡。

蒋山村，依水而强。

经过20多年发展，河蟹养殖面积达3500亩，全村90%以上的村民从事河蟹养殖。

尤为瞩目的是，该村已构建起蟹苗繁育、成蟹养殖和销售、绿色品牌创建等一条龙产业体系，产业结构已从传统的种植业逐步转变为生态养殖业，形成了以河蟹生态养殖为主要品种的特色水产养殖。

“我们蒋山村河蟹的规格和品质是皖南地区最好的！”程春六说这话时底气十足。河蟹全都销往高淳地区，“市场上身价颇高的固城湖大闸蟹，一部分就来自我们的蟹塘。”2012年，鼎裕渔业专业合作社养殖基地获评国家级“生态养殖示范场”。

村民史青福有水塘66亩，推行生态养殖技术后，现在螃蟹每亩纯利润达4500元。与史青福一样，张承智过去在山东黄海口某渔场当技术员，看到本村生态渔业风生水起，干脆返乡改造标准化池塘，进行鱼虾蟹混养，去年即获纯利6.3万元。

“现在我们村的河蟹早已通过高淳螃蟹市场转销苏浙沪，成了长三角市民餐桌上的‘香饽饽’。”史小云一脸自豪地表示，不少“赶时髦”的蟹农还专门注册了网店、开通了短视频账号，通过网络提升蒋山河蟹的知名度。

村里的蟹塘　戴巍　摄

采访时，狸桥镇水产站站长龙中原还带来了个好消息。眼下，宣州区正积极谋划推动在蒋山村打造蟹产业园，探索走出一条规模化养殖、标准化生产、智能化管理、品牌化营销的新路子，进一步推动河蟹产业高质量发展，力争让“蒋山河蟹”成为皖南地区水产养殖的一张金名片。

落日余晖下，张云小又一次来到了自家的蟹塘。

不远处，即将通车的花山大桥建设正酣，波光粼粼的固城湖天朗水阔。

作为固城湖南侧最重要的交通要道，大桥穿蒋山村而过。张云小憧憬着：大桥通行后，蒋山村与长三角的距离更近了，河蟹将“爬”向更大的市场……

一块银圆的故事

从蒋山村，到山湖村，还有一段距离。

天气很热，顺着张承高的指点，我们赶到了他的妹妹张杏花家。

张杏花展示银圆　戴巍　摄

听我们说，来找那块珍贵的银圆，70岁的张杏花几乎小跑着回到屋里，几分钟后，她走出房门，手里多了个布袋。

像对待宝贝一般，老人小心翼翼打开布袋，剥开层层包裹，一块“中华民国三年”的银圆呈现在眼前。

这块银圆，是她出嫁时的嫁妆，老人已珍藏47年。银圆的来头不小，是新四军二支队司令员张鼎丞、副司令员粟裕送给她家的礼物。

当年，她爷爷，也是张承高、张金海的爷爷张云深，把自家的祠堂借给新四军作为二支队的司令部，张鼎丞和粟裕也住在这里。

“爷爷的三儿媳——我的母亲韩华梅照顾过两位司令员的生活起居。”张杏花听母亲说过这段峥嵘往事。张家人和新四军处得好，“张鼎丞常和爷爷开玩笑，我们都姓张，说不定500年前是一家”。两位司令员一点架子也没有，张家办大事、喜事，张鼎丞、粟裕还会凑份子参加。

1938年冬天，张家迎来一桩大喜事——韩华梅生了第一个孩子。为表庆贺，张鼎丞和粟裕一人送了一块银圆。

这两块银圆被韩华梅夫妇一直珍藏着，无论多么困难，都不曾拿出来使用，直到两个女儿出嫁，银圆才作为嫁妆传给了女儿。令人遗憾的是，因为种种原因，另外一块银圆已经遗失。

一块银圆值多少钱？在当时，能买10多斤大米。但在张杏花父母眼中，这块银圆是无价之宝。“父母那时常说，这是张家与新四军情谊的见证，是代代相传的传家宝。”

47年前，张杏花从父母手中接过这块有故事的银圆，把这份鱼水情意也珍藏在了心底。“20多年前，那时生活不宽裕，有人出1000块钱要买这块银圆，我怎么会卖呢?!”老人说到这，很是激动，“新四军帮我们打鬼子，为我们打天下，以后我还要把银圆传给儿孙们，让他们永远记得，今天的好日子是怎么来的!”

注：本专题内容依据新四军二支队司令部旧址纪念馆资料整理。

（“峥嵘”报道组：刘 畅　张玉荣　顾维林　戴 巍）

在军营这个大熔炉里淬炼成钢，书写绚烂、无悔的青春篇章。

——习近平

宣州　吕辉

淬炼

CUILIAN

红村档案

吕辉村原名塔泉村。1943 年 7 月，吕辉奉命在溪口镇塔泉、章家湾等山区，开辟游击根据地，多次粉碎国民党顽固派的军事“清剿”，恢复和发展了泾旌宁宣游击根据地。1965 年，溪口人民为了纪念吕辉烈士，将原塔泉行政村命名为吕辉村。

今日吕辉，是宣州区优质无公害茶叶的生产基地，获评“省级中心村示范村”“省级生态经济示范村”“国家农产品标准化绿茶项目示范村”“宣城市第五届文明村”“第二届宣城市十大美丽乡村”。

题记

走过山路十八弯，我们因一位英雄而来，来到高峰山下，来到他的铜像前。

铜像依着他留下的唯一一张照片而塑造，年轻而坚毅的脸庞，始终朝着以他的名字命名的村庄——吕辉村。

在吕辉村，我们走进新时代文明实践站，走进大山深处的人家；在战友的回忆里，在村民的讲述里，从厚厚的《吕辉村志》里，追寻英雄在这里生活、战斗的点点滴滴，追寻英雄在这里留下的记忆、足迹。

在追寻中，我们仿佛见到，抗日烽烟里的那个扬州学生，在恰同学少年的时光，投笔从戎，加入新四军革命大熔炉，意气风发，一路南下、南下，在战火中淬炼，在战斗中成长，千磨万击，百炼成钢。

山村，因英雄而青山有幸；英雄，因山村而青史留名。烽烟散尽，山河不老，英雄名字永远镌刻在红色的土地上，英雄的事迹永远铭记在他守护过的人民心中。

昔日岁月峥嵘，今朝接续奋斗。昨天的吕辉，用信仰用生命，诠释什么是淬炼；今天的吕辉人，用勤劳用奋斗，赋予淬炼以崭新的含义。

大山淬炼的好茶，成为欣欣向荣的产业；岁月淬炼的好景，引来四面八方的人气；红村“茶旅”淬炼融合，相辅相成、相得益彰，渐入佳境。

走过山路十八弯，我们因一位英雄而来。在英雄战斗过的地方，总有一种力量催人奋进，总有一种精神淬炼成钢。

烽烟淬炼英雄路

以英雄之名命名的村庄，鲜红的底色总是格外厚重。

宣州区溪口镇吕辉村正是这样一个村庄。吕辉当年开辟根据地、坚持游击斗争的光辉历史，深深地浸染了这片青山环抱的红土地。

却顾所来径，苍苍横翠微。火热的烈日下，我们走过山路十八弯，走进大山深处，追寻一个关于淬炼的英雄故事。

◆ 恰同学少年

吕辉村，原名塔泉村，是个山高林密的地方。

红色的种子，早在1929年便已播下。这里是中共宣城南乡区委、中共宣南特区委、中共宣城第三区委的活动地，中共宣城特委红军游击队、泾旌宁宣红军游击队、上浙皖特委红军游击队曾在这里战斗。

抗战爆发后，1937年12月底，上浙皖特委红军游击队离开溪口赴岩寺，编入新四军一支队二团三营，走上抗日前线。

同一时间，远在江苏扬州。一位14岁的少年，走出校门，和大人们一道帮助抬担架、救助伤员。

那时的他，一定不会想到，日后会来到遥远的皖南，会在这座大山里历经风雨、淬火成钢。

吕辉新时代文明实践站里，设置了他的纪念馆，他的照片在最醒目的地方。这张现存的唯一一张照片，是他在扬州中学读书时留下的。年代久远的影像里，他理着当年学生常见的平头，穿着对襟白布衫，眉目清秀，是南方

吕辉烈士铜像　戴巍　摄

少年的模样。

那时的他，还不叫吕辉，名为严晖，是扬州中学的学生，据说写得一手好字，平时积极参加抗日活动，对报纸上提到的“朱毛红军”很崇敬。1938年春天，严晖和堂兄一起，投笔从戎，参加新四军挺进纵队八团，改名严维。

3个月的集训中，因为表现突出，部队将他转到皖南新四军军部，安排到三支队五团二营三连担任文化教员。

15岁，恰同学少年的他，已在革命熔炉中历练，在硝烟战火中淬炼，练就发动群众、开展斗争的本领。

1941年1月，皖南事变发生，他在突围中被俘。被押往上饶集中营的路上，趁夜色躲进路边草丛，成功脱险。

那时的他，18岁，脱险之后，只有一个念头，“我还要找我的母亲”。这话是他后来对战友说的，“母亲”，在他心里，既是还在扬州多年未见的妈妈，更是失去联系的党组织。

他辗转来到旌德县百箩园，暂时避在一农户家中，帮其放牛打杂，等候机会。

功夫不负有心人，经过半年多苦苦寻找，他终于在黄高峰的山棚里，找到了开展敌后斗争的党组织。当他见到中共泾旌太中心县委书记胡明时，高兴得手舞足蹈，写了一个字条托人带给帮工的人家：我终于找到“母亲”了，我走了。

胡明为他改名吕辉，派到中共泾旌太中心县委游击队担任文化教员。

1943年7月，皖南山地中心县委决定开辟泾旌宁宣边区，以便向苏南和新四军六师打通联系。吕辉奉命进入宣南溪口塔泉、章家湾隐蔽穿插活动，发展党员。

20岁的他，走进溪口的大山里，踏上了新的风雨征途。

◆ 经百炼成钢

村口的广场上，矗立着吕辉的铜像。

他一身戎装，雄姿英发，深深凝望着这座曾经踏遍的青山。

在吕辉村，这位皖南新四军游击队泾旌宁宣根据地创始人和主要领导人的红色往事，人们耳熟能详，代代口口相传。

我们顺着山路十八弯，走了很久很久，大山深处有人家。

这是一户“光荣之家”。门口钉着省政府颁发的“光荣之家”铜牌，客厅墙上是一张保存完好的烈士证明书——“桂柏林，新四军宣、泾、宁分队，联络负责地方通讯工作，通讯员”。

烈士是吕辉的得力部下，也是亲密战友。1945年8月牺牲。

桂家是游击队的铁杆堡垒户。桂柏林是地下党员，大儿子桂有根是吕辉亲自发展的党员，按照党组织的托付，照看过新四军将领的后代“小妹”。

我们见到了桂柏林的二儿子桂有苗、孙子桂冬宝。

桂有苗年事已高，但他还记得吕辉多次来过他家，“一来就和我父亲、大哥说革命的事”。共产党、游击队、闹革命、为穷人打天下……这样的字眼，刻在他心里。老人新中国成立后也光荣入伍，参加过抗美援朝。

桂冬宝从小听着吕辉的故事长大，他很健谈，“父亲桂有根和吕辉同岁，一直说，吕辉真是个好小伙，会打仗，人长得又精神”。

在他父亲口中，吕辉特别能吃苦。“我们家门口的这座山有1000多米，就叫高峰山。”吕辉在这山上打游击，风餐露宿，睡在玉米地的窝棚里。

筚路蓝缕，以启山林。

1943年7月，吕辉第一次到泾旌宁宣边区开展活动。在泾县鸟雀岭找到了傅秋涛的女儿“小妹”，将其秘密转移到溪口，交给桂柏林家抚养。

10月，中共旌绩县委扩大为旌绩歙宁宣边县委，唐辉任书记、吕辉任副书记。他率13名游击队员第二次进入边区，选择板桥、涌溪、塔泉作为以后的根据地。

1944年4月，吕辉在塔泉、章家湾秘密发展党员，建立塔泉和章家湾党支部，并与陈洪、彭海泉领导的敌后抗日根据地打通了联系。

百转千回，百炼成钢。

在极其艰苦的条件下，吕辉带领游击队，打了一个又一个胜仗。

1944年12月，国民党开始大规模清剿，吕辉部队配合新四军七师，把敌人赶到溪口，巩固了塔泉、章家湾一带的根据地。

这支生力军不仅活跃在高高的山冈上，还奔赴了抗日战场。1945年3月，吕辉游击队与宣城抗日大队取得联系，在叶家湾联合截击日军军车；在抗日大队攻打日军碉堡时，担任战场警戒任务……

枪林弹雨中，年轻的吕辉也成长为军事斗争经验丰富、有勇有谋的指挥员。

1945年9月，他赴苏浙军区司令部汇报皖南游击斗争情况，粟裕司令员对游击队打通了苏皖联系非常高兴，亲自嘉奖两挺轻机枪和一千发子弹。

此后，吕辉在涌溪、塔泉等地建立武工队、民兵、农会等组织，创立中共板桥党支部，开辟了泾旌宁宣根据地，组建泾旌宁宣游击大队。

1947年9月，皖南地委决定成立泾旌宁宣县委，吕辉任副书记。10月，县委以游击大队为基础组建主力连，由他负责抓主力连的工作。

在他的指挥下，打掉柏枧山土匪窝，在桐杭、水牛坑和宁国方塘、济坞坑一带建立了红色游击区，取得了太平坑战斗的胜利。

◆ 乃青山有幸

红村不老，青山有幸。

高峰山，镌刻下了英雄的行行足迹；塔泉村，到处传说着英雄事迹。

在乡亲眼里，吕辉机智勇敢，多次机敏逃脱国民党反动派特务的追捕。传说，他会乔装打扮，带着游击队神出鬼没袭击乡公所，让敌人又恨又怕。

在战友心里，吕辉坚定顽强，无论是面对反动派的清剿，还是遭遇队伍中出了叛徒的险情，他始终坚定革命理想大于天。哪怕队伍只剩下他一人，他还是握紧手中的枪，战斗，继续战斗！

他有浩气丹心。

桂冬宝记得父亲说过，在吕辉住的山上窝棚里，放着毛主席和朱总司令的画像，“那是多么艰险的环境，可见党在他心里是怎样重要的位置”！在战友刘光国的回忆里，吕辉曾经说过这样一段话：游击队战士都有母亲，所有的母亲都爱他的子女。母爱是伟大的，但革命事业更伟大，我们要把对母亲

报道组在吕辉村采访　戴　巍　摄

的爱，扩大去爱广大的劳动人民。

他有侠骨柔情。

为了革命后代的安危，他殚精竭虑一路辗转把“小妹”安顿好；桂柏林被国民党反动派杀害，他上门关切慰问烈士家人，送去米和粮；桂家被国民党清剿烧了三次，他鼓励桂有根，“等革命胜利了，你家的草房能换成瓦屋，好日子在后头”。

可是，他自己却没有等到胜利的那一天。

1948年2月15日，吕辉率主力连在旌德云乐宽岭与宁国自卫队遭遇，在战斗胜利后打扫战场时，被叛徒冷枪击中，英勇牺牲。

牺牲时，他的全部家当都在背包里。包里只有一封给地委的信、一本备课笔记、一支破钢笔、一只旧表，还有一双“一顺跑”的力士鞋。

人生无处不青山，25岁的吕辉，长眠在了他为之奋斗的皖南红土地。

1965年，溪口镇将他战斗和居住过的塔泉村，更名为吕辉村，以这样的方式，永远地留下他，永远地纪念他。

五十年后，2016年，村里利用美丽乡村建设契机，依托“昔日根据地·今日新农村”项目建设资金，建起一座“红色纪念馆”，将吕辉烈士和新四军战士们相关的历史资料收集整理展示。“纪念馆”修建的时候，村民们踊跃捐款，70岁的老党员李圣义身有残疾，平日省吃俭用，那一天，坐着轮椅来捐款1万元。

如今，吕辉新时代文明实践站里，陈列着吕辉的事迹介绍，吕辉部队使用的夜灯、军号……一件件文物，一幅幅图片，穿过岁月，直抵人心，无言叙述着一个个关于“淬炼”的英雄故事。

看今朝

“红绿”融合入佳境

高山出好茶，吕辉处处是高山。

从历经血与火淬炼的游击战场，到“茶旅融合”的主阵地，从“单打独斗”到“互联互帮”，从“产区”到“景区”，从“到此一游”到“深度体验”，吕辉村“茶旅融合”渐入佳境……

◆ 绿茶走出大山

塔泉尽源水，高峰云雾茶。

李白诗中所写，就是这里，吕辉村的高山峡谷，丛丛茶树，如五线谱般延伸开来。

溪口镇镇长谢东海如数家珍：“吕辉村海拔最高1096米，日照时间长、昼夜温差大、常年云雾缭绕，特殊的小气候和优越的生态环境，产出了塔泉云雾、古雪剑芽、狮峰银钩等名茶。”

《宣城县志》记载，“塔泉云雾”在明清时期盛极一时，有着“离鼻三尺奇香来”的美誉。20世纪80年代还被评为安徽十大名茶。

这里的茶吃香呢！这几年，有一半茶叶还长在树上，就被外地卖家早早提前订购。

不过，十年前，茶好也怕巷子深。塔泉村民组村民朱根水想起曾经“塔泉云雾”的销售难，直摇头。

那时，茶农各自为战，一些村民自己采摘了鲜叶进行制作，因为制茶技术不到位，做出来的茶叶质量参差不齐，白白浪费了好原料。单打独斗、小、散、弱的经营方式，让“塔泉云雾”藏在深山人不识，好茶叶没有打开好销路，更没有打开好品牌。

2008年，29岁的徐基峰从上海回到塔泉，已事业有成的他，一直有一个想法，那就是，把家乡的好茶带出大山。

万事开头难，他牵头组建塔泉茶叶专业合作社，只有6户茶农加入，“大部分人都在观望，所以我下定决心，一定要干出个样来”。他带着茶农实行标准化采摘、提升烘焙质量、统一销售价格，当年6户所产的1500公斤干茶，在南京、上海等地销售一空，算下来，每位农户增收了1万元。

这下，观望的农户有指望了，塔泉村45户人家全部加入了合作社。

茶农张荣发感受很深，“在生产上彻底改变了过去无序的状况，每年春季由合作社统一安排务工、统一采摘、统一加工、统一销售”。加入合作社后，他家收入翻了2倍，现在每年茶叶收入有15万元。

在塔泉合作社的带动下，吕辉高山茶合作社、丁丁茶叶合作社、狮峰茶叶合作社也纷纷带动茶农抱团闯市场，让吕辉村的茶叶一步步走出大山、品牌越叫越响。

“十年前，大家都想着打价格战，生怕自家茶叶卖不出去。”茶农何燕芬说，现在大家见面都是讨论加工技艺，比谁家的茶叶质量最好、加工的茶型漂亮，只想在改进技术，在茶叶品质和诚信经营上，争个高下。

满目千山翠绿，层层茶山如波。吕辉村茶叶种植面积已有9000多亩，年产干茶12万斤，茶叶销售额超4000万元。

◆ 红景引来人气

好茶走出大山，吕辉美景也亟待人识。

山多林密、层峦叠翠，水阳江最大支流华阳河穿境而过，这里好山好水好风光。

更重要的是，吕辉村是一块红色的热土，红色资源禀赋深厚。

想推出好风景，先要有好环境。

2016年，该村被列入省美丽乡村建设试点。围绕“生态宜居村庄美，兴业富民生活美，文明和谐乡风美”的目标，吕辉村持续开展道路硬化美化亮化，农村厕所、垃圾、污水专项整治，在村庄水体两岸、周围种植红梅、银杏、青檀等苗木，建设了游客集散中心、旅游公厕、文化广场、停车场等配套设施。

2019年底，全村33个村民组全都通上了水泥路，把阡陌坑大峡谷、高峰山自然生态风景区、庄屋台游步道、九里十八湾等景点“串珠成链”。

去年4月，溪口镇到宁国板桥的柏油马路修建完工。这条路连上了皖南川藏线环线，“我们村也是热门旅游线路上的一个景点啦！”

“以前不少游客来这里买了茶叶，在茶园拍两张照片就走，留不住人。”吕辉村委委员程国威坦言，村里想方设法让游客留下来、住下来。

他介绍：“近年来，村‘两委’确定‘以茶促旅、以旅兴茶’的茶旅融合发展思路，力求一亩土地，两种产值。”吕辉村制定了《旅游总体规划》，按照“茶区景区一体化”，建设特色茶叶交易中心、茶民宿酒店、茶文化广场、手工采茶制茶等旅游服务基础设施，打造集“吃、住、行、游、购、娱”为一体的茶文化旅游路线。

航拍吕辉　戴巍　摄

游客李亚婷说，在吕辉村当了一回“采茶姑娘”，就喜欢上了这个地方。“自己采茶、制茶，深度体验茶园农事活动，很有意思。”她有空时，会约上好友“故地重游”住一晚，看得见山、望得见水、感受得到乡愁。

写生的学生来了，摄影爱好者来了，骑行游客来了，自驾游越野的年轻人来了，爱喝茶品茶的茶友们也来了……

脱贫户胡程华说，不算不知道，一算吓一跳，“不仅在茶园务工能挣钱，家里养的鸡、鸭、蔬菜也不愁卖，游客来了点名就要‘原生态’”。一年增加了1万块钱的收入。

周全是吕辉村五语堂民宿的负责人。他家的民宿，处处体现“茶”主题。“春天和夏天，我家民宿天天爆满，想来得至少提前三天预订。”

如今，在吕辉村共有9家以“茶”为主题的民宿，直接解决当地村民近百人就业。

“茶旅融合”绿了山头，富了乡亲。去年，该村人均可支配收入超过1.7万元。今年端午节，来这里游玩的游客突破2万人次。

◆ “红绿”深度融合

“茶旅融合”迈开大步，吕辉村又在推进“红绿”深度融合。

谢东海认为，吕辉村是吕辉生前战斗过的地方，要进一步深入挖掘红色资源，赓续红色血脉，传播红色文化。

吕辉村的红，令人印象深刻。

吕辉烈士铜像矗立在村部的广场上，年轻的英雄注视着巍巍青山，英姿飒爽。

设在吕辉新时代文明实践站里的吕辉纪念馆，别具特色。36张水彩画，记录了英雄短暂光辉的一生。

年轻的村干部徐美担任了纪念馆的义务讲解员，“来接受红色教育的人越来越多，今年每个月都要接待一两百位游客!”最忙的一天，她曾给近100人次讲述吕辉的故事。

《吕辉村志》也于去年6月出版，这是宣州区第一部村志，设置红色篇目、吕辉大事记、吕辉村革命年表、革命回忆录，近4万字，80张历史资料照片，留下了一份珍贵的红色记录。

高山茶园　戴巍　摄

据谢东海介绍，纪念馆还将加强信息化建设，增加图文、视频资料和留言互动板块，让游客更深入地了解红色故事。

吕辉村的绿，再添新景。

2019年，村里引进了客商投资的第一个旅游项目“十八湾大峡谷”。总投资约1.6亿元，项目分3期建设。近期，一期工程将开门迎客。

峡谷以水秀、涛声、谷幽、峰奇为特色，负责人张俊介绍说，既有山川的恢弘气势，又有河流的蜿蜒柔美；既可登高享清凉，又可在田园阡陌中闻鸟语花香。项目建成后，预计每年给吕辉村带来游客15万人次。

春满壶中留客醉，吕辉有茶待客来。如今，集品茶、观景、休闲、娱乐为一体的茶旅休闲胜地正悄然淬炼成型，“茶旅融合”渐入佳境……

吕辉轶事

◆ 一条灰裤

1945年秋，在一次战斗中，吕辉率领游击队缴获不少战利品，除枪支弹药外，还有一些呢子大衣、手表、单衣、薄裤。

吕辉把贵重物品全都上交，仅留下一小部分单衣和薄裤发给同志们御寒。

等大家都领完了，最后还剩下一条旧灰单裤，裤子上有五六个茶杯口那么大的破洞。吕辉站在院墙里的石墩上，提着那条旧单裤，问大家，你们都不要，我就穿啦。

吕辉叫通讯员小宋拿去补补再穿。小宋很为难，这么稀烂的，没法补。他就自己找房东大娘借来针线缝补起来；补好以后，不但裤腿肥大得可以塞进两条腿，而且破的地方补成了一个个大疙瘩。房东大娘看不过去，让他脱下来重补一下。吕辉却笑着摆摆手，只要能穿就行了，我们是在闹革命，又不是当新郎官，打扮得那么漂亮干啥?

整个秋天，吕辉一直都穿着自己缝补的那条灰裤。

◆ 半斤瘦肉

1947年冬，由于国民党军六十三师的疯狂围剿，游击队一直隐藏在深山丛林的茅棚里。山上严重缺粮，他们一天只能勉强喝两顿苞谷野菜粥。

恰在这个时候，吕辉生病了。警卫员小叶很着急，冒险通过一个地下党员设法买到半斤瘦肉。小叶把肉烧好，装在一个陶瓷罐里，满心欢喜地给吕辉送去。

没想到吕辉却不吃，坚持要把肉分给大家。小叶着急了，那怎么行，你的病还没有全好，这是专门为你买的。吕辉说，同志们没有肉吃，我哪吃得下！

同志们也坚决不要，捂着碗口跑到远处……吕辉坚持把瘦肉一块一块夹给大家，分到后来，罐底仅剩下薄薄的一层肉汁，这才往自己碗里一倒，津津有味地吃了起来。

吕 辉 （资料图片）

注：本文内容依据《吕辉村志》整理。

（“淬炼”报道组：刘 畅　张玉荣　顾维林　戴 巍）

坚定的共产党人依然高擎火炬前行，坚信星星之火、可以燎原……

——习近平

坚守

JIANSHOU

宁国 板桥

红村档案

昔日板桥，是皖浙赣边区红军游击队的重点活动区域，是中共泾旌宁宣中心县委游击根据地的核心区。从土地革命到解放战争，仰悦峰、李步新、吕辉等革命前辈先后以板桥为活动中心，广泛开展革命武装，深入发动人民群众，建立红色政权。

今日板桥，依托“皖南川藏线”，大力发展民宿产业，激发乡村振兴活力。2019 年 12 月，入选第一批国家森林乡村名单。

题记

红雨随心，青山着意。

这是板桥村留给我们最深刻的感悟。

板桥，这个赫赫有名的革命老区，红得久远而又深厚。

一条“红军路”，标记了当年游击队踏遍青山的足迹；一处“红色教学点”，展示了历史留下的红色印记；一本泛黄的《板桥地区革命斗争史》，记载了红色板桥的革命风云、光辉历程。更多的关于坚守的故事，保存在地方党史专家的讲述里、老党员的回忆中……通过我们的实地踏访、追寻，板桥村的红色，一点一点清晰起来、鲜活起来。

雄关真如铁，坚守有初心。

昨天的板桥，革命先辈们前赴后继，以“咬定青山不放松”的坚定信念，以“千磨万击还坚劲”的坚韧意志，坚守在大山深处，点燃红色星火、洒下滴滴红雨，开辟了一方红霞满天的革命根据地。

迈步从头越，坚守待后人。

今天的板桥，依然续写着坚守的新篇章。板桥人以传承红色传统为荣，以守护绿色环境为任，以朴素的信念，以勤劳的汗水，实实在在地践行着“绿水青山就是金山银山”的理念。

我们走过河堤、山林，经过有机肥施灌的茶园，走进一户户农家、一间间民宿，感受“人不负青山，青山定不负人”的生动实践，亲见“环境就是民生，青山就是美丽，蓝天也是幸福”的现实图景。

忆往昔，红雨随心，千磨万击成坚守；

看今朝，青山着意，碧水青山图振兴。

红雨随心成坚守

板桥村好远。盘山公路一直蜿蜒，蜿蜒到1200米的“云端”，才看见村庄、看见人烟。

这个距离宁国市区最远、青山环抱的山村，是赫赫有名的革命根据地，曾经红雨洒遍、层林尽染。

从1930年的星火点燃，到红军游击队的红旗漫卷；从中共泾旌宁宣中心县委的诞生，到板桥革命根据地的开辟……一代代革命先辈，以热血、以年华、以生命，在大山深处，书写着荡气回肠的坚守故事。

◆ 红火初燃

一进板桥村，“革命老区板桥人民欢迎您”的大幅红色标语，提示着我们，这是一个红色的村庄。

板桥村的红，不仅浓烈，而且久远，远到1930年。

那一年10月，参加皖西请水寨暴动失败后的共产党员仰悦峰、肖继凤等人以投亲靠友为名转移到板桥。他们把村里原来的私塾改为新式小学校，并给它取了个寓意深刻的名字：东红小学。

东红小学的旧址，现在已辟为“宁国市党史学习教育基地——板桥教学点”；它还保持着90多年前的样子，土坯房，木头柱子。琅琅书声早已远去，现存的是板桥革命历史介绍、资料图片，陈列着游击队使用的马刀、土枪、手榴弹……带我们透过烽烟、回到往昔。

在那风雨如晦的时代，仰悦峰、肖继凤等人一边教书，一边以此为掩护，在这里继续秘密从事革命活动。

1932年3月，仰悦峰、肖继凤等人建立中共板桥支部，发展了12名党员。还成立了济川区农民协会，有会员135人。

这是板桥最初点燃的红色星火。

最初的星火总是很微弱。1932年10月，中共宣城特委红军游击队来到宁国东岸、板桥等地活动。板桥支部的同志们很兴奋，积极准备配合游击队搞一次暴动。但因泄密，暴动未成，游击队撤回宣南地区。

更大的挫折接踵而至。这年12月，由于地方恶霸告密，板桥党支部被破坏，仰悦峰等被逮捕，板桥地区党的革命活动进入低潮。宁国市党史地方志室工作人员黄鸣泉介绍，虽然党组织活动被迫终止，但为今后建立游击根据地，打下坚实的政治基础。

就这样，第一代革命者筚路蓝缕，在板桥坚守了两年，点燃星星红火，洒下滴滴红雨。

◆ 红霞满天

革命的火种，一经点燃，便生生不息。

1934年底，中共皖南特委派洪维恭到泾旌宁宣四县边区整顿恢复党组织，建立了中共宣宁泾旌中心县委，并在板桥组建了中共宁国特区委。

红霞尚满天，坚守翻开新篇章。

宁国市党史地方志室副主任朱普敏介绍，1935年初，红军北上抗日先遣队成员李步新、王歧山率游击队进入泾县与洪维恭会合，根据形势的变化，改中共宣宁泾旌中心县委为中共泾旌宁宣中心县委。

中心县委成立伊始，就根据上级在皖南积极开展游击战争、秘密发展党的组织的指示，深入发动群众，开展武装斗争。

板桥是它的主要活动地之一，泾旌宁宣游击大队二中队经常在这一带活动。

板桥村党总支书记陈允发对本村的红色历史很熟悉，他告诉我们，游击

板桥革命烈士纪念碑　戴巍　摄

队条件很艰苦、环境很险恶，“就是这样的艰难困苦中，游击队打击地主保安队、敌人便衣队，宣传组织群众，抗租、抗捐、抗税”。

千磨万击还坚劲。1935年底，游击大队扩大到200多人，赤卫队员近300人。地方游击队和赤卫队配合红军主力部队作战，不断扩大游击根据地。

特别是宁国特区委领导的板桥、大方山等地区，群众斗争积极性十分高涨，板桥、新岭脚等地还建立了共青团支部、儿童团、妇女会、赤卫会等群众组织。

陈允发很自豪，“我们老根据地的群众觉悟就是不一样呢”！游击队每到一地，都受到群众的热烈欢迎，很多老百姓给游击队员送茶送水，筹备粮草物资。还有村里的青年参加了游击队。

游击战争和群众运动的迅速发展，引起了国民党地方政府的恐慌。

1936年1月，国民党调集3000余人，驻扎在板桥、漕溪一带，向游击中心进行大规模清剿。中心县委书记洪维恭、游击队长王歧山在战斗中牺牲；泾旌宁宣地方党组织遭到严重破坏。

为了保存革命力量，李步新率领保存下来的100多人，转移到赣东北，与中共闽浙赣省委会合，继续坚持游击斗争。朱普敏认为，“此时宁国地方党组织因失去领导停止了活动，但板桥游击根据地并没有完全失去。”

1936年9月，皖浙赣省委书记关英率皖浙赣红军独立团经过板桥时，决定让阙怀仰、李冬财带领的第四连留下，作为上浙皖特委警卫武装，坚持上浙皖地区游击斗争。

坚韧的斗争，一直持续到1937年。这年上半年，国民党调集数万兵力，进攻皖浙赣游击区。至此，上浙皖特委领导开展的山区游击战争陷入困境。板桥革命形势再次陷入低潮。

雾隐红霞天色暗，坚守还待后来人。

◆ 红雨翻浪

时间来到1943年7月。

中共皖南山地中心县委派遣吕辉来到板桥，开辟泾旌宁宣游击根据地。

坚守的故事又翻开新的一页。

为了解这一段历史，我们来到了村里82岁的老党员袁小毛的家。村里的同志向我们介绍，袁老在方塘乡政府当武装部长时，参与编写了《板桥地区革命斗争史》。

老党员袁小毛　戴巍　摄

这本被袁小毛视为珍宝的书，是20世纪80年代编印的，书页已泛黄，打字机打印的字还清晰可辨。

为何选择以板桥为中心开辟根据地？书里有答案：这一带山高林密，易于隐蔽；离泾县、旌德、宁国、宣城四个县的县城，有100多公里，是敌人统治较薄弱的地方；曾是泾旌宁宣中心县委主要活动地区，群众基础好。

红雨随心翻作浪，这片红色浸染过的土地，自此迎来了革命斗争的新高潮。

当时，吕辉带领的游击队只有10余人，但他们初心如磐，筚路蓝缕，以板桥为据点，坚持在泾旌宁宣边区开展活动，把革命的星火越烧越旺。

先是，吕辉率游击队粉碎敌人清剿，配合新四军一部攻打了宣城的常备队，支援战斗在孝丰前线的新四军，并与新四军苏浙军区取得了联系。

接着，1945年10月，在取得多罗山战斗的胜利后，游击队趁热打铁，召开各界人士参加的群众大会，筹建政权。依据“三三制”原则，选举产生了由地方绅士、基本群众和中共党员共同组成的板桥村行政委员会。

这年冬，吕辉又指挥游击队消灭了泾县漕溪乡公所冬防队，逐渐在泾旌宁宣地区站稳了脚跟，形成以板桥为中心的泾旌宁宣游击根据地。

1946年9月，苏浙皖边特委武装在板桥地区与吕辉部会合，胜利实现了苏浙皖边游击队与皖南游击队的会师。次年3月，苏皖边区司令部成立，苏浙皖与皖南两大块游击根据地连成一片。

1947年9月，中共泾旌宁宣县委在板桥成立。自此，板桥成为华东地区有影响的革命根据地之一。

对于板桥根据地的意义，宁国市新四军历史研究会副会长余鸿亮总结为：是泾旌宁宣中心县委及武装力量的诞生地，使中共皖南地委领导的革命斗争新增了一个强有力的支点。积累了皖南山区开展游击斗争的经验，对建立基层政权、开展土地改革进行了积极的尝试。

筚路蓝缕，玉汝于成。关于坚守的故事波澜起伏，岁月峥嵘。

袁小毛更喜欢讲吕辉的故事。他说，板桥谁不知道这个坚持了6年游击战斗的英雄呢?

为解决老百姓的吃水问题，吕辉带着游击队员在板桥留下了“吕辉井”，修建了60多米长的“拦河坝”。闹“春荒”没饭吃，他带部队打开伪乡公所粮库大门，运回了3万多斤粮食分给群众……老人说，板桥根据地的坚守，是烈士用鲜血换来的。在村里修建的烈士陵园，有名有姓的11名烈士长眠在家乡。

老人说完故事，做了一件颇为特别的事：他佩戴上“七一”前夕颁发的“在党50年”纪念勋章，向着青山的方向，庄重地敬了一个军礼。

红雨随心，青山着意。在板桥，坚守的故事并没有尾声。

注：本文内容依据宁国市党史学习教育基地板桥教学点资料整理。

青山着意化板桥

板桥是个好地方。

到过的人，都这么说。

昔日板桥，赫赫有名的红色根据地，留下了革命先辈百折不挠坚守初心的往事；今日板桥，驰名遐迩的绿色风景区，正在书写始终不渝守护绿水青山的新故事。

红雨随心翻作浪，青山着意化为桥。今天的故事，就从板桥的青山说起。

◆ 青山不负人

青山隐隐，绿水迢迢。

板桥，这个地处黄山与天目山交界的山村，隐藏着我国中亚热带北部仅存的一块原始森林，保存着万亩天然甜槠林。

报道组在板桥村采访　戴　巍　摄

如今，这个绿色家园，已是皖南川藏线上一颗夺目的明珠，人气旺，民宿兴。

沿着村道一路前行，中式古典风的“悦来山庄”、现代简约风的“听泉”、网红 ins 风的“依依别院”……一间又一间风格迥异的民宿，让游人流连忘返。

“原本担心深山里不好找地方吃饭，没想到有这么多漂亮的民宿！”坐在“悦来山庄”凉爽的大厅里，来自南京的游客沈女士连夸山村里“别有洞天”。

在仅有500余户人家的板桥，民宿的数量已达54家、床位数达1000余张。

然而，就在几年前，板桥还是藏在深闺的“遗珠”。

“2016年以前，板桥街道上只有3家小饭店。村里一半以上的年轻人都在外打工，是个冷清的‘空心村’。”板桥村党总支书记陈允发告诉记者。

改变，源于“皖南川藏线”的声名鹊起。

陈支书回忆，那是2015年的“五一”小长假，村民给他打电话，着急地让他去街上看看，“出大事了！来了许多外地人到处找地方吃饭”。

眼前的一幕，让这个见多识广的村支书很吃惊：大车小车停满了街道，不少游客从小店买了泡面，蹲在地上吃。

“那时皖南川藏线刚火，都是从江浙过来的自驾游客。”那个情景，让陈允发好生尴尬，“山里人好客，人家大老远地来看风景，连个吃饭的地方都没有”。

他坐不住了，向方塘乡政府汇报了之后，决定带大伙出去看看。“看什么？看看别的村怎么招待客人。”他想得周到，“五一”都火成这样，后面“十一”长假来的人肯定更多。

果不其然，“十一”当天，板桥涌进了700多名外地游客。“还好，我们做了准备。提前给各家各户打了招呼，茶季给茶工备的床铺支起来，让客人有落脚的地方。”

那晚，村里一直忙到夜里12点，才把游客安顿妥当。

经此一“役”，板桥村“两委”意识到，靠山吃山的机遇来了！

为了让皖南川藏线的“火”，带起农家乐的“兴”、民宿的“旺”，村里拿出了“真金白银”的政策——每设一个床位补贴500元，鼓励农户规范发展农家乐、开办民宿。

陈允发带头把家里的老房子改造一新，开起了“红旗人家”。这是板桥第一家民宿。

村干部的示范很快有了效果。在宁国城区开了13年农班车的村民胡永跃响应村里号召，2017年，回村建成了“悦来山庄”。

放下熟悉的方向盘，这名已有23年党龄的老党员没有纠结，村“两委”带着大家趟新路，我们党员也要跟着上呐！

这条新路趟对了。“一到节假日，30多个床位就供不应求。”胡永跃向记者算了一笔账：今年预计毛利润能达到80万元。

胡永跃现在担任村农家乐协会的会长。他不仅要把自家的店经营好、当个领头雁，还要团结大家叫响板桥旅游的好口碑。协会制定了“灵秀板桥农家乐住宿餐饮统一指导价”，明码标价，杜绝欺客；旺季时，协会协调负责各家床位、调配人手，他说：“团结就是力量。”

美丽的风景，为板桥村带来了实实在在的收益。2020年，全年接待游客达30余万人次，年收入约800万元，带动就业200多人。

板桥的青山故事开了个好头。

◆ 人不负青山

板桥的绿水青山是大自然的禀赋，但如何守护好这绿水青山？这是故事的下半段。多年来，板桥人以朴素的信念、坚韧的恒心，守着这一片山，这一方水。

早在1995年，由省政府批准，板桥成为省级森林生态自然保护区。

整个板桥村都被划归在保护区范围之内。这意味着，即使是祖祖辈辈生活在这里的人，都不能在保护区内进行任何破坏自然的行动。

“哪怕是村民自己种下的树，也不可以砍伐。”陈允发说，从那开始，村里有了新的规矩——无事不上山，上山则不能带砍刀，“村民们做到了，连树叶都不捡，这么多年大家就是这么自觉”。

要为子孙留下好山好水，这是一种新的坚守。

这种坚守并不容易。为什么靠山吃山不行了？为什么要抱着金饭碗另找

航拍板桥　戴巍　摄

生路？……当初很多村民想不通，陈允发说他自己也想不通，他还专门找过镇里，找过市里。

得到的答案都是一样的，守好绿水青山，就是留下了金山银山。话虽这么说，但要群众理解、支持、做到，实际上有很多工作要做。

2016年，宁国山区兴起了食用菌种植的风潮。这股风潮很快吹到板桥，村干部们挨家挨户劝说：保护区里连树桩都不能挖，哪能种蘑菇？我们不能违反国家政策。就这样，板桥没有一户村民种植蘑菇。

不仅是种植业受到限制，养殖业也在板桥难以发展。

2017年，方塘乡刮过一阵“养鸡潮”，一窝小鸡仔养上3个月就能出笼变现。虽然也有人心动，但在村干部苦口婆心的工作下，心动还是没有变成行动。

陈支书对这些说得并不多，从他的话语中，我们能感受到坚守的纠结、不易、种种困难。用他的话说，不管过程多么难，现在，有一个道理大家终于都明白了，那就是“绿水青山就是金山银山”。

确实如此。26年来，板桥村始终没有触碰生态保护这道红线，他们坚定，生态保护区就要保护好；他们坚持，不能给绿水青山抹黑；他们坚信，好生态能带来好前景。

就在今年上半年，有两个大项目主动找来——投资额分别达500万元和

300万元的板桥河漂流项目、西山溶洞项目。但是，因为项目开发与自然保护区的相关规定不符，板桥最终只得狠下心来，将其“拒之门外”。

他们的坚守，也有回报。老区的发展，一直牵动着当地政府部门的心。

2018年，在农业部门的支持下，板桥村实施了“有机肥上山工程”。在“黄花云尖”种植中推行有机肥替代化肥的试点。3年来，试点取得成效，名茶再添新香。宁国天思农特产品产销专业合作社的负责人陈宁说，“推广有机肥不仅能提高茶叶的品质，最重要的是减少对土壤的伤害”。

一路逶迤而去的板桥河，也得到了有效治理。过去，一到雨季，它就成了板桥人最愁心的事儿。土质堤坝容易被冲垮，河水一旦改道，两岸百姓的房屋都会受到影响。2019年，方塘乡投资280余万元，对河流清淤、排污，铺设鹅卵石堤坝，新建观水平台，实现了“河畅、水清、岸绿、景美”的目标。

村民们也纷纷加入生态保护的行列当中。

2020年，村里成立了一支15人的巡护队，除去5名村干部，另外10人全是主动报名的村民，他们防火、护渔、保安，样样参与。

53岁的李明是“绿水山庄”民宿老板，也是义务巡护员。说起加入巡护队的原因，他举了这样一个例子：前几年，经常有人偷偷在板桥河里抓鱼。河里没有鱼了，水质就会越来越差。他说他不能不管，“如果绿水不绿，青山不青，谁还会来这里?”

我见青山多妩媚，料青山见我应如是。今日的板桥，满眼的绿水青山正在一点点、一天天变为金山银山。

红史一页

板桥土改

皖南地区首个实行土地改革的试点就在板桥村。

1947年，中共中央在西柏坡召开全国土地会议，制定并通过了《中国土地法大纲》。为了贯彻落实会议精神，中共华东局多次电示皖南地委，要求在皖南地区内选择比较巩固的根据地，先行开展土地改革运动试点，以积累经验后再全面进行推广。

这年12月，胡明主持召开中共皖南地委会议，经过认真分析研究，决定将板桥村作为皖南地区首个实行土地改革的试点，并指派皖南地委委员孙宗溶蹲点板桥负责指导。

为什么选择板桥作为皖南地区首个实行土地改革的试点？宁国市党史地方志室副主任朱普敏介绍：一方面，因为板桥地处四县边境，是泾旌宁宣游击根据地的中心区，早在1947年4月就建立了基层政权，党和农会组织都很健全，工作基础和群众基础都很好；另一方面，经过实行抗租抗债之后，群众也都有土改的要求。“很多农民没地或少地，辛辛苦苦种一年地，到头来还吃不饱穿不暖。”

（资料图片）

在报经中共华东局批准后，1948年1月3日，板桥拉开了土地改革的帷幕。前期工作开展得有条不紊。

3日，农会召开村民大会。

宣布实行土地调整，进行动员。

4日，开始组织分田。“分田时先抽地主、富农和大佃农的田，而后再挨户补；抽的办法是留近抽远，补的办法是就近补。”朱普敏介绍得详细，分配是按人口和田亩分配，原则上每人分得一亩好田。调剂肥瘦的办法是将田分为上、中、下三等，上等田每口一亩，中等田每口一亩三分，下等田每口一亩五分。每户所有的田由农会和乡政府绘出每段田图，注明地段和所有人姓名，最后分田时集中全自然村村民临田分配。

5日，已分好三个自然村的土地，涉及人口300余人。

正当板桥土改试点开展得轰轰烈烈之际，8日，国民党六十三师两个营配合自卫队共1000余人，突破游击队阻击，翻过大岭进入板桥境内，并到各坑山清剿；板桥的土改试点被迫停止。

虽然板桥土地改革时间短暂，却在皖南群众中产生了一定的影响，宣传了中国共产党在解放战争时期的土地政策，给广大农民翻身带来了希望。

注：本专题资料由宁国市新四军历史研究会提供。

（“坚守”报道组：顾维林　刘　畅　张玉荣　徐静雅　戴　巍）

在我们党团结带领中国人民进行百年奋斗的伟大历程中红色血脉代代相传。

——习近平

宁国 盘樟

根脉

GENMAI

红村档案

昔日盘樟，是宁国最早的党组织——中共宁国特别支部的诞生地。受中共浙西特委派遣，浙江遂昌人傅金林来此进行革命活动，积极发动群众开展“二五减租”运动和分粮斗争。

今日盘樟，建立中共宁国特支纪念馆，充分挖掘红色文化、盘活红色资源，做活红色旅游文章。2018年被确定为美丽乡村省级中心村；2019年9月，入选“安徽省首批美丽乡村示范村”。

题 记

走过一村又一庄，今天我们到盘樟。

红村盘樟，红得根深脉远。

早在19世纪20年代，在那个风雨如磐的大革命时期，盘樟的“林家大屋”来了个管账先生——年轻的中共党员傅金林。他筚路蓝缕，在群山叠嶂的盘樟，播下了革命的火种。

自此，盘樟就有了第一抹红色。

自此，这一抹红色便渐渐润染开来，铺展成宁国第一面党旗的鲜艳、鲜红。

自此，红旗卷起农奴戟，共产党人带领群众，减租抗捐、搜仓拦米、武装斗争……盘樟这个偏僻的山村，星星之火越烧越旺，照亮了皖浙边界的夜空。

自此，党旗映照盘樟红，在漫长的革命岁月里，盘樟成为皖浙赣红军独立团在宁国境内活动战果最辉煌的英雄之地，成为苏浙皖边游击队解放宁国的出发地……那最初的一抹红色，已成为盘樟最耀眼的底色。

红村盘樟，红得历久弥新。

今天的盘樟，有传承红色资源而建的“红馆”，有汲取红色文化而兴的“红居”，还有气息炽热的党建品牌“红韵”……

在这里，我们追寻盘樟红色根脉为什么如此深远?

从“林家大屋”的火种，到宁国第一面党旗；从中共宁国特支的建立，到中共宁东区委成立；从石壁山大捷的硝烟，到仙霞兵变的烽火；从皖浙赣红军独立团的转战，到苏浙皖边游击队的出征……

这支红色根脉的萌芽、破土、赓续，薪火相传，清晰可见。

在这里，我们思索盘樟“三红”为什么这样鲜艳?

“红馆”焕新的背后，是红色基因的守护传承；“红居”出圈的背后，是红色资源的开发利用；“红韵”悠扬的背后，是红色血脉的发扬光大——盘樟“三红”，映照初心，光被未来。

在这里，我们更加懂得：初心恒久远，根脉永流传。

在这里，我们再次体会：走得再远，都不能忘记走过的路。

忆往昔

根深脉远红盘樟

赤胆播火种，旗映盘樟红。

位于宁国市仙霞镇的盘樟村，是宁国最早的党组织——中共宁国特支的诞生地。

参天之木，必有其根；怀山之水，必有其源。

今天，我们来到盘樟，追寻红色根脉的生长路径。

◆ 赤胆播火种

盘樟，群山叠嶂。翻过山，便是浙江的於潜、昌化。

盘樟的红色历史，要从山那边说起。

让我们回溯到1928年。

中共宁国特支教学点　戴巍　摄

那一年的2月，中共党员、浙江遂昌人傅金林，受中共浙西特委派遣，来到宁国蓬山村（即盘樟村）。他以走亲串友做掩护，在亲戚、同乡中秘密宣传革命思想。

为何浙西特委要越山而来，在偏僻的盘樟播撒星火？

宁国市党史和地方志研究室副主任朱普敏介绍，“八七会议”以后，全国各地党组织根据党中央要求将工作中心逐渐转向农村，恢复整顿和发展党的组织，开展武装斗争。

“中共浙江省委在宁波召开会议，决定成立浙东、浙西两个特委，将党组织转入地下和隐蔽到农村，开展革命活动。”就是那时，盘樟村被列入浙西特委开展秘密活动的重点地区。

史料显示，第一次越山而来的傅金林，工作的重心还不仅仅局限于盘樟。

那年7月，中共浙西特委在桐庐召开紧急会议，研究发展党组织、建立革命武装、准备举行秋收暴动、建立革命政权等事宜。傅金林作为宁国党组织的代表参加了会议。这一次会议被称为“桐庐定计”。

桐庐会议之后，傅金林返回遂昌，参加中共遂昌县委组织的塘岭头暴动。暴动失败，傅金林等多名参加暴动的共产党人遭到了毁家之灾。

1929年2月，受浙西特委书记郑馨派遣，傅金林再次来到盘樟村。

这一次来盘樟，傅金林有备而来。他落脚在屠户林章文（又名林老三）家里——林家大屋，他有了一个新的掩护身份——管账先生。

“林家大屋”现在还在，大屋的外墙，张贴着“红色堡垒”的简介。

“林老三”的后人还在，我们在宁国城里，见到了他的孙女林春梅。

她是仙霞中心小学退休的语文老师，今年63岁。

“林家来了管账先生”的红色往事，爷爷曾不止一次对她说起过。

在爷爷的记忆中，傅金林是识字人，也是热心人，经常帮当地老百姓代写书信、立字据；邻里有什么纠纷也找他断理。乡亲们都尊敬地称他为“傅先生”。

在留下的史料里，识文断理的“傅先生”还有更重要的事情要做。在林家这个坚固的“堡垒户”里，傅金林最先发展了朱顺发、罗顺天两个党员。依靠党员“一带一”的方法——每名党员再发展一名党员，傅金林很快在盘樟、大佛地、黄金塔等地发展了九十余名党员。

“为了减少对外暴露身份的风险，当时的入党方式比较简单，介绍人出一张纸条，写明入党的要求，由申请入党的人按上手印或盖上印章，这样就算是正式党员了。”朱普敏如是介绍。

红色根脉，就这样悄然破土，绽放新芽。

1929年春，中共宁国特别支部在盘樟村建立，傅金林任特支书记，下辖大佛地、黄金塔两个支部。同期，经中共浙江省委同意，在於潜建立了中共於昌中心领导小组，隶属中共杭州市委，领导於潜、分水、昌化和宁国东南部的党组织。

盘樟星火，划破长夜；“宁国第一面党旗”，熠熠生辉。

◆ 旗映盘樟红

红色根脉，一旦植根沃土，必然枝繁叶茂。

中共宁国特支成立后，在上级党组织的领导下，积极开展革命斗争。

1930年7月，中共杭州市委在西湖召开会议，进一步研究武装暴动问题，傅金林代表宁国特支参加会议。

会后，杭州市委派傅以和与傅金林一起来到盘樟，加强中共宁国特支的领导工作。傅以和既是傅金林的战友，也是他的侄子。在盘樟的战斗岁月里，叔侄俩并肩战斗。

在他们的带领下，宁国特支组织群众、发动群众的工作做得风生水起。宁国特支以雇农为主体，成立“盘山农民委员会”，建立了“盘山农民互济

中共宁国特支遗址　戴巍　摄

会”，入会会员70余人。

红旗卷起农奴戟。农民运动随之在盘樟蓬勃兴起。

宁国市新四军历史研究会副会长余鸿亮将盘樟农民运动归纳为三个斗争，首先开展的是“减租”斗争。

原来农民租种地主的田和山场，都是按“三七”或“四六”分成，地主得大头，农民得小头。农民辛苦一年，仍然吃不饱、穿不暖。宁国特支通过农会发动农民抗租，迫使地主同意五五分成。同时，每工加资1角5分，增加了农民收入。

其次，搜仓拦米斗争取得胜利。

人祸才平，天灾又起。1930年夏，皖浙边区久旱不雨，於潜、宁国等地米价大涨，盘樟村地主黄炳林等人借机抬高米价，由1银圆20斤涨到1银圆7至10斤，从中牟取暴利。与此同时，宁国、昌化的米市也被米商操纵，老百姓即使有钱也买不到米；饥饿的群众喊出了“青天白日旗，大家饿肚皮”的口号。

傅以和、傅金林因势利导，发动群众搜仓拦米出境、反对积谷外运，参加斗争的群众达300余人。通过斗争，让地主将囤积的大米按1银圆15斤出售，帮助贫困农民渡过了灾荒。

风卷红旗映盘山。“二五减租”运动和分粮斗争的胜利，扩大了中共宁国特支的影响，受到群众的拥护，也得到上级的充分肯定。

在1930年8月召开的中共杭州市委会议上，杭州市委书记郑馨表扬说：“宁国特支党员90余人，其中大多数是雇农，特支书记傅金林也是雇农，队伍很纯洁，工作开展得很有成效。”会议要求於潜、昌化、宁国三地的党组织活动以宁国为中心，加强对宁国雇农党员的培训，推广宁国特支的斗争经验。

再次，对宁国特支来说，更为艰巨的斗争是开展武装斗争。

中共於分昌中心领导小组在於潜、分水、昌化三县边境山区组织3个“打猎队”，队员主要由分水和宁国边境山区青年农民组成，共百余人。

余鸿亮介绍：“打猎队以打猎为名，实则集结训练，建立革命武装，为配合江南5省农民武装暴动作准备。”

然而，惊雷未动，乌云先至。

1930年9月，中共浙江省委通讯联络点遭敌人破坏，国民党军警根据所掌握的通讯录四处搜捕共产党员。

10月的一天凌晨，国民党宁国保安队突然包围了盘樟村。正在村里的特支书记傅金林不幸被捕，傅以和侥幸逃脱。

当时，傅以和因患重感冒在林章文家后山一处棚屋里休息，林章文母亲得知消息后立即叫醒傅以和。从傅以和1960年撰写的回忆录中可以看出当时情势的惊险：“我穿好衣服就往外跑，刚跑到离林家不远的树林里，反动军警就包围了林家。我脱险后在大山里躲了两天两夜。”

林春梅告诉记者，在那一次搜捕中，她的爷爷林章文也被敌人抓走。林章文不愧是堡垒户，面对敌人的讯问，他咬紧牙关，什么也不说。后来，林章文被党组织营救出狱，一直生活在盘樟村，直至去世。

林春梅记得，家里还有傅金林送给父亲的银项链，弟弟去当兵时，父亲把这条具有纪念意义的项链传给了弟弟，让他牢记盘樟这段红色历史。

报道组在盘樟“红馆”　戴　巍　摄

遭此突变，宁国特支及大佛地、黄金塔2个支部随之停止活动。

宁国特支开展活动历时两年左右，虽然时间不长，但在宁国地方党的发展史上写了光辉的一笔。余鸿亮认为：“宁国特支的活动为以后宁国东部地区党组织的发展和更大规模的武装斗争，奠定了坚实的思想和组织基础。”

根脉在，力量就在。

在此后的岁月里，盘樟这片红色的土地，成为皖浙赣红军独立团在宁国境内活动范围最广、取得战果最辉煌的英雄之地；成为苏浙皖边游击队解放宁国的出发地……

盘樟的红，根深脉远。

看今朝

盘樟“三红”韵味浓

盘樟村一年四季都被装点得红艳艳的。

春和景明，山有杜鹃花开；夏日晴好，村有荷塘飘香；秋冬时节，更是漫山枫叶层林尽染……

红艳艳的盘樟不仅红得漫山遍野，更红得沦肌浃髓：“红馆”传承着红色历史、“红居”拓展着红色旅游，“红韵”打造着红色党建品牌……

盘樟“三红”，根脉久远，韵味浓烈。

◆ “红馆”传承根脉远

“红馆”是盘樟村的新地标。

她的全称是：“中共宁国特支教学点”。

走进教学点，迎面就是一组浮雕，依次展现了“中共宁国特支诞生-石壁山大捷-仙霞兵变-迎接新中国”四个标志性红色事件。

馆内，“宁国第一面党旗”雕塑特别醒目，这是盘樟的红色骄傲。1929年春，宁国第一个党组织——中共宁国特支就在这里诞生。

“林家来了管账先生”的群像，生动再现了当年傅金林从浙江翻山越岭来到盘樟，传播红色星火的场景。

沿着指示牌，从中共宁国特支的建立，到上浙皖特委的成立，再到中共宁东区委成立，直至宁国解放……这支红色根脉的萌芽、破土、扎根、赓续，清晰可见。

一座“红馆”，就是一段浓缩的红色历史。

宁国市新四军历史研究会副会长余鸿亮，是“红馆”的“总设计师”。他如数家珍：展馆分为两个展厅10个篇章，以时间为顺序进行陈列布展，共展出不同历史时期的文史图片68幅，其中有25幅史料图片（影印件）是第一次公开展出。“为了让参观者更好地了解历史，我们还复原了一些战斗场景，像石壁山大捷，让参观的人有沉浸式体验。”

盘樟秀丽风光　戴巍　摄

盘樟村党总支委员朱树新，全程参与了“红馆”的建设。2018年村“两委”换届时，他当选村委，第一个任务就是打造“红馆”。“村里没有搞大拆大建，而是利用原有的民居进行改造、修缮而成。”

2019年6月，“红馆”开馆，朱树新又成为兼职的讲解员。

“红馆”的讲解词出自他手。朱树新是土生土长的盘樟人，从小就听长辈们说红色故事。但真要系统、详实地给参观者介绍好盘樟的红色历史，他知道并不是一件容易事。“在档案馆查阅了很多资料，也专门向党史办和新四军历史研究会的专家们请教，几经修改，最后才拿出了一份像样的讲解词。”朱树新说，把盘樟的革命历史讲清楚、讲精彩，是他的责任。

如今，“红馆”已成为宁国红色旅游和革命传统教育基地，有15000多名党员来到这里，开展党史学习教育和红色教育。

红馆，是一个红色“基因库”，也是一座红色“加油站”。

◆ “红居”旅游破题新

“红居”就在红馆的旁边。

这是一家以红色旅游为主题，集餐饮、住宿、民俗体验、休闲观光为一体的特色民宿群。由古民居、徽式观景楼、徽式私家庭院、主题餐厅、特色客房组成。

青砖小瓦马头墙，回廊挂落花格窗。古民居是最引人注目的一幢。徽风皖韵，是它的独特气质。

“咿呀”一声，木门打开，恰好的天光从高高的天井泻落。漫步其间，只见一桌一椅都晕染着古色古香的味道。沿着木制的台阶拾级而上二楼，推窗远眺，远山含黛尽收眼底。

“这是民宿群里唯一的一座古民居，由清末时期皖南古民居改造而成。”“红居”民宿群的主人、来自浙江嵊州的张东平介绍，古民居前有中心花园，含凉亭、步道、花木、假山等，屋后还有露天小院，可供游客休憩之用。

对张东平来说，与“红居”缘分深哩！

他是盘樟村的外来女婿。2015年，初到盘樟，他就看中了村里一幢老式徽派私家庭院。“那时，这个庭院的名字，就叫‘红居’。”他一见钟情，花了200多万元将庭院修葺一新，并萌发了打造特色民宿的念头。

2016年，仙霞镇成立了宁国市红居旅游发展有限公司。紧接着，盘樟村以村集体名义收回村民闲置农房，并入股至该公司，与张东平共同出资建设“红居”特色民宿群。

说干就真干。仅仅用了两年时间，民宿群的徽式观景楼、主题餐厅就建

航拍盘樟　戴巍　摄

成了。目前，民宿群共有主体建筑5幢，建设面积200余亩、床位数120张。

几乎在“红馆”开馆的同时，2019年7月，“红居”民宿群正式营业。

盘樟的红色旅游大文章，从“红居”破题了。

得天独厚的红色历史，别具一格的徽式建筑，加上“皖南唐古拉”的秀丽景色，让“红居”成功“出圈”。

“开业当年，2019年国庆节，‘红居’民宿群就接待了游客1000人次。”2020年春节期间，受到新冠肺炎疫情的影响，“红居”暂停营业。此后，随着疫情防控形势的逐渐好转，重新开门迎客的“红居”客源爆满。“清明节小长假期间，民宿营业额达到6万元。”

而今，“红居”的“红味”更浓了。随着红色旅游的火热，张东平在民宿群内建设了红色主题活动室，为前来开展党史学习教育的团体，提供专门的教学活动空间。

在张东平看来，盘樟的红色旅游只是刚刚破题，他觉得自己要做的事还有很多。“明年你们再来看，‘红居’会更漂亮！”

◆ “红韵”党建品牌亮

有“红馆”，有“红居”，盘樟的第三红是什么？

陪同我们采访的仙霞镇党委副书记杨灵卖了个关子。“你们一路看过来，印象最深的是什么？”“红韵盘樟呀！”

红韵盘樟，是盘樟村聚力打造的党建新品牌。

如何把盘樟的红色资源利用好？村“两委”一班人动了不少脑筋。经过几番酝酿，村干部形成了这样的共识：盘樟要发展，党建引领是关键！

村党总支做的第一件大事，就是把“红韵盘樟”这个党建品牌树立起来。

盘樟村党总支书记谢建平介绍，为了打造“红韵盘樟”党建品牌，党总支依托“红馆”建设，把红色基因、红色传统融入“三会一课”、主题党日等日常学习教育中，传承精神、凝聚力量。村里组建了“红色领头雁”队伍，由党员担任“政策知识宣讲员”“文明实践传播员”“矛盾纠纷调解员”……

发挥党员在美丽乡村建设、旅游示范村创建、村庄整治试点中的先锋模范作用，形成了“党员带动、全村提升”的建设氛围。

党建引领是保障，乡村振兴是目标。

在具体发展路径上，盘樟村抓住被确定为美丽乡村省级中心村的契机，通过盘活红色文化、山林土地、乡村民宿等丰富资源，积极探索“红色资源+乡村振兴”的新路子。

村里接连打出两张“红色牌”：依托汤公山万亩高山杜鹃花，成功举办了两届“踏红军足迹·赏仙霞花海”徒步活动；借力“皖南唐古拉”自驾越野路线，向外推介盘樟红色旅游资源，做活红色旅游文章。

在谢建平的推介里，“皖南唐古拉”是盘樟“红韵”的新亮点。

盘樟“红居” 顾维林 摄

这是宁国市境内的一条自驾越野线路，穿仙霞镇、中溪镇、云梯乡等乡镇而过，呈“U”形状，全程约75公里。而位于盘樟村的汤公山，是“皖南唐古拉”必打卡的景点之一。

“我们这山上，有华东地区面积最大的野生杜鹃花林。”盘樟村吴家畈村民组村民张满江很开心，随着汤公山花海和“皖南唐古拉”的名气渐响，他把家中房屋重新修建，办起了民宿“汤公岭下人家”。

2018年5月，张满江的民宿开门迎客。“去年五一小长假，20间房每天都爆满，因场地受限，我还推掉了33个订单。”

现在，村里民宿和农家乐已有十余家。

谢建平看好盘樟未来的红色旅游前景，“下一步，村里将继续整合好红色资源，开发红色徒步线路、红色农耕文化及红色香榧园等项目，让盘樟‘三红’真正红起来”！

仙霞兵变

仙霞兵变，是中共宁东区委组织的一次威震皖浙两省边区的武装斗争。

1941年6月初，中共宁东区委下属的万家党支部在发展党员时，不慎吸收了4名土匪；在调查清楚他们的情况后，万家党组织将他们清除出革命队伍。这4名土匪因此怀恨在心，向国民党万家乡公所供出了万家党支部的情况。

此时正值“皖南事变”后不久，国民党顽固派大肆搜捕共产党人。面对这一严峻形势，中共於潜中心县委和宁东区委召开联席会议，商讨对策。在经过讨论后，他们认为“与其束手就擒，不如在斗争中求生存发展”。

会议决定发动兵变，夺取啸天乡公所枪支，上山打游击。会后成立了中共宁东游击支队，郑先源、叶祖绳任正副队长。

仙霞兵变发生地(原啸天乡公所)旧址　戴巍　摄

6月9日清晨，郑先源、叶祖绳带领10多名游击队战士，在打入啸天乡公所地下党员的接应下，趁乡丁吃早饭的时机，冲进乡公所，俘获了国民党乡公所部分乡丁，夺取了18支枪和部分弹药。并在仙霞街上组织一次示威游行后，按计划向壕堑关方向撤离。

当郑先源、叶祖绳率部队撤离到杨树桥时，由于天黑路险，加上疲劳饥饿，队伍就地休息做饭。这时，尾随而至的乡丁在黑夜中发现了游击队员，双方发生遭遇战。叶祖绳在敌人的围追中，不幸被子弹击中，身负重伤倒在血泊中；为了掩护战友们转移，他带伤与敌人搏斗，被蜂拥而上的乡丁抓俘。叶祖绳最后壮烈牺牲，献出了年仅24岁的年轻生命。

“仙霞兵变”失败后，幸存人员根据中共浙西特委指示，分散隐蔽起来，等待时机继续开展革命斗争。

注：本专题内容依据中共宁国特支教学点资料整理。

（“根脉”报道组：顾维林　刘 畅　张玉荣　徐静雅　戴 巍）

征途漫漫，惟有奋斗。我们通过奋斗，披荆斩棘，走过了万水千山。我们还要继续奋斗，勇往直前，创造更加灿烂的辉煌。

——习近平

绩溪 梧川

奋斗

FENDOU

红村档案

昔日梧川，是旌绩边游击根据地，胡明率领游击队在这里坚持九年游击战争。1946年，中共皖南地委在此成立。社会主义革命和建设时期，建成了金岭洞，被誉为“皖南红旗渠”。

今日梧川，大力发展红色旅游，积极壮大集体经济。2019年入选“中国美丽休闲乡村”，被授予“省级乡村旅游示范村”“宣城市林地股份制经营示范村”称号。

题记

巍巍大会山，深深金岭洞。

从抗日战争、解放战争的斗争，到社会主义革命和建设时期的创业，再到新时代乡村振兴的征途，奋斗，成为点亮这个红村最夺目的主题词。

梧川村的红，是奋斗的红。

昨天的奋斗，为有牺牲多壮志。

胡明领导的皖南山区游击队，面对白色恐怖，坚守大山深处，披荆斩棘——以流血的奋斗，保存红色力量，发展革命武装，迎来大军渡江，皖南得解放。

在梧川，我们见到烈士的孙辈，他小心翼翼珍藏着爷爷的“烈士证明书”，自豪地说：“为革命作贡献，是我们家族的光荣。”我们找到胡明战友的后代，在徽派风格的老屋里，听他用地道的乡音诉说，“老杨”和“老四”的那些往事。

昨天的奋斗，敢教日月换新天。

翻身后的浩寨公社的干部群众，面对拦路的大山，立下愚公志，战天斗地——用汗水的奋斗，建成金岭洞，引山泉灌溉农田，让天险成为通途。

在88岁的老公社书记的回忆里，在老炮工班班长的讲述里，那一个个火热的建设场景，那一段段艰苦卓绝的奋斗岁月，生动诠释了“自力更生、艰苦创业、团结协作、无私奉献”的红旗渠精神。

今天的梧川村，接续奋斗谱新篇。

梧川的红色品牌响了。村革命纪念馆引人入胜，皖南游击斗争巾帼馆绽放异彩，皖南黄高峰青年学习学院声名日隆……成为党史学习教育的课堂、红色培训的基地。

梧川的绿色资源活了。村股份经济合作社推行农村“三变”改革、大会山农特产品有限公司探索“公司+合作社+农户”新路、大会山旅游开发有限公司发掘旅游资源……村集体家底厚了，村民荷包鼓了。

为有奋斗多壮志，梧川日月换新天。

忆往昔

为有奋斗多壮志

红色大会山，镌刻着一段战火与硝烟交织、汗水和心血铸就的奋斗史。

革命战争年代，胡明率领新四军游击队，披荆斩棘，浴血奋斗，开辟游击根据地，留下了一曲可歌可泣的壮歌。

社会主义革命和建设时期，浩寨公社干部群众，愚公移山，艰苦卓绝，建成金岭洞，写下了一段“皖南红旗渠”的传奇。

梧川村的奋斗故事，激扬岁月，荡气回肠。

◆ 战火中的奋斗

梧川，以“昔日根据地”而自豪，更为“老杨”曾经在这里战斗了九年而骄傲。

“老杨”，是皖南革命史上赫赫有名的胡明同志的化名。

胡明，原是一位缅甸富商之子。1930年，16岁的他回国读书，开始投身革命。1936年底“西安事变”后赴延安，加入中国共产党，并进入抗大学习；毕业后任新四军政治部战地服务团民运科长。1938年8月，新四军军部移驻云岭，胡明随部队第一次来到皖南。

1940年底，国民党顽固派磨刀霍霍，新四军军部奉命撤离皖南。撤离前夕，胡明接到军部的紧急通知。

在胡明撰写的回忆文章《皖南山区九年游击战争的开端》里，有一段记叙：“我和洪林接到军部紧急通知，要我们立即赶回军部接受新的任务。鉴于紧张形势，军部有可能北撤，军部北撤后，要我们留在皖南坚持斗争，开展敌后秘密工作，保存和发展党的力量。我们二话没说，欣然接受了这个艰巨的任务。”临危受命的胡明，担任中共皖南特委宣传部长、泾旌太中心县委书记兼旌德县委书记。

这一年，他26岁。也是这个时期，他为自己取了一个化名“老杨”。

留下来的“老杨”，按照上级“皖南山区必须发动游击战争，坚决以武装斗争回击敌人”的指示，以大会山为中心，隐蔽开展党和群众工作，建立革命武装，开辟游击根据地。

在大会山，“老杨”早已打下革命基础。此前的1940年春天，他就派旌德江村的共产党员江福喜到旌德的王家庄，绩溪的社屋坑、梧川等地发展党员，建立党组织。

梧川的红色历史由此翻开第一页。

当时，江福喜之所以来到梧川村，是因为他的姐夫汪老四在这个村子里。江福喜首先发展汪老四入了党，接着汪老四又把同村好友汪天泰发展为党员。汪老四、汪天泰因此成为梧川村最铁杆的两个堡垒户。

汪老四、汪天泰的后人现在还生活在绩溪。

在绩溪县党史地方志室副主任邵本武的引荐下，我们首先见到了汪天泰的孙子汪飞忠。汪飞忠说，他没有见过爷爷，但从小就知道，爷爷是个老革命。爷爷的任务是给“老杨”传消息、送物资，保护“老杨”。“老杨”在爷爷家住的时间最久。

那是一段白色恐怖的岁月。

皖南事变发生后，国民党反动派对皖南山区进行清剿。胡明率领游击队在大会山的密林中，与敌人周旋、斗争。

汪天泰家就是一个堡垒。他责任重大，既要负责运送生活物资和传递消息，又要负责胡明下山后的隐蔽。汪飞忠记得，家里的长辈说起过，“明里楼下开了小店作掩护，暗里楼上藏着最让敌人头疼的老杨”。

汪飞忠小心翼翼地珍藏着爷爷的烈士证书，这张已泛黄的证书上写着：“汪天泰，戴家坦地下交通站交通员，1941年5月12日，因叛徒出卖被敌捕，被枪杀于泾县。”

汪天泰牺牲后，这一条线没有断。

他的好友汪老四，继续做起了“交通员”，成为“老杨”新的堡垒户。

在梧川的戴家坦村民组，汪老四的儿子——85岁的汪顺成接着说起“老杨”的故事。

“老杨带着部队在山上经常断粮，靠父亲送上去。为了不被敌人发现有炊烟，父亲就想办法，点几根蜡烛架一口小锅，藏在菜缸里偷偷煮饭，再冒着危险送上山。”

他觉得父亲很勇敢，但“老杨”他们更厉害，“条件这么艰苦，还在坚持打仗哩！父亲一直说，老杨从老远的地方来，是为我们过上好日子才吃这个苦哩”！

巍巍大会山，红色根据地。正是有汪天泰、汪老四这样的堡垒户的支持，胡明领导的游击战斗在皖南山区整整坚持了九年。

战火中的奋斗，战果累累。九年中，游击队进行了鸡公关伏击战、黄石岩突围战、分界山伏击战、陈村战斗等大小战斗100余次。

九年中，根据地从旌绩边拓展到苏皖浙赣边区40个县，从13人的游击队发展到9000余人的苏皖浙赣总队，成功配合了渡江战役，解放了皖南全境。

报道组在旌绩边游击根据地革命历史陈列馆参观　戴巍　摄

期间的1946年2月，中共皖南地委在大会山成立，胡明任书记。自此，坚持皖南解放战争的各个游击部队组成一个统一的战斗整体，为皖南解放战争的胜利奠定了坚实基础。

新中国成立后，胡明专程回到戴家坦，看着挂在老屋墙上的汪老四照片，深情地说：“老四，老杨来看你了。”

◆ 建设中的接续

梧川村的奋斗史，在社会主义革命和建设时期，翻开了新篇章。

在新的红色篇章里，“皖南红旗渠”——金岭洞，是最有分量的一笔。

金秋时节，金岭洞别有一番风景。洞口两侧，“愚公移山”“改造中国”八个红色大字十分醒目。

金岭洞本来没有洞，它是一条人工开凿的隧道。这是一个浩大的工程：全长1104米，高2.8米，宽2.5米，于1971年动工，至1975年正式凿通，前后历时五年。

每一个走进这里的人，都会感叹，这样一个大工程，在当时的条件下是怎么完成的？

县里的同志介绍，这个工程，当年的浩寨公社党委书记王时钟最清楚。

金岭洞　李菡　摄

几经辗转，我们找到了今年已88岁的王老。

老书记说话慢条斯理，思路清晰。“修金岭洞，是为了当地的老百姓。”山里和山外路不通，里面2个村的村民必须翻山越岭才能出来，路难走。“还有一点，打通隧道能引来山那边的水，浇灌岭下的万亩农田。”

那时条件艰苦，没有大型钻洞设备，没有先进的测量技术，“靠什么？靠大伙一锤一锤敲，一锹一锹挖”。

王老记得，那会儿干劲真足，日夜施工三班倒，放炮声、民工的号子声响成一片，夜也如白昼，场面壮观，“那时就憋着一股劲，心往一处想，劲往一处使，非得把这个洞打通”。

王书记说，最艰险的一次是遇到了塌方。那一次，我们在资料中查到，王书记与民工举着探照灯，进入洞里，冒着再次发生塌方的危险，架支架木棚顶住，取碴、混凝土顶拱固洞。用了10个月，才千辛万苦克服了塌方的难题，继续推进工程。

曾参与工程建设的冯金鹏老人，今年75岁，说起那一段奋斗史，激动不已。

他是炮工班班长，技术活儿，“先用小锤在石头上打出炮眼，然后塞入炸药进行爆破”。他说，每前进一点，都特别高兴，“像是打了胜仗”。

他和大伙都住在工棚里，吃住都在工地上，轮好久才能回一次家。他印象最深的是，县里的技术员、公社的干部有危险冲在前，有苦活抢着干，“现在想来那时是真艰苦，可当时不觉得，只想着一定要完成任务”。

因为表现优秀，冯金鹏还受到了“六好民工”的表彰。

梧川村社屋坑游击队地下交通站旧址　戴巍　摄

1975年6月27日上午10点半，历时五年建设的金岭洞终于凿通。

一组数据记录下了工程的艰辛：人工开凿424米，机械开凿680米，石方14300方，土方1062方，危险处混凝土卷拱112米297方，五个大队共投101797个工……

今天，金岭洞依然造福村民，引来了山上的水，连接着山里和山外。

“秋老虎”的酷热里，洞里清风习习，显得格外凉爽。正值丰收季，山里的人开着三轮车，穿过金岭洞，运出了一车车油茶果、葡萄……

在我们采访结束时，王老突然说起，“每次在电视里看到红旗渠的报道，我就想起金岭洞，我们当年就是靠着双手和汗水，建成了这座皖南红旗渠”。

为有奋斗多壮志，奋斗的精神，在红色梧川薪火相传，日益光大。

梧川日月换新天

初秋的梧川，真是红火火的美。

红火火的是大会山的景色，红火火的是梧川人的日子。

当奋斗的接力棒传递到新时代，梧川“摘穷帽、拔穷根”，一步步向集体经济百万强村迈进，成为中国美丽休闲乡村。

昔日根据地，今日新农村。梧川村在丰收的季节，接续书写着奋斗的新篇章。

◆ 开启新程

翻开梧川村新的奋斗篇章，第一位带头人是洪建荣。

洪建荣是本地人，2011年，担任村党总支书记、村委会主任。

在洪建荣的记忆里，梧川以前就是个小山沟，进村只有一条小路，除了传统农业，产业发展一片空白。

19岁外出经商，时隔多年回到家乡，村庄破败的样子让他十分触动。

拆除倒塌的房屋、清理垃圾、浇筑道路……在他的带领下，梧川启程美丽乡村建设。村“两委”积极向县里争取农业综合开发项目，全村总动员、全民齐上阵，实施农村清洁工程。

洪建荣有眼光，“梳洗一新”的梧川，是一片待开发的“宝藏”——

大山深处生态佳，油茶、山核桃、竹笋质量上乘，加上农户自种的各类蔬菜，特色农产品种类丰富，市场销售前景广阔；

作为红色根据地，黄高峰、百坑、社屋坑、枫树坞、戴川拥有待挖掘的

航拍梧川　戴巍　摄

红色资源；

大会山的“大会晴峰”为古华阳十景之一，每年春天，岭上开遍映山红，又是一片红色盛景……

怎么让大会山走出深山？洪建荣有办法。

第一步，把村民组织起来，把土地流转起来，把农产品推销出去。

2014年3月，洪建荣牵头成立大会山农特产品有限公司，流转村民土地，建起120亩蔬菜基地、500亩油茶基地及农产品深加工车间，通过“公司+合作社+农户”的模式，提供40个就业岗位吸引农户就近务工，同时上门收购农产品解决“外销难”，带动了200余户农户增收。

第二步，把红色大会山推介出去。

2015年7月，大会山旅游开发有限公司成立，先后投资480万元，建成梧川村革命纪念馆、百坑烈士陵园、百坑会议旧址，开发了金岭洞、金岭古道、七磡岭古道、牛栏坪、黄高峰古道等景区，打造了百坑、社屋坑、枫树坞、戴川等红色人文景观。

为打响红色旅游品牌，村“两委”在春季策划“寻革命足迹 赏黄高峰映山红”，秋季举办“观枫树坞枫叶 走金岭古道”等活动。

景观小品、标识路牌一一竖立，“驴友”纷至沓来，梧川的红色旅游初为人识。

2016年，梧川村成为省级美丽乡村建设示范点，颜值焕新，美丽加分。

◆ 接力赛跑

2018年，梧川村奋斗的接力棒，传到了24岁的洪海飞手里。

这个大学刚毕业的小伙子，一肩挑村党总支书记、村委会主任，顿时感到了肩上沉甸甸的担子。他说，“脱贫摘帽、全面小康、乡村振兴，我们这一届村‘两委’，一步步走过来，真不容易”！

洪海飞是老书记洪建荣的儿子，但他并不想啃父亲的老本。年纪虽轻的他，魄力不小。在洪海飞的带领下，这一年，梧川村启动农村集体产权制度改革。成立村股份经济合作社，全村1693人一人一股，总资产1532.3万元，可经营性资产1260.6万元。

“资源变资产、资金变股金、农民变股民”。“三变”改革，激活“一池春水”，村里基础设施和旅游资源找到“变现”的平台。

合作社与大会山旅游公司签订梧川村基础设施入股协议，获得每年5万元的分红收益。洪海飞说，这是梧川村集体的“第一桶金”。

2018年底，依托红色资源，村里与团市委合作在原百坑小学旧址，创办了皖南黄高峰青年学习学院。

这里已吸引市内外众多机关企事业单位、学校、团队前来办班，一批又一批学员在黄高峰下听党课、学党史、受教育。2021年，学院被确定为宣城市第二届爱国主义教育示范基地。小洪书记算账快，“年接待学员超过万余人次，已为村集体创收10余万元”。

今年，通过申报项目资金，又投入近90万元，继续建设新四军文化教育基地、军旅体验基地，丰富红色旅游内容。

发掘红色资源的同时，梧川村还找到特色农业发展之路。

经过考察学习，村里决定建设草莓采摘园和黄蜀葵花种植基地，先后流转村民土地100余亩，将此前投资整合的村集体资金26万元，用于投资建设草莓采摘园一期。

村支委洪培国介绍，草莓基地的收益很好。线上、线下齐头并进，2020年共销售草莓1.2万斤，收益29万元。他说在村里几十年，没有看过这么火爆的场面。

在草莓采摘园的基础上，今年又拓展建设蔬菜种植基地。辣椒、四季豆、小香薯……各种农产品一茬接一茬轮番上场，第一季就收入3.5万元。

村“两委”打开了路子，村集体的家底一天天地厚了。45万元扶贫资金入股徽来菜公司，并整合村集体所有林地150亩，挂网委托经营。2021年，入股经营的主体，与新德力中药材、马道悠然、徽来菜3家电商企业合作，签订菊花、黄蜀葵花和小香薯等农产品产销意向协议书。

洪海飞一笔笔数给我们听：村集体通过公益林补偿收益权质押贷款，获得资金40万元；特色农业仅种植采摘收入，就约40万元……村里还计划在传统产业油茶基地的基础上，建设油茶加工厂，向二产延伸。“村集体经济突破百万元大关，乡村振兴就有了坚实的基础。”

◆ 同心奔梦

梧川村的奋斗篇章里，还有许多奋斗者的身影。

村委洪微就是其中一位。

她1989年出生，已是两个孩子的妈妈。一头利落的短发，很飒爽的模样。

“直播间的朋友们，我们的小香薯生长在环境优美的梧川村，纯天然无污染，是名副其实的生态好产品……”小香薯上市的季节，每天晚上7点，洪微准时来到马道悠然公司，立起手机支架，换上特色服装，从村委变身主播，给本村农产品直播带货。

她说，这是新技能，边干边学，既推销村里的特色农产品，又为以后培训村民直播卖货做准备。

村委冯凤海，这几天也很辛苦。

9月8日凌晨1点，满载11000株红颜草莓苗的小货车缓缓驶进村，他早早地等候在基地门口，和大伙一起卸货、分拣、浇水，抢在太阳升起之前将草莓苗种下。

梧川村 戴巍 摄

经过大半夜的忙碌，1万余株草莓苗种植结束，但是冯凤海来不及休息，就要开车转战戴家坦、百坑、枫石片——作为山区村，山核桃多年来一直是这片的主要经济来源，村里有500多亩山核桃待收购。

进山、搬运、去皮、称重……忙到晚上9点。一周下来，全村近一半的山核桃悉数收购完毕。9月10日，15位种植户卖出6.5万斤山核桃，分领了8万多元现金。

对于山核桃大户汪继托而言，有奋斗，就有收获。

今年着实是个丰收年。

68岁的老汪，有十多亩山核桃。从9月2日开杆到12日，共打下山核桃一万多斤。“合作社收购价高了近一倍，再加上村里让利2毛钱一斤，今年比去年足足多挣了2万多元！”

这是村里想的新法子——以村股份合作社为平台，代购代销农户农产品。跟其他收购商不同的是，中间差价全部让利于民。

梧川村新时代的奋斗新篇，精彩得很。

“村合作社+大会山公司+农户”的模式，不仅让村民多了“股民”“土地出租户”“产业工人”等各种新身份，也鼓起了他们的钱袋子，更鼓起了他们继续奋斗的精气神。用老汪的话说：“有村‘两委’带着我们干，村里的明天一定会更好，我们的生活一定会更好！”

征途漫漫，惟有奋斗。奋斗，走过了昨天的千山万水；奋斗，正在创造今天的灿烂辉煌。

皖南游击斗争巾帼馆

战地山花分外红。梧川村村委会正对面，是皖南游击斗争巾帼馆，展示了一位位女战士的风采。

胡明的妻子洪琪，就是其中杰出的代表。她历任中共旌泾太中心县委、旌泾绩太中心县委、皖南山地中心县委委员，皖南地委委员、组织部部长，第一届皖南区妇联主席。

胡明与妻子洪琪(左) （资料图片）

1940年12月，洪琪接到中共皖南特委通知，与胡明一起留守皖南，坚持革命游击斗争。

在皖南山区，她化名“老孟”，独当一面，留下了许多红色故事。

1941年6月28日，旌泾太中心县委领导下的游击队成立仪式上，洪琪亲手缝制了一面党旗。

1942年8月下旬，胡明等领导人奉命赴江北参加皖江区县区负责人集训。洪琪留在根据地主持中心县委工作。1945年10月，旌泾太游击队领导人洪林在战斗中受伤，洪琪又奉命担任以樵山为中心的旌泾太根据地代理指挥。

在洪琪的革命生涯中，最为传奇的故事是，她曾两次深入虎口获取电台。

在黄石岩突围战中，地委机关的电台丢失，洪琪主动请缨，冒着生命危险，潜入南京，同国民党特务斗智斗勇，终于在虎穴中提到电台和翻译密码，安全运抵地委机关驻地。1947年初，因电台功率不够，洪琪再次赴上海找到地下党负责人，购置了一部大功率电台。

巾帼馆里，还介绍了交通员项红梅的英勇事迹。她经常为游击队送粮食，在怀孕期间也不中断。她利用身孕作掩护，把锅巴藏在衣服里带上山。多次行动后被叛徒盯上，最后壮烈牺牲。

还有曹云霞，她是洪琪的警卫员，还是一位双枪好手，多次保护了洪琪的安全；交通员李玉兰，翻山越岭30里传递消息，一双脚走得血肉模糊也不叫苦；好母亲江钦月，每年除夕给游击队送来八宝饭，让战士们感受到家的温暖……

在战火的考验中，皖南巾帼不让须眉，为梧川的红增添了一抹醒目的亮色。

注：本专题内容依据梧川旌绩边游击根据地纪念馆资料整理。

（“奋斗”报道组：顾维林　谭艺莹　徐静雅　戴巍）

每一个历史事件、每一位英雄、每一种革命精神、每一件革命文物……展现了我们党的梦想和追求、情怀和担当、牺牲和奉献，汇聚成我们党的红色血脉。

——习近平

宣州 油榨

情怀

QINGHUAI

红村档案

油榨社区，是中国共产党早期著名社会活动家祖晨的家乡。1927 年 11 月，祖晨组建宣城县第一个党组织——中共宣城独立支部，并以油榨为中心，白天深入农户访贫问苦，晚上办平民夜校，启迪民众思想。

今日油榨，建立祖晨故居陈列馆，同时借助新时代文明实践站，积极打造红色文化传承基地，是宣州区红色文化和党史学习教育的重要载体。

题记

水乡油榨，坐落在古老的水阳江畔。

江水泱泱，橹声柔柔。金秋的阳光下，我们循水而来，来到油榨社区，追寻一位革命烈士的奋斗足迹，感受红色家书的家国情怀。

昔日，情怀是革命者的侠骨柔情。

见字如晤，情怀蕴藏在一封封泛黄的家书里——

“望父亲适时调护，母亲爽健否？念念”，这是长子对双亲的拳拳牵挂；“一日不能使我妹妹放脚读书，儿一日不休”，这是大哥对小妹的殷殷关切；“孙文，他是中国第一个帮我们讲话的，你不要忘记了他”，这是长兄对幼弟的谆谆启蒙。

家书万金，情怀印记在一段段革命的征途上——

“儿仍向前冲锋”，这是革命者一往无前的坚毅；“我希望我能在救亡的汪洋中，竭我一滴之微力”，这是烈士视死如归的不屈；“家是我所恋的，弟妹是我所爱的，但是破碎的祖国更是我所怀念热爱的”，这是共产党人初心不改的告白。

岁月悠悠，情怀不老。

今日，情怀是后来人的守护传承。

84岁的烈士后人祖盛祥，四处收集大伯的手迹、遗物——老人以不老的情怀，守护着红色血脉。

39岁的社区干部张锡强，悉心整理祖晨故居陈列馆的资料、物件——年轻人以炽热的情怀，传承着红色资源。

今日，这情怀，更融化在乡愁里，晕染在传统文化中。

花鼓唱乡愁，摇橹助振兴。油榨，一个“望得见山、看得见水、记得住乡愁”的江南水乡，悄然沧桑巨变，已然换了人间——摇橹小镇的桨声灯影里，一幅乡村振兴的新画卷正徐徐展开……

天若有情天亦老，情怀深处是沧桑。

红色家书寄情怀

青山无言怀碧血，江水泱泱鉴情怀。

坐落在青山绿水之间的宣州区朱桥乡油榨社区，是祖晨烈士的家乡。

100年前，祖晨从这里出发，踏上追求理想信念的革命征途。在烽火连三月的征途中，祖晨给家乡的双亲写下了许多家书。这些红色家书，穿过岁月，留存至今，弥足珍贵。

拂去百年烟尘，捧读这一封封红色家书，一种浓烈的家国情怀，跃然纸上，令人神往。

◆ “儿愿牺牲一切”

“这种缠足事，简直可以说没开化野人的风俗……儿现在发个誓：一日不能使我妹妹放脚读书，儿一日不休，儿愿牺牲一切。双亲……让我姊妹兄弟得点知识吧！”

这封家书，写于祖晨在芜湖求学时，现保存在他的侄儿祖盛祥家里。

84岁的祖盛祥对大伯留下的家书，视若珍宝，每一封家书都烂熟于心。

在祖老的讲述中，祖晨恰同学少年的革命者形象渐渐清晰。

1918年8月，17岁的祖茂林考取在芜湖的省立第五中学，离开了故乡油榨。入学之后，水乡的橹声渐行渐远，进步的思潮日夜熏陶。他在学校是热情高涨的活跃分子，和同学们成立了“安社”，编印小报《自由之花》，走上街头，激情昂扬地参与火热的学生运动。

祖盛祥考证过，“就是这段时间，大伯立志延续先祖祖逖闻鸡起舞的壮

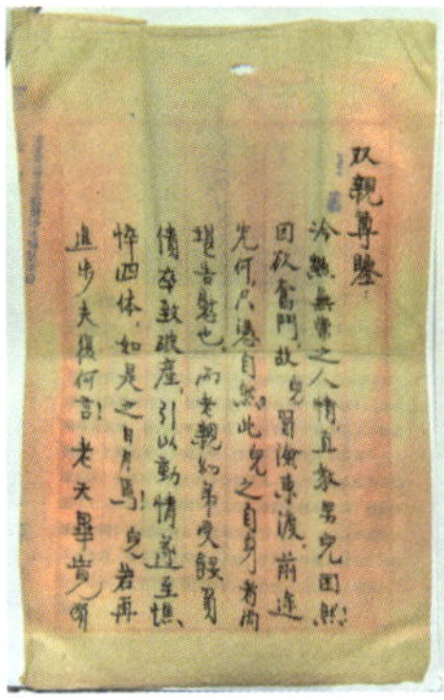

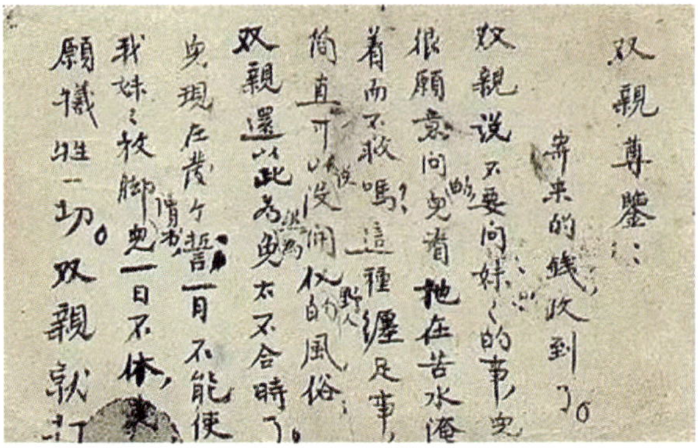

祖晨家书（资料图片）

志，改名为祖晨”。

虽在芜湖求学，祖晨挂念家中小妹祖淑芬。得知老家的父母受封建思想影响，不让小妹读书，还强制她缠小脚。他从学校特地赶回家，劝说父母给小妹放足。返回学校后，又写了这封信表明态度。“一日不能使我妹妹放脚读书，儿一日不休，儿愿牺牲一切。”祖晨是家中长子，父母最终听了他的劝告，不再强迫小妹缠足。

在省立五中的5年，祖晨从懵懂无知的少年，逐渐成长为有理想、有追求、有情怀的进步青年。

1922年秋天，共青团中央在芜湖成立共产主义青年团，21岁的祖晨被吸收为第一批共青团员。

◆ “儿仍向前冲锋”

“污吏纵横，非吾宣一隅。人民再无反动，恐将命非己有！斯时天灾人祸，皆促人民自觉之导火线，将来总有结局之日……儿仍向前冲锋！”

这封家书，大约写于19世纪20年代中后期，原件现珍藏于安徽省博物馆。

这一时期，祖晨悲愤于污吏纵横，悲苦于天灾人祸，在信中决绝地写道：“儿仍向前冲锋！”

冲锋！他在厦门大学读书时期，与思想保守的时任校长理论，掀起了改革厦大的第一次学潮。

冲锋！他组织同学与强占操场的北洋军阀的海军斗争，被报复打伤，激起厦门各界义愤，海军当局赔礼道歉，送受伤者住院治疗。

冲锋！回到家乡养伤的他，正值“五卅”运动，又组织成立“芜油外交后援会”，在宣城、油榨、水阳等地开展反帝示威游行。

1925年，由于受到奸商豪绅告密，投身反帝爱国运动的祖晨被押至宣城县地方审判庭受审。24岁的他在法庭上慷慨陈词、壮怀激烈：“反帝爱国何罪之有?!”

祖晨烈士（资料图片）

◆ “乱时富贵于我如浮云”

“暂时的虚荣，算不了人间的赞礼，尸旁的热泪，方得见英雄的牺牲。愈难愈要干，所余的，留待后人。莫因崎岖而失望，休因人事勿登临。乱时富贵于我如浮云，狗党谈笑，于我无变色!”

这封家书，祖晨写于日本长崎国立医科大学留学期间。

原件现珍藏在省博物馆。

“富贵于我如浮云”，祖盛祥说，大伯真是这么做的。一次，从宣城县府领回留学生官费补贴200块银圆，路上见到穷苦人就救济，人还未到家，银圆就全部散发完了。

富贵于他如浮云，他想的是，穷人翻身得解放。在团山乡“荀范农民协会”成立大会上，他这样描述革命的前途和远景。“点灯不用油，耕地不用牛，住的是楼房，穿的是绸缎，吃的是白米饭……”

为了践行为人民谋幸福的理想，祖晨把毕生精力都奉献了出来。厦大毕业后，祖晨东渡日本留学。1925年底，他在长崎加入了中国共产党。

1926年，国内大革命运动如火如荼，祖晨毅然放弃学业，回国投身革命。1927年3月，他奉组织派遣去国民革命军张发奎部做政治宣传工作，扩大党在北伐军中的影响。按照党的指示，他率争取过来的部分北伐军从武汉急行军，行军七天七夜至南昌，参加八一南昌起义，随军转战潮汕等地。

这年下半年，中共安徽省临委派他回宣城，宣传八七会议精神，建立党的组织。当年青春飞扬的少年，回到故乡已是成熟老练的革命者。1927年11月，中共宣城独立支部成立，26岁的祖晨任书记。

市委党史地方志室副主任郭晓辉介绍说，“祖晨对宣城来说，是革命的播火者，祖晨领导的革命活动在宣城地方党史中有重要的意义”。

根据中共宣城独立支部的工作部署，祖晨负责宣城北乡，以油榨为中心从事农运工作。

这是他成长的地方，家门口就是老街，老街上都是熟悉的街坊。那一段时间，他白天以打鸟为掩护到农村做社会调查，晚上在镇上办农民夜校，做农友们的动员工作。

报道组在祖晨故居陈列馆参观　戴巍　摄

在他的领导下，宣城四乡的农民协会如雨后春笋般地发展起来。到年底，全县已有党员60余人，建立了4个党支部、3个党小组。大多数村庄都有党员在活动，小规模的抗租抗债斗争不断发生。

革命形势的发展，引起了反动当局的惊恐。1928年1月，国民党地方警察到油榨逮捕祖晨。机警的他逃脱追捕，辗转去了上海。在上海，他继续参与领导了闸北、徐汇等区的工人学生运动。祖晨这一离去，便再也没有回到故乡。

◆ “在救亡的汪洋中竭我一滴之微力”

“干革命就会有牺牲，望双亲千万千万看得开些……家是我所恋的，弟妹是我所爱的，但是破碎的祖国更是我所怀念热爱的……虽然在干革命救国的大事业中，我的力量简直够不上沧海一粟，可是集天下之水滴而汇成大洋。我希望我能在救亡的汪洋中，竭我一滴之微力。”

这封家书，是祖晨在狱中的绝笔信，写于1933年。

祖盛祥听奶奶说过，收到这封信时，已是大伯牺牲的半年后。那一天，是除夕夜。“从我记事起，爷爷奶奶、叔叔和姑姑们只要说起这事，仍是悲痛不已。谁也没想到，5年前的那次归来，竟是大伯与家人的最后一面。”

1931年1月，祖晨化名李春亭，受党中央之命赴山东恢复和整顿被国民党破坏的党组织。

在白色恐怖笼罩下，3月，他恢复了中共济南特别支部；6月，任中共山东省委执行委员兼巡视员；8月，兼任济南市委书记。

1932年1月，祖晨奉命前往青岛整顿恢复党的组织、开展党的活动，写下革命生涯最辉煌的一页。4月，中共青岛新市委成立，祖晨任书记，成立抗日救国会等群众组织、办工人农民夜校、出版进步刊物、组织工运和学运活动……

1932年6月1日，因叛徒出卖，祖晨在青岛不幸被捕。在狱中，面对敌人的严刑拷打和威逼利诱，他始终坚贞不屈，坚持斗争。1933年8月18日，祖晨英勇就义，年仅32岁。就义前，难友们问他家住哪里？他指着镜子，“我的家在哪里，镜子下面有水，那就是我的家”。原来，“镜子”是敬亭山的谐音，水是他家屋后的水阳江，敬亭山下，水阳江畔，是宣城的油榨。

祖晨烈士的尸骨一直没有找到。在他英勇就义的地方，济南泺口竖立了九烈士纪念碑，塑像居中位置是祖晨的形象，高举右手，振臂疾呼，仿佛在说：在救亡的汪洋中，竭我一滴之微力！

今年清明节，祖盛祥带着儿孙十多人赴山东九烈士纪念碑祭扫。“把大伯的精神传承下去，现在我的孙子孙女们已经有四个人入了党。”

革命烽火连三月，红色家书抵万金。

祖晨留下的红色家书共有四十多封。祖盛祥说是爷爷用两层桐油布包裹好，砌进了墙里，才躲过了国民党和日伪特务的搜查。“直到新中国成立后，才把墙砸开，取出了大伯的信。”

建党100周年前夕，位于油榨社区的祖晨故居陈列馆开馆，一封封红色家书静静地陈列，穿过烽火岁月，诉说家国情怀。

桨声灯影见油榨

敬亭山下橹声柔，雨洒江天情怀稠。

油榨社区是中共宣城县党组织创始人祖晨的故乡。这里，望得见敬亭山、看得见水阳江；这里，红色家书记载着革命者的家国情怀，皖南花鼓戏唱出了江南乡愁，摇橹小镇的桨声灯影，映照着一幅幅乡村振兴的新画卷……

橹声柔，江水流。去油榨，去情怀深处的地方。

◆ 家书抵万金

油榨老街有些年头了。

青石板路弯弯曲曲，两边的老房子一幢挨着一幢，老街坊们三三两两地闲坐在门口，晒着秋日的暖阳。

老街的中心位置，就是祖晨家的老屋。

1918年，也是这样的秋天，那个17岁的少年，踏着青石板路，离家赴芜湖求学，从此走上了壮怀激烈的革命道路。

1925年、1927年，祖晨曾因革命工作的需要，两次回到家乡。1928年，他远赴上海、青岛从事革命斗争后，便再也没有回来。

故乡，从未忘却从这里走出的热血男儿。

2021年6月30日，建党100周年前夕，祖晨故居陈列馆开馆。

油榨社区副主任张锡强是陈列馆筹建的主要参与者。39岁的他，是当地人，“从小听着祖晨的故事长大，对烈士有浓烈的情怀”。

这份情怀，有作为家乡人的自豪，更是希望越来越多人知道祖晨的事迹。

自从在社区工作以来，张锡强一直有心收集整理祖晨的点点滴滴。

幸运的是，他与祖晨二弟祖焕然的孙女祖萌花是同学。“我一次次上门请老同学帮忙，在家里仔细找找祖晨烈士还有没有遗物。”

今年4月的一天，老同学来电话通知他，在老房子书柜的夹层中，发现了一批祖晨家书，有二三十封。“我第一时间找区党史办徐永剑主任，请他来鉴别，确认是祖晨同志亲笔信。”

这批家书，均为祖晨在芜湖省立五中、厦门大学、日本留学期间所写，今天，静静地陈列在展示柜里。

张锡强如今还有一个新职务——陈列馆的义务讲解员。

每一次讲解，他都饱含深情，一字一句念出家书的内容，向参观的人细细讲述家书背后的故事。“每读一遍祖晨家书，我还是会深深地感动，他对父母的牵挂，对家乡的情怀，在字里行间，滚烫炽热。”

在张锡强的讲解中，祖晨不仅是一名为理想信念牺牲一切的革命者，还是家中的长子，父母的依靠。他希望通过自己的讲解让革命者的形象鲜活生动起来，“让大家能体会理解革命先辈的家国情怀”。

现在，张锡强仍在关注祖晨事迹的挖掘整理，“我还在继续丰富讲解词，也期待能收集到更多烈士的线索、资料、遗物”。他觉得，这是一件很有意义的事，用自己的方式，努力延续先烈的红色情怀。

◆ 摇橹助振兴

祖晨故居陈列馆的屋后，便是圩堤，水阳江波光粼粼，流过了岁月。

橹声柔，江水流。为助力乡村振兴，朱桥乡已经连续举办了三届摇橹文化节。

乡城建办高翔主任参与筹办了三届摇橹文化节。为什么要搞“摇橹小镇”？小高侃侃而谈，“敬亭山下橹声柔，陈毅元帅1939年来宣城写的这首诗，就是摇橹小镇意象的由来”。

油榨在三乡交界处，曾是乡公所和油榨区委所在地，原有30多个单位，繁盛一时。随着区划的调整和陆路的兴起，油榨社区在册居民现仅300余人。

老街如何才能苏醒？油榨如何才能再现繁华？

既然傍水而生，就能依水而兴。

2018年，朱桥乡编制乡村振兴规划，确定了“打造一个特色摇橹小镇，发展梦里水乡田园综合体，建设五大产业基地”的目标。

也是这一年深秋，朱桥乡首届摇橹文化节举办，活动地选在了油榨老街的花戏楼。

从那时候起，小高成为摇橹文化节兼职办公室主任，一直干到今天。

在小高眼中，油榨人有乡愁情怀。“这里的居民曾经家家有小船，个个会摇橹。独特的水乡文化，挖掘利用好，就是具有鲜明地方特色的摇橹文化。”

航拍油榨　戴巍　摄

一张张照片，留下了首届文化节的盛景。在小高的描述中，那几天是真热闹。“好戏连台，四面八方的乡亲都来了，沉寂多年的油榨老街又人声鼎沸。”

橹声柔，江水流。2019年第二届摇橹文化节，吸引了游客3.2万人，“摇橹小镇，水耕朱桥”品牌初响。

有了前两届的经验，去年第三届文化节以“我们的奋斗·我们的小康”为主题，别出心裁地开展“水上直播带货”，邀请了一批直播网红现场推介生态虾蟹、虾稻米等本土特产。“我记得，有一户蟹农，带着一篓蟹来，还走在桥上，蟹就被游客买光了。”

小高体会到，文化节既提升了水乡的名气，卖出了水乡的特产，更重要的是，通过一系列活动，打开了当地居民的眼界。“乡村振兴、产业转型，根本是人的思路转变。大家现在知道了，望得见山、看得见水、记得住乡愁，也是一种生产力。”

眼下，他正忙着筹划第四届文化节，“祖晨故居陈列馆是今年的重点推介，红色是油榨社区鲜亮的标识，也是朱桥乡打造多彩村庄重要的一环”。

◆ 花鼓唱乡愁

老街的故事总是多多。

油榨老街的故事里，国家级非物质文化遗产——皖南花鼓戏是华丽的一节。

1978年，皖南花鼓戏恢复古装戏首演地就在这里。故事里的主人公，叫许文波。当年油榨文化站站长，今年已78岁了。

少年爱看戏、青年爱唱戏、中年爱写戏、退休办剧团……对许老来说，皖南花鼓戏贯穿了一生。

那一次首演，是他的高光时刻，是油榨文化站的闪亮登场，更是皖南花鼓戏的一次标志性复苏。

“消息传出后，很多老艺人把封存了几十年、压箱底的老戏服翻出来了，热情高涨地报名报剧目。”说起40多年前的那次演出，许老记忆犹新，“村口到圩埂站满了人，三天三夜，场场从下午一直唱到第二天太阳出山，观众看得过瘾，演员唱得过瘾”。

正是感受到了群众对传统文化的深深喜爱，从那时起，许老便决心将传承弘扬皖南花鼓戏作为毕生追求的事业，“这是割舍不掉的文化情怀，我为此付出了所有的精力”。

从文化站退休后，许老又自费创办了宣州市皖南花鼓戏艺术团，创作了大型古装戏本《张果》《麻姑与行郎》，“花鼓戏有很多有名的大剧和小戏，但写皖南特别是我们宣城的故事，很少很少”。

退休多年的许老没有忘记花鼓，也没有忘记油榨。他对油榨的感情很深，称为“第二故乡”，虽然年事已高，还亲力亲为参与了两届摇橹小镇文化节的活动。2018年，皖南花鼓戏恢复40周年庆典，他又创作了现代花鼓戏剧本《摇橹小镇的故事》。

他说，每年都会抽时间到油榨老街转转，到祖晨家的老房子看看，和祖晨的二弟一家还保持着来往。他喜欢老街的时光，从街头走到街尾，遇见的老街坊们，还会亲切地叫他“许站长”。

许站长在油榨社区打下的文化基础，一直在传承、在巩固。

油榨社区和相邻的四合村共同成立了后街文化中心交流会，连续十多年举办后街戏曲汇演，让当地群众在家门口就能看到演出。就在这个月，后街戏曲汇演又在油榨演了五天。

摇橹小镇 梦里水乡

53岁的油榨沟舞蹈队队长凌晓翠是这一活动的热心人，她带着舞蹈队参与了其中的6届文艺汇演。作为当地人，凌队长热情很高，“只要能跳得动，就带着大伙一直跳下去，让油榨的文化生活热热闹闹、丰富多彩”。

橹声柔，江水流，且看油榨好个秋。

祖晨在油榨的故事

祖晨七岁时，父亲便将他送进私塾读书。年幼的祖晨天资聪颖，善于独立思考、敢于提出问题。

一天，当先生讲到“生死有命，富贵在天”这句俗语时，他充满疑惑地问道：“人生为什么会有贫贱富贵呢?”先生一时答不上来，只好说“此俚俗之事非汝所学也”，搪塞而过。

祖晨后来受到革命理论的熏陶，成为一位信仰坚定的共产党员；传播党的思想主张是他毕生的事业。

1927年下半年，中共宣城独立支部成立后，祖晨来到家乡，以油榨为中心，从事农运工作。他善于运用深入浅出的语言和具体事例，启发农民群众的思想觉悟。

一天晚上，在夜校上课时，他在黑板上画了一个衣衫褴褛、骨瘦如柴的农友，背上驮着两个沉重的包袱，说：“这位兄弟本是个身强力壮的农友，饥饿寒冷摧残了他的健康，现在背上又压着这两个包袱，不仅腰伸不直，连气都喘不过来了，生命危在旦夕，大家讲怎么办?”

农友们异口同声地回答：“掀掉它!”

祖晨说：“对！掀掉它！现在我们每个受苦人也都和他一样，身上压着的是比包袱更重的东西，那就是两座大山，一座是帝国主义，一座是封建主义，我们要想翻身过好日子，就得起来推翻它们!”通俗易懂的道理，说到了大伙的心坎上。

到了过年的时候，家家都要贴对联，祖晨认为这是向人民群众宣传的好机会。为此，他写了许多词语新颖的对联，免费赠送给买不起对联的穷人。

陈列馆墙绘——农民夜校　戴　巍　摄

祖晨还以父亲在油榨开的杂货店的店号“祖兴记”中“兴记”二字为联首，写了一副对联：“兴理由义纠正世界，记仇雪耻誓复山河”贴在大门上，又在偏门写上：“国正天心顺，官清民自安”。

觉悟的农民组织起来，在祖晨的带领下开展抗租、抗债、抗捐斗争；农民运动开展得轰轰烈烈。

注：本专题内容依据祖晨故居陈列馆资料整理。

（“情怀”报道组：张玉荣　何媛媛　王肖肖　戴巍）

回望过往历程，眺望前方征途，我们必须始终赓续红色血脉……把革命先烈流血牺牲打下的红色江山守护好、建设好……

——习近平

征途

ZHENGTU

旌德 仕川

红村档案

仕川，是旌德农民暴动发生地。四一二反革命政变之后，仕川农民暴动成为中国共产党直接领导组织的一次以武装斗争反对国民党右派的壮举。1943年4月，中共旌绩县委在这里开辟百萝园游击根据地。

今日仕川，充分挖掘历史和自然资源，积极壮大集体经济，顺利实现贫困村出列，是“宣城市十大红色村庄”、第四批“中国传统古村落”“省级美丽乡村”。

题记

仕川，山高路远，风光旖旎。

白墙黛瓦，弥漫着皖南山水的诗意；青山绿水，铭刻着风雨征途的风烟。

深秋时节，我们来到仕川。在庄严的仕川农民暴动纪念碑下，在沧桑的仕川农民暴动旧址上，回望来路迢迢，心怀尊崇；重温红色往事，满怀敬意。

风卷红旗忆征途。

在后来人的一次次讲述里，那个月夜的不屈怒吼，仿佛言犹在耳，更觉掷地有声；在尘封的一份份珍贵史料里，那场激战的铁血硝烟，似乎从未消散，依然惊心动魄……仕川108位农民勇士，用热血和牺牲，铸就了这一段红色征途上最激越的篇章。

前赴后继待后人。

“丛林勇士”、新四军战士喻家顺的故事，在仕川家喻户晓。并非偶然的是，昨天先辈浴血奋战之地，今天又是孙女接续奋斗的地方。正是一代代人的坚守，一代代人的传承，让仕川的红，愈加厚重、更具光彩。

征途漫漫，薪火相传。

踏着先辈的足迹，新一代仕川人开启了追梦的新征途。

在秋意深深的田间地头，我们努力呈现一组仕川追梦人的群像——菊花大户、烟叶大户、养鸡大户……他们都是很普通的村民，他们都是不平凡的创业者，他们用辛勤的汗水和勤劳的双手，不仅创造了自己的新生活，还带着大伙共同逐梦幸福路。

在秋色如画的仕川，我们试图绘出一幅岁月静好的乡村生活新画卷——夫妻店25年为民服务的暖意，木材经营户致力服务乡邻的情意，还有菊花、烟叶种植大户那满田满垄的黄花金叶的诗情画意……他们的追梦征途，含着芬芳的泥土香，带着醇厚的烟火气，更透出了乡里乡亲守望相助的浓浓人情味。

昔日仕川革命征途，风雷激荡，壮怀激烈。

今朝仕川奋斗征途，以梦为马，不负韶华。

薪火相传映征途

六岭回环，四溪萦绕。

仕川，一个群山环抱的千年村落，一个赫赫有名的红色村庄。

100年前，仕川“108将”，揭竿而起，踏上抗争的征途，发出不屈的怒吼，翻开红史新的一页。

80年前，新四军游击队，筚路蓝缕，开启坚守的征途，浴血坚持斗争，续写红色篇章。

迎着清冽山风，举目远眺，这一路征途迢迢，薪火相传。

◆ 喻家祠前红旗漫卷

“仕川农民暴动纪念碑”，一处庄严的红色地标，也是旌德县俞村镇仕川村最醒目的标志，纪念的是四一二反革命政变之后安徽省第一次革命武装暴动。

深秋暖阳下，拾级登高，纪念碑上，安徽省委原第一书记李葆华亲笔题写的九个大字，熠熠生辉。

“纪念碑下铺设了108块地砖。108，正是仕川村参与农民暴动的人数。”在仕川村党总支书记喻科建的讲述下，红色记忆的闸门缓缓打开……

仕川的红色历史，最早与梅大栋、梅大梁兄弟有关。

1926年春，共产党员梅大栋到仕川的同学家走访，发现这里山高林密，远离县城，适合开展革命活动，便创办了仕川小学，并派弟弟、共产党员梅大梁以教书为名传播革命火种。

红色征途，由此开启。

这年清明前后，梅大梁发展了喻世良等11名党员，成立中共仕川支部，并组建农民自卫军。

在旌德县党史地方志办公室主任徐继霞看来，这一时期的旌德大地，可谓风起云涌。

1927年2月，北伐军进驻旌德，任命中共党员谭梓生为县长，成立民主政权，革命形势如火如荼。

然而，征途，从来就不是一帆风顺。

四一二反革命政变后，反动势力疯狂反扑。“红色县长”谭梓生被迫离职，“反动县长”唐绍尧走马上任，革命形势急转直下。

山雨欲来风满楼。

面对严峻的局面，梅大栋派在武汉学习的喻世良、汪守仁等赶回旌德。他们秘密商议，扩大仕川农民自卫军，联合各乡农民，于5月16日凌晨举行武装起义，赶走反动县长，恢复民主政权。

喻氏支祠还是旧时模样　叶竞文　摄

"仕川农民暴动旧址"，曾是喻氏支祠，还是旧时模样。

领我们参观的是老村干部喻建华。他说，仕川"108将"里，就有他的爷爷喻田保。

凝望那一排排岁月斑驳的木桌椅，当年爷爷和战友围坐商讨暴动的场景，仿佛就在眼前。

那是1927年5月15日的午夜，皎洁月光下，鲜红的旗帜，招展飘扬。

喻氏支祠里汇聚了洪流一般的人潮。喻世良站在台上，慷慨激昂："拥护谭梓生，枪杀唐绍尧！农民兄弟们，暴动的时刻到了！"

红旗卷起农奴戟，仕川暴动立潮头。

5月16日凌晨2点，102名农民自卫军队员，抬着自制的两门檀树大炮，扛着27支步枪和40多支土枪及大刀、长矛，向旌德县城进发。

沿途又有农民加入行列。行至株树岭，清点人数，恰好108人，后被称为仕川暴动"108将"。

从仕川村到县城，路程35华里，自卫军行至县城瑞士桥头，已是东方欲晓。

"按照原定计划，在这里等待接应的应该是攻城总指挥王庭甫。"在汪守仁留下的口述里，这样写道：那时由于信息不通畅，自卫军并不知道，就在暴动前夜，王庭甫等领导人已被反动军警逮捕。

自卫军没有停下前进的脚步，他们对着城头鸣枪射击，点燃了一门檀树大炮，因锅铁装得太多，炮身炸裂，另一门炮未再点火。但震耳欲聋的炮声，使城内敌人不知虚实，胆战心惊，未敢出城。

自卫军激战1个多小时，因未见援军到来，加之力量悬殊，于天亮前撤离。

5月16日上午，王庭甫等13位革命志士被杀害。17日，反动武装"清剿"仕川农民自卫军。参加暴动的共产党员和自卫军成员背井离乡，转移外地。喻建华说，爷爷在宁国东躲西藏了1年多才回家。

轰轰烈烈的仕川农民暴动，贡献了旌德红史上浓墨重彩的篇章。徐继霞介绍，这是四一二反革命政变之后，中国共产党直接领导组织的一次以武装斗争反对国民党右派的壮举。

◆ 百萝园下星火燎原

信念之火一经点燃，必将星火燎原，烛照征途。

1934年，中共皖南特委派人来到仕川，恢复建立中共仕川支部。

参加过仕川暴动的喻启礼，从外返乡担任中共仕川支部书记，又一次踏上信仰的征途。但仅仅一个月后，就因叛徒出卖，不幸被捕入狱。

仕川再次遭到“清剿”，第二次革命斗争旋踵失败。

革命征途多荆棘，越是艰险越向前。

时间来到1943年，组织上派王成信来到仕川，开辟根据地。

这里党组织建立得早，有农民暴动打下的革命基础，群众觉悟高，再加上百萝园山高路险，适合开展游击斗争。

4月，王成信等5人组成的武装工作队，在百萝园山上秘密搭盖了几个山棚当驻地，开展革命工作，发展党组织。

仕川人，新四军战士喻家顺，就住在百萝园山下。

他的孙女喻乔玲，现担任俞村镇党委副书记。对爷爷战斗过的仕川，感情很深。

仕川农民暴动旧址　胡国强　摄

从小听着红色故事长大，喻乔玲娓娓道来：“爷爷在与游击队交往中，觉得游击队为穷人打天下，是自己人的队伍。他最初是堡垒户，明里种地、放牛，暗里帮游击队搜集情报、筹集粮食。”

没过多久，喻家顺正式参加游击队，加入中国共产党，化名“老何”，在皖南山

仕川农民暴动纪念碑　叶竟文　摄

区的枪林弹雨中，历任班长、副排长、排长、副连长及皖南宣城军分区独立六营副营长，被称为“丛林勇士”。

他随吕辉游击队，奔赴抗日前线，行进沈村、孙埠，与日伪军战斗；与国民党顽固派战斗，攻打乡公所，在板桥、溪口开辟根据地，取得了抢粮斗争、反清剿斗争的胜利。

在喻乔玲的叙述里，一个勇敢、机智的新四军战士形象渐渐清晰。“爷爷很佩服吕辉，跟着他住山棚、吃野菜不觉得苦，跟着他冲锋陷阵、奋勇杀敌也不觉得怕。爷爷总是说，今天的好日子，是像吕辉一样的革命先烈用鲜血换来的。”

她说，爷爷虽然多次立功受奖，却很少和后辈们提及。说得最多的，是与战友们艰苦奋斗的岁月、浴血奋战的征途。

喻家顺后来在旌德县政协副主席的职位上离休。老人对仕川村深深挂念，“爷爷生活十分简朴，工资大部分都用来帮助仕川的乡亲了，直至2007年去世，都没有什么积蓄”。

喻乔玲觉得，爷爷给后人留下最宝贵的财富，是红色的家风。“我们是个大家庭，无论是工作和生活，爷爷都严格要求我们，清清白白做人，踏踏实实做事。”

作为镇党委副书记，在爷爷曾经战斗过的地方任职，喻乔玲充满了干劲。“这也许是巧合，当年爷爷踏上革命征途的起点，现在也是我奋斗的征途。我有责任，不辜负爷爷的期望，和乡亲们一起，把仕川建设得更美好。”

在仕川，铭记红色历史的，可不止喻家顺的后人。

得知我们采访，72岁的退休干部喻仲书，抱着自己收集整理的红色资料，特意赶来。

这位古稀老人，多年如一日，潜心收集仕川的红色历史资料，热心向年轻人讲述红色故事。喻仲书自己撰写、参与整理的红色资料已有12本之多，堆在桌上厚厚的一摞。老人告诉记者，他最大的心愿是让更多的人了解仕川的红色历史，“什么时候都不能忘记过去的奋斗与牺牲”。

毋忘红色历史，开启光明前程。征途，就这样从红旗漫卷的起点出发，通过一代又一代的人接续奋斗，向着美好的未来延伸……

仕川山里追梦人

银杏黄了，柿子红了，紫茄熟了，菊花开了……仕川村的秋，是静谧的，也是热闹的。

岁月静好的山乡图景，镌刻下昔日农民奋起抗争的信仰、斗志与鲜血。

硕果累累的丰收画卷，承载着今天仕川人创造幸福生活的梦想、奋斗与汗水。

抚今追昔，征途漫漫，一代又一代仕川人追梦不止，奋斗不歇。

◆ 苑秋菊的菊花事业

村里种菊花的大户，名字就叫苑秋菊，县人大代表。

刚满40岁的她，活力满满的样子；说起菊花时，格外开朗自信。

她的创业经历，并不复杂。爱人原先开农村班车，她在城里陪读照顾孩子。

2015年，朋友介绍菊花的收益不错，她动了心，“仕川的气候和土壤适宜种菊花，就想试一下”。

说干就干，她把家里20多万元积蓄全部拿了出来，一口气流转了村里100亩土地——秋菊的菊花事业就这样开篇了。

菊花很美，种菊花却是个苦差事。

好在她是能吃苦又能干的人。一年到头，苑秋菊都待在田里，侍弄她心爱的菊花。“4月是种植期，10月是收花期，育苗、移栽、抹杈、修剪、采摘一直到烘干、销售，我都自己干。”她很聪明，自学了种植、烘干技术，成为一名种菊花的好手。

她带我们到菊花田里，满地黄花遍地金，到收获的季节了。她笑得很清脆，“虽然受天气影响，产量比往年少，一亩大约能收100斤干花，不过今年的收购价应该比往年高”。

现在是她最忙的时候，每天都有20多名工人在田里干活。她算过账，“工资这一项要支出20多万元”，请的都是本村的村民，这也是她的成就感所在，“带动大家就业，增加大家收入”。

她还嫌自己不够忙，有100亩菊花，又种了50多亩烟叶，还尝试种了十来亩四季豆，“把荒田都利用起来，让更多的人参与到我的种植事业里，这样大家的收入又能多一点啦”。

◆ 喻明景的金叶前景

喻明景今年60岁了，真看不出来。奋斗者永远年轻。

他一直在田里忙活，从烟田忙到中药田，又忙着成立合作社。

“过去种过山核桃，也种过蔬菜水果，基本靠天收，一年下来攒不了什么钱。”说起与烟叶种植结缘，那是2012年，旌德县大力推广发展烟叶产业，出台了烟税返还、土地流转、生产保证金等一系列奖补政策。

老喻胆子大，“总要试试看嘛！总会有收获的”。

他贷款种了30亩烟叶，边种边学，漂浮育苗、剪烟叶花、烘烤烟叶……一步步、一年年，成了种烟的行家。

喻明景说，农民哪有怕吃苦的。采摘季、烘烤季，他都通宵达旦地忙，一年下来，除去人工、种

报道组在仕川村采访　叶竞文　摄

料等投资，还清了最初的贷款，还攒下了1万多元。

50亩烟叶让他的日子越过越好，他又琢磨了：“烟叶一年只能收一季，还有闲的时候，干些什么呢？”

这回，他看上了中药材。不过，他不准备单干，而是带着大伙闯新路，成立合作社。

这不，去年，老喻创建了明实中药材种植专业合作社，种白芨、前胡和黄精，每年纯收入可达15万余元。

老喻干劲足得很，“自己过好日子不算本事，带着乡亲们一起奔向好日子，才算本事”。

◆ 汪爱萍的品牌养殖

汪爱萍一看就是能吃苦的人。

54岁的她，天天侍弄3000多只鸡。

她和爱人原先在城里打工，为了照顾老人，双双回到了村里，开始了养鸡的生涯。

“第一年养了1万多只，把打工的积蓄全投进去了。”她做事认真，出小鸡时，整夜整夜在鸡棚睡。

她坚信原生态才是最好的养殖。“我们这里山好、水好，我家的鸡都是真正的放养，客户要提前一天订才行。白天鸡满山跑，逮不到，要半夜到鸡棚捉呢。”

言语谈吐间，她满是自豪。“都是回头客，做生意就是要讲诚信，我家的鸡至少养到3个半月后，才上市卖。这样鸡肉才有嚼劲。”

养了4年下来，她创立了自己的品牌“溪水鸡”，侄女在县城开了店面，负责网上销售，她也不闲着，“早上3点半起来，5点半到市场卖鸡，一天能卖50多只”。

酒香不怕巷子深，鸡好不怕山路远。“溪水鸡”走出大山，走进了大城市。她喜滋滋地介绍，上海也有客户年年订购“溪水鸡”，当作员工福利。

航拍仕川　叶竞文　摄

她也想着乡里乡亲。给村民们销售打好疫苗的鸡苗，免费传授养殖技巧。“在我们家买的鸡苗，存活率能达到80%以上，现在村里养溪水鸡的农户越来越多了。”

◆ 胡月明的山上生意

胡月明创业的路子，和前面几位村民都不一样。

靠山吃山，58岁的老胡，专门给村里的木材找出路。

仕川村拥有山场15960亩，木材好得出名。20世纪50年代，曾经出过全国林业模范程开贵。

见到老胡时，他正在镇里办林木采伐许可申请手续。

干这一行已经20多年了，这一套程序他轻车熟路，也不厌其烦。村里谁家山场要采伐了，都是找他，他也乐意给大伙帮忙。

说起入行，老胡觉得顺理成章：“山里路远，山里人也不知木材该怎么销售出去。”正好朋友介绍了木材采购生意，他想着，干脆由他统一收购村里的木材，再统一销售出去。

说是木材经营，更像是经营服务。“市场和山场我都熟，集中采伐、集中销售，可以降低农户的成本，也能提高卖木材的收益。”

看起来简单，也要经过复杂的环节。前期勘察、作业设计、植被恢复，申请采伐许可证、进山采伐、再运出山，这一道道关，老胡都包了下来。“木材一采伐完，我会先付现金给村民，后面的销售是我的事。”

老胡说，这挣的是辛苦钱，采伐、回款周期都很长，收不回来的坏账也有，“乡里乡亲的，这些责任和风险都只能自己承担”。

但他还打算继续经营下去，“我不干谁干呢？好多村民年纪大了，还指望着我给他们卖木材，这也算我给村里做的贡献吧。”老胡有自己的生意经：做生意不能光想着自己发财，还要让乡亲们得到实惠。

◆ 喻建国的夫妻老店

喻建国和胡小姣的“农家超市”，是村里最有烟火气的地方，时光在这里仿佛停留在了20世纪80年代。

玻璃柜台，高高的货架，还有清脆的算盘珠拨打的声音。

村里就这一家超市，在“仕川农民暴动旧址”旁一栋老屋里，曾是老供销社，1996年，夫妇俩盘了下来，夫妻店一开就是25年。

说是超市，更多地像村民便民服务网点，功能多多。

店里摆着村民寄卖的自家种的柿子、青椒、晒的笋干、土鸡蛋……“帮大家免费代卖，一分钱不加价、不算成本，一年也能帮大家卖个几千元。”

喻建国清瘦，50多岁，打得一手好算盘，他不用计算器，还是习惯用算盘给乡亲们算账。

妻子胡小姣是村妇女主任，热情干练。“快递也帮大家收寄，正式挂上了‘电商服务站点’的牌子。”做的都是乡里乡亲的生意，有的老人行动不方便，一个电话来，她就送货上门。

超市开了这么多年，薄利多销，挣得也不多，“村里距俞村镇有13公里，山路不好走。如果我们的超市不开了，大伙买东西就不方便了”。夫妻俩觉得，只要干得动，就一直开下去，“为大伙服务，心里踏实”。

山乡秋色好，仕川故事多。

除了菊花大户苑秋菊、烟叶大户喻明景、养鸡大户汪爱萍、木材经营大户胡月明、开便民夫妻店的喻建国两口子，我们还采访了种紫茄的鲍林鹏，刚到村里担任第一书记的乡村振兴工作队队长胡国强……

他们经历不同，各有精彩，他们都是仕川村里的追梦人！

“红色县长”谭梓生

“拥护谭梓生，推翻唐绍尧”。这句旌德仕川农民暴动响亮地喊出的口号，至今还回荡在历史的记忆里。

谭梓生（资料图片）

口号中的谭梓生，是安徽省第一个中共党员县长，被称为“红色县长”“草鞋县长”。

1898年，谭梓生出生于旌德县白地镇下洋村，在20岁的时候，考入宣城省立第四师范学校。在这里，年轻的谭梓生结识了恽代英，受到进步思想的熏陶，点燃了革命激情。

1923年，谭梓生考入南京南方大学，不久，又转入上海法政大学。在校期间，他光荣加入中国共产党。

1926年，大学毕业后，他回到旌德，协助旌德党组织的创建者和早期主要领导人梅大栋开展革命工作，致力播撒革命的火种，成立中共下洋支部。北伐战争期间，谭梓生根据上级指示，以个人身份参加国民党组织。

1927年2月，得知北伐军要经过旌德，谭梓生召集八都、三溪、三都等乡的同志到城里开会，组成国民党旌德县党部，并发出通告，欢迎北伐国民革命军。

与此同时，他派人到绩溪，与驻在该县的北伐军第二军第六师联系，请求委派县长和驻军旌德。第六师政治部主任萧劲光任命其为旌德县县长。

这位“红色县长”为何又被称为“草鞋县长”？那是1927年3月初，北伐军进城后，谭梓生率领农民自卫军，捕拿全县最大的土豪劣绅吕少丞、方楚屏与县公署“师爷”黄宪民三人，召开群众大会，宣布其罪行，群众拍手称快。

在他到县政府就任当天，当地的绅董赶来拜会。谭梓生对他们说：“我们这个县政府是为穿草鞋的工农群众办事的地方，再也不是你们这些穿长袍马褂人的衙门了。”

自此，“草鞋县长”的名声就传开了。

谭梓生号召全县各乡组织扩大农民协会，建立和发展农民自卫军，还领导开展了一系列群众运动，进行了严禁烟赌、剪辫放足等反封建活动。

四一二反革命政变后，谭梓生被迫卸任离职。为保存革命力量，他撤离旌德，继续从事革命斗争，参加了秋收起义，跟随毛泽东开辟了井冈山革命根据地。

1930年8月，谭梓生在上海被捕，9月在雨花台英勇就义，年仅32岁。

注：本专题内容依据仕川农民暴动旧址纪念馆资料整理。

（“征途”报道组：张玉荣　徐文宣　徐 晨　叶竞文）

我们要沿着革命前辈的足迹继续前行，把红色江山世世代代传下去。

——习近平

绩溪 下胡家

足迹

ZUJI

红村档案

昔日下胡家，皖南山区抗日根据地第一个乡级民主政权——九华乡农民协会在这里成立。在2019年8月的超强台风“利奇马”中，绩溪县荆州乡党委委员、纪委书记、县监委派出荆州乡监察专员李夏，为保护人民群众生命财产安全，以生命赴使命，在这里英勇牺牲。

今日下胡家，是“宣城市十大红色村庄”，建有九华乡农民协会展列馆和李夏纪念广场。村“两委”以实际行动学习李夏先进事迹，发展山核桃产业，壮大村集体经济，踏上乡村振兴新征程。

题 记

趁着浓重的秋意，沿着盘旋的天路，我们来到下胡家村。

这一次，我们循着一位新时代英雄——李夏的足迹而来。

在李夏的足迹里，没有铁血硝烟、没有金戈铁马；李夏最闪光的足迹，定格在2019年的那个夏天：那一阵狂暴肆虐的台风、那一股突如其来的泥石流，那一场风雨之中的生死考验……不一样的时代，不一样的足迹，同样的惊心动魄，同样的可歌可泣。

两年，并不遥远，仿佛，就在眼前。

在李夏留下最后足迹的地方，台风撕裂的伤口已愈合，石门亭河水重归清澈，河畔的那一株孔雀松依然葱茏挺拔，秋风徐来，松枝瑟瑟有声，仿佛诉说着英雄的故事……

这一次，我们沿着李夏的足迹，寻寻觅觅，看到的是：夏花依旧绚烂，思念永留心间。

乡、村干部的思念，是决心接好李夏的班，继承未竟的事业，把下胡家村建设得更美好；村民们的思念，是到纪念广场守着他看着他，努力用双手和汗水，把日子过得一天比一天好；妻子家人的思念，是为他把一生献给挚爱的事业和乡亲，倍感自豪和骄傲……

这一次，我们沿着李夏的足迹，流流连连，看到的是：夏花依旧绚烂，秋实硕果满枝。

他放心不下的“饮水难”，已不再难；他关注的山核桃产业，迎来丰收季；他操心的护收统一开杆，成为和谐乡风的新标杆……

初心不因来路迢遥而改变，使命不因风雨坎坷而淡忘。

在石门亭河畔，在英雄牺牲的地方，在新建的李夏纪念广场的墙上，李夏写下的铮铮誓言，光彩夺目，如号角催人奋进；

在乡村干部的讲述中，在村民的记忆中，在妻子的深情回望中，李夏留下的深深足迹，坚实深重，如惊雷回响辽远。

生如夏花，美如秋叶。在这个金色的秋天里，夏花开在下胡家，足迹永远留在了我们心底。

深深足迹印初心

下胡家村很远。沿着海拔1200米的皖浙天路，要经过351个弯、21个回曲，才能来到这个绩溪最偏远的山村。

下胡家村很近。两年前那个夏天的英雄故事，仿佛就在眼前。在抗击超强台风“利奇马”中，荆州乡党委委员、纪委书记、县监委派出荆州乡监察专员李夏，为保护人民群众生命财产安全，不幸被泥石流卷走，将生命永远定格在了33岁。

深秋时节，我们来到下胡家村，沿着李夏的足迹，追寻一个个关于初心与使命、关于责任与担当的故事……

◆ “工作干不好，都不好意思从广场经过”

李夏牺牲的时候，下胡家村党支部书记胡向明就在现场。

他说，那一刻，至今历历在目。

2019年8月10日下午，受台风“利奇马”影响，荆州乡敬老院发生险情。李夏、胡向明和时任荆州乡人大主席王全胜三人赶赴现场转移老人，并将一对母子护送到安全地带。

李夏纪念广场　戴巍　摄

刚安顿好，李夏又接到电

石门亭河 戴巍 摄

话：下胡家村口发生塌方险情。三人赶紧前去查看。

路上，李夏拍了路况照片，将险情发在荆州乡微信群，提醒大家注意。没想到，就在这时，泥石流从道路一侧的山上突然冲了下来，李夏就这样永远地消失在浑浊的石门亭河中。

那个场景，刀一样刻在胡向明心里。“直到今天，仍觉得李夏没有离开我们，还是和下胡家的村民们在一起。”

他是话不多的人，谈起对李夏的第一印象，也是寥寥几句。“这个小伙子干事很实在。”

李夏到村里走访调研，没和他打过招呼，也从来不需要人陪，经常利用周末时间，一个人直接到村民家了解情况，把深深的足迹印在了乡村小道、田间地头、农户家中。

“李夏说，这样才能听到群众的心里话，才能知道大家的困难、问题所在。”饮水难、改厕、环境治理……一桩桩、一件件，李夏都记挂在心、尽力落实。

“他未竟的事业，我们要完成好，让老百姓过上好日子。”胡向明把悲伤藏在深处，带着村“两委”铆足了劲，这两年，村庄环境整治、自来水进村入户、山核桃统一开杆……旧貌换新颜，处处有了新气象。

在乡里的指导支持下，村里谋划了9个产业项目和11个提升项目。2020年，村集体经济收入已达80万元。

村里的事都忙完了，胡向明有时会静静地来到村口的李夏纪念广场，再读一遍李夏的微信签名：初心不因来路迢遥而改变，使命不因风雨坎坷而淡忘。

他对记者说：“工作干不好，都不好意思从广场经过。”

◆ “多走几遍李夏走过的路，心里好受些”

84岁的村民许传芝，也有一个习惯。

自从李夏离去后，每天下午4点，她都拉着老伴准时到纪念广场，守着墙上小李书记的照片，坐上一会儿，唠唠家常。

小李书记是联系她的帮扶干部。老人说，这孩子就像“自家人”一样。

自从结了对子，李夏只要来下胡家，必定上门看望老人，嘘寒问暖，“说的都是贴心窝的体贴话”。许传芝念叨，小李书记每趟来都帮着打水担柴，抢着干活，是个勤快的孩子。

得知噩耗的那天，老人哭了许久，“可真把人疼死了”。也是从那天起，她循着小李书记的足迹，从自家走到村口，再从村口走回家，“多走几遍他走过的路，心里好受些”。

念着小李书记好的，还有汪云安。

就在李夏牺牲的四天前，还在走访帮扶他家。

那天，老汪不在家，李夏一天跑了四趟，直到晚上才找到他。“耐心地讲解扶贫政策，生怕我听不懂，态度特别好。”

两年了，汪云安家的墙上，那张“绩溪县精准扶贫明白卡”还在，上面李夏的亲笔签名和手机号码，依然清晰。

李夏的足迹，印在了贫困户家中，更烙进了他们心底。

61岁的胡广今，也是李夏的帮扶对象。他是聋哑人，得知我们的来意，着急地用手比画，他的哥哥胡广坡在旁翻译：“李夏，好！”

2019年初，下胡家村启动农村厕所改造工程。在改到胡广今家时，李夏经常上门查看进展，督促工程落实到位，“对贫困户是真负责，那股认真的劲头，特别令我们敬佩”。

昔日贫困户，今天已奔向新生活。胡广今现在凭手艺经营一家纸扎店，收入稳定。他不知道如何表达对李夏的思念，还是一遍遍用手势告诉我们：李夏，好！

◆ “把每个案件办漂亮，才能对得起接他的班”

“95后”李一博，是荆州乡纪检监察干部，他为自己曾是李夏的战友而自豪。

他说，与李夏最后一次办案的场景，永远也不会忘记。

2019年8月8日，他跟着李夏一起做案件谈话笔录，“从整体框架到每个细节，都一一做好了笔记，工作作风扎实严谨”。

笔录一直持续到天黑，当事人问“你们是不是要下班了?”李夏却说：只要群众需要，我们24小时都在岗，没有上班下班之分。

李一博为自己和李夏共事仅一个月的时间太短而遗憾，又觉得这30天，受益终身。“他是爱学习的人，晚上住在乡里，忙好工作了，还继续读书做笔记。”

这个年轻人觉得，从李夏身上汲取了继续前行的勇气和力量。“本年度截至目前，我们处置问题线索8起，已经办结7起，正在办结1起。”他朝气蓬勃又干劲十足，“把每一起案件办得漂漂亮亮，才对得起接他的班”。

不仅是李一博，荆州乡的干部们都是这样想的，更是这样做的。

乡党委书记邵小明与李夏共同战斗了105天，体会更深。“学习践行李夏精神，在荆州不是一句空洞的口号，而是实实在在的具体行动，干部责任感强了，担当的劲头足了，干群关系更近了。”

在乡会议室里张榜公布的“我为群众办实事”项目包保责任表上，“下胡家村第二批水利设施水毁修复工程项目”，7月已完工；“下胡家村二组、五组农村饮水安全工程”，正在施工；“下胡家村沿河道路修复整治”，已入库……

“大家沿着李夏的足迹，心往一处想，劲往一处使，把他战斗过的地方建设发展得更好。”邵书记说，这是对英雄最好的告慰。

今年，荆州乡农业发展考核冲进全县前三，获评“一乡一品”全国示范乡镇。

在乡政府大楼二楼，李夏的办公室，还保留着原来的样子。办公桌上的那盏台灯，一直亮着，一直亮在干部心中。

◆ “有什么想说的话，只想跟他一个人说”

下胡家村的干部群众不会忘记李夏，妻子宛云萍更是觉得他从未离开。

11月10日，我们赶赴黄山市，见到了刚从北京领奖回来的宛云萍。

继荣获“全国优秀共产党员”“时代楷模”“全国脱贫攻坚先进个人”等荣誉之后，今年，李夏再获第八届全国道德模范称号。

报道组在李夏家中采访宛云萍　顾维林　摄

宛云萍作为家属代表，到人民大会堂领取了荣誉证书和奖章，并和代表们一起受到了习近平总书记的接见。

她还沉浸在激动之中，“总书记走进人民大会堂的那一刻，现场响起了长时间的掌声，所有人都喊着‘总书记好’。我的巴掌都拍红了……”

她小心翼翼地打开盒子，刻有“全国敬业奉献模范”和“全国道德模范”字样的奖章呈现在眼前。此刻，阳光透过窗户洒在客厅，熠熠生辉。

家中，全是李夏与家人的照片，仿佛不曾离开。

宛云萍的记忆中，李夏总是忙碌的，一个多月都难得回家一次。她从不抱怨，她晓得李夏是为了老百姓在忙。她还晓得李夏对自己特别节俭，“连理发店都不去，头发都是我和他母亲帮他理，理得不好看就戴顶帽子”。

她说，李夏对乡亲特别大方。“工资卡上两年只存了800元，都省出来帮助贫困户了，帮助乡亲买鸡苗，开小店，自己掏腰包从黄山请来技术员教乡亲种菊花……”

李夏做的事，她觉得特别值。“他这一生，献给了他挚爱的事业。”

现在，宛云萍的生活渐渐回到了正轨。女儿读二年级了，“每天晚上睡觉的时候，女儿会说‘爸爸晚安’，我也会说‘老公晚安’”。这是一家三口的默契，不会改变。

每个周末，宛云萍都会去李夏的墓前，跟他聊过去的故事、现在的生活，“有什么想说的话，只想跟他一个人说”。

那个夏天，夏花绚烂。李夏的身影，最后定格在下胡家村，是那么高大伟岸。

这个秋天，秋实累累。李夏的足迹，依然镌刻在人们心底，是那么深重坚实。

（文/顾维林）

看今朝

夏花秋实下胡家

下胡家，这个红色村庄，遥远而又亲近。

这里，燃起过九华农协的滚滚烽火，留下了时代楷模李夏的深深足迹。

今天的下胡家村，夏花依旧绚烂，秋实硕果累累。

◆ “饮水难”解决了

要问这两年村里最大的变化，大家异口同声，“有自来水啦!”

这不，一打开水龙头，汩汩流淌的自来水，化解了困扰群众多年“饮水难”的心病。

这是李夏牵挂的心事。

下胡家村位于天目山和黄山交界处，由于地势陡峭等客观因素，第二和第五村民组没有建设系统性引水工程，290位村民饮用水只能去破旧的蓄水池或是从河里挑水。

报道组在李夏纪念广场瞻仰　戴巍　摄

因为饮水难，两个村民组没少闹矛盾。村民胡立江谈起这些，很感慨，“吃水全靠挑和抢，日子哪过得安”。

李夏来到荆州乡，联系帮扶下胡家村，了解到这一情况，与乡、村干部多次商讨解决办法。

“李夏总是说，群众急的事，就是我们急的事，解决饮水难是小康路上的大事。”乡党委副书记胡超与李夏共同战斗过，感情很深，“这是他对下胡家村的牵挂”。

为了完成英雄未竟的事业，今年6月，投资50万元的下胡家村二组、五组农村安全饮水工程全面推进。

村干部们带领工程队，多方勘探寻找水质好的水源，想方设法建设高标准蓄水池。为了加快进度，村民们主动帮助施工队运送材料，靠着肩抬背扛，硬是将所需的材料全部运上山。

奋战多日，蓄水20吨的蓄水池投入使用，铺设自来水管道3600米。

“水管接到家门口，消毒房、消毒器、过滤池样样齐全，家家户户‘标配’的蓄水红色水桶‘下岗’喽!”二组和五组村民喜笑颜开。

三分建，七分管。对于高山饮水工程来说，后期管理更为重要。胡超介绍，“村里已经着手准备绩溪县首个安全饮水市场化经营工作，明年启动实施”。

这是一项创新之举，村里成立劳务公司，360户村民的水管后期管养，全部由市场化运作维护，既带动就业，也带来增收。

有水百业兴。今年，下胡家成功创成县级美丽乡村，硬化道路2000米，改厕301户，清理塘沟1.5公里，实现生活垃圾无害化处理率100%。

◆ “摇钱树”生金了

下胡家的山核桃，是出名的好。

进村的山路两旁，全是一排排山核桃树。

徽仙山核桃种植专业合作社负责人包法家，眼下刚忙完。经过晾晒、蒸

航拍下胡家　戴巍　摄

煮、烘干、挑选、包装、发货……一系列的程序，这一季山核桃又卖断了货。

他说，李夏书记要是还在，看到果实累累，一定特别开心。“李夏一到荆州乡任职，我们就讨论过，下胡家的山核桃怎样才能为农民增收？怎样才能做大产业？”

两个问题，在两年后的丰收季，都有了答案。

全村种植的3700亩山核桃，已成为名副其实的摇钱树，年产值达1500万元，仅这一项人均收入就有1.7万元。

在包法家创办的农民学校课堂里，他侃侃而谈山核桃经。

“原来下胡家的山核桃一打下来的鲜果，就被山那边的浙商收购了，没有附加值。”他在外闯荡多年，脑子活，“农民也要学习。学什么？新技术、新理念”。

他深知思路一变天地宽的道理，从创建合作社开始，就同时举办农民培训班，自掏腰包请专家传授山核桃种植技术，自费带领农民去浙江岛石“坚果加工之城”长见识，免费向农户提供品质好的化肥、农资用品。

11年来，农民培训班已开班100多次，全村15岁以上、60岁以下的村民，都至少参加了一次培训。今年7月，新增了电商经营、直播带货等“潮流”课程，“让山里人也插上电商的翅膀，让下胡家的山核桃走出大山、走得更远”。

从农民学校“毕业”的胡观法，科学种植山核桃，产量增加了2倍；村民张婷通过学习成为抖音主播，网上销售额超过10万元；胡佳伟回村创业，学习开设淘宝店，销售山货超过7万元……

在包法家的带动下，70户村民加入合作社，年销售额超300万元，户均增收6万元。

对老包来说，这也是他个人的丰收季。继创成国家级农民合作社示范社、成为“全国科普惠农兴村带头人”之后，农民学校又被推荐为“全国示范农民田间学校”。

58岁的老包，精神头十足，他还有新想法，干电商、当职业农民经纪人，把下胡家村的乡亲都带起来、富起来。他说得诚恳，“李夏为下胡家牺牲了年轻的生命，我们要以他为榜样，踏踏实实为群众做点事”。

夏花不会凋谢，秋实硕果满枝。荆州乡山核桃加工项目选在了下胡家村，未来将打造一个集种植基地、深加工、销售于一体的主导产业。

◆ “新乡风”吹来了

都说下胡家的风景美，更美的还是守望相助的新乡风、互帮互爱的新民俗。

这一点，全村自觉遵守山核桃统一开杆时间，就是明证。

村党支部书记胡向明说，统一开杆这事，还是和李夏书记有关。

李夏在下胡家村开的最后一个会，是2019年8月8日，他召集村民代表，商定山核桃统一开杆时间。“李夏干工作从来都是这样，提早谋划，充分准备。一般山核桃开杆是9月初，他提前1个月就部署这项工作，想在前、干在先。”

山核桃采摘为何要统一开杆？

这是特殊的村情。

以前总有人抢鲜果上市时间，“摸黑”上山采摘山核桃，山陡树高，很容易发生意外、导致受伤。“每到采摘季，要付出很大精力，动员公安民警和乡、村干部好几百人满山遍野地看着，效果也不好。”

还有一点是，提前采摘的果实，质量参差不齐，影响下胡家山核桃的口碑。

李夏同志先进事迹陈列馆　顾维林　摄

为了群众的生命安全，也为了保证果实的质量，下胡家村确定，每年白露为统一开杆时间。

令乡、村干部们没想到的是，李夏牺牲的那一年，统一开杆的时候，村民们像是自发地约好了，没有一户提前上山采摘。“大家都知道，这是李夏书记操心的事，不能再让他操心了。”

下胡家，成为全市第一个山核桃统一开杆时间的村。

文明新乡风拂过山野，和谐新民俗暖在心头。今年采摘过程中，党员和村民，结伴组成小队上山护收，也不用公安和乡、村干部看着了，大家轮流值守、互相帮助。

党员胡秀琴是第四村民组巡逻小组的组长，在20天的护收时间里，她看到村民们自觉遵循开杆时间，守约采摘时间。“每天早上6点到中午12点，大伙有序上山。其余时间，安心在家准备山核桃加工。这两年，没有发生一起因采摘受伤的事故。”

当采摘季结束，整个村还像是一个大家庭，互帮互助晒干果，你来我往忙销售……干群的心，越来越近了；大伙的情，愈来愈深了。

村庄的环境卫生，大家自觉维护；河道的清洁整治，大家积极参与……特别是，村口的李夏纪念广场上，秋风吹落的树叶，人来人往捡得干干净净；记载李夏事迹的那一方石刻，每天都擦得清清朗朗。

这是全村人的心愿吧，让夏花永不凋落，永远开在下胡家。

"九华农协"37天

荆州旧称九华。

皖南山区抗日根据地第一个乡级民主政权——九华乡农民协会，于1945年2月在下胡家村成立。

旧址是一栋徽派风格的老屋，白墙灰瓦穿过沧桑，如今挂牌为九华乡农民协会展列馆。

馆内，对着正门悬挂着一幅中堂——九华烽火燎原皖浙，壮士热血染红山川。

这是一段烽火热血的历史。

荆州乡关工委主任汪鹏云的讲述，把我们带回到1945年。

那年除夕，2月12日，中共旌绩县委抽调舒梦熊率19名游击队员来到九华乡荆源保，召开群众大会，宣传党的抗日民族统一战线政策和当前形势，号召大家武装起来，保卫家乡。

九华乡农民协会旧址　戴　巍　摄

2月15日，游击队在下胡家村召开九华群众大会，宣布在全乡实施四项措施：封锁山岭路口、组织民兵开展武装斗争、收缴武器集中枪支弹药、设置盘查哨，严防特务破坏。

会后，皖南第一个乡级抗日民主政权——九华乡农民协会宣告成立。

据汪鹏云介绍，农民协会的办公地点，就在村民胡观灿家，如今旧址还在。他与妻子唐元花的照片，在展列馆里。这是一对革命伴侣，这所老屋就是坚固的堡垒。夫妻二人掩护游击队，站岗放哨，传递情报。

九华乡农民协会成立后，行使抗日民主政权职能，管理根据地行政事务，领导农民开展抗丁、抗税、抗粮等斗争。协会下设7个保，各保建立基层协会，全部建立民兵组织，民兵发展到800多人。同时，还建立九华乡民兵指挥所，与农协合署办公。

从2月下旬起，游击队和九华民兵相配合，对外四处出击，展开了积极的政治和军事攻势。不仅巩固和加强了九华中心区的工作，还进一步发动了群众，控制了九华周围2省3县12个乡。

1945年3月21日，国民党苏皖边绥靖指挥部派出国民党军52师、安徽省保四团约3000余人，分六路进攻九华游击根据地，对游击队和农民协会进行“清剿”。

在敌我力量悬殊的情况下，游击队采取“敌进我退”的方针，动员军民分兵把守，利用有利地形，痛击来犯之敌。因兵力、武器、弹药悬殊太大，为保存革命实力，游击队分三路撤出九华，民兵转移上山，党组织转入地下。

九华乡农民协会，是皖南山区公开建立的第一个具有抗日民主政权职能的人民民主机构。虽只有短短的37天，但它开创了在皖南山区建立人民民主政权的先河，意义深远。

注：本专题内容依据李夏先进事迹陈列馆、九华乡农民协会旧址展列馆资料整理。

（“足迹”报道组：顾维林　刘畅　徐静雅　戴巍）

全党同志一定要不忘初心、继续前进，永远铭记为民族独立、人民解放抛头颅洒热血的革命先辈……努力为人民创造更美好、更幸福的生活。

——习近平

泾县　濂长

热血

REXUE

红村档案

昔日濂长是革命老区。皖南事变中，这里是奉命北移的新四军将士奋勇突围的战场。项英、周子昆突围后在赤坑山蜜蜂洞遇难。皖南事变后，在濂长建立了中共泾旌太中心县委的第一支游击队。

今日濂长生态环境优美，旅游资源丰富，人文景观众多，曾荣获“安徽省生态村”“泾县旅游特色村”称号，2018年确定为“宣城市红色村庄建设示范点。”

题记

初冬时节，寒意料峭，我们来到泾县茂林镇濂长村，寻访一段八十年前的悲怆历史。

青山可以作证。东流山下的濂长，是皖南事变中一处鲜红的地标。境内的丕岭，是新四军将士与顽军最先鏖战的地方；村里赤坑山腰的蜜蜂洞，是项英、周子昆不幸遇害之处。

濂长的红，是热血的红。

八十年前，在那场震惊中外的悲剧中，新四军数千烈士热血洒疆场，忠骨埋青山。

遥望东流山激战的烽火硝烟，凭吊蜜蜂洞的悲怆一夜……在对历史的一次次回望中，我们更深地理解了"千古奇冤，江南一叶"的悲壮情怀，更深地感悟了"新四军精神"的崇高意蕴。

濂长的红，更是深情的红。

我们的寻访，不仅仅是关于那场惨烈突围的铁血硝烟，还有当地群众对子弟兵的掩护、救助，那同样是热血染就的壮举，同样是可歌可泣的历史。

这片热血浸染过的红土地，刻骨铭心的记忆从未淡去。

八十年后的今天，即使在山坳里最偏远的村里，我们还能听到耄耋老人的讲述，那枪声震天的岁月、那浴血淬火的英勇、那鱼水情深的佳话——徐老三救护黄诚，陈六香照顾马长炎，姜岳凡掩护项英、周子昆……一段段佳话的背后，是濂长革命群众不顾生死的牺牲、毁家纾难的付出、对子弟兵情深似海的呵护。

濂长的红，又是幸福的红。

青山依旧在，山河换人间。堪以告慰英烈的是，如今这片热血浸染过的红土地，正绽放着朵朵幸福花。

千亩茶园装点青山，行行菇棚满载致富希望；新风堂倡导文明新气象，农旅融合书写振兴新篇章。勤劳的濂长人正用智慧和汗水，创造幸福生活，奔梦在致富路上。

青山，热血；厚土，深情；家园，幸福……这就是濂长的故事，一座红色村庄的故事。

热血不冷青山在

茂竹修林，是为茂林；

濂溪萦长，名之濂长。

泾县茂林镇濂长村，如果不是八十年前的那场事变，给人们的印象，或许只是一派旖旎的皖南风光。

历史没有如果。1941年发生的皖南事变，是中国革命史上悲壮的一幕，也深深地影响了这个偏远的小山村。

青山依旧在，濂长自此红。穿越历史云烟，从濂坑到长坑，从丕岭到东流山，热血染成的红，红得悲壮激越，红得感人至深……

◆ 悲壮激越热血红

濂长，青山环绕。

巍巍东流山，是皖南事变激战地；高高赤坑山，见证了蜜蜂洞的凄厉枪声。

我们寻访的第一站，是赤坑山上的蜜蜂洞。

从赤坑山脚濂溪出发，沿着山路逶迤而上，四周峭壁高耸，枯藤盘虬。与八十年前的那个凛冬一样，皖南初冬的朔风，涤荡山间，呜咽呼啸。

经过600多米的攀登，蜜蜂洞到了。洞口2米见宽，斜石凌空，下临深谷。

凝望这处四壁厚重、苍黛粗砺的石洞，仿佛回到了那个悲剧之夜——

1941年3月14日凌晨，新四军副军长项英、副参谋长周子昆在这里被叛徒杀害。

悲剧之夜的背后，是皖南事变的血雨腥风。

在泾县新四军历史研究学术委员会主任陈志宏的讲述里，皖南事变发生的历史背景，渐渐清晰。

1940年秋，国民党顽固派掀起以消灭黄河以南八路军、新四军为目标的第二次“反共”高潮。

“子弹上膛，刺刀出鞘。三年的皖南，别了！”1941年1月4日，新四军军部及所属皖南部队9000多人，在叶挺、项英率领下，告别云岭，奉命北移抗日。

6日，当新四军二纵队到达濂长境内里潭仓丕岭时，突遭国民党第四十师拦击。

枪声骤起、平地惊雷，惊醒了濂长这个山坳里的宁静村庄。

陈志宏向我们详细介绍了这一段历史：6日，国民党顽军7个师8万余人

茂林皖南事变发生地“4117广场” 叶竞文 摄

对新四军皖南部队形成包围。经星潭、高岭、里潭仓、东流山等激战之后，10日上午，新四军各部约5000人汇入石井坑。11日、12日，各部队顽强坚守石井坑周围各山头。12日晚，顽军突破新四军防线，叶挺军长下令分散突围。13日凌晨，军部在突围途中又遭到包围，几度冲锋被打散。14日，叶挺为挽救危局下山与顽军谈判被扣，新四军有组织的抵抗全部结束。

同室操戈，相煎何急?！血战七天七夜，新四军除2000余人突围外，一部被打散，大部壮烈牺牲或被俘。用陈志宏的话说，这不是一场战争，而是一场悲剧，令人扼腕痛惜。

比起陈志宏的宏大叙事，泾县新四军历史研究会副秘书长翟大雷更熟悉当地的情况。

65岁的翟大雷是茂林中学的退休教师，一直致力于新四军在茂林活动的资料收集。他说："濂长是革命老区、红色家园。"

在他的介绍里，东流山、丕岭、濂坑、长坑、石井坑……一处处史料上的地名，渐渐生动起来。

路经东流山，翟老师告诉我们，山上至今有弹坑遗迹。他指着一处悬崖，"那就是新四军女战士'七女跳崖'的殉难之处"。

来到赤坑山，老人登山已有不便，还是尽可能多地描述了当时的情况。"当时上山的路，只有当地村民知道，更不用说藏在山腰的蜜蜂洞了。如果不是突遭叛徒暗害，国民党顽军很难找到项英、周子昆。"

壮歌不绝，热血不冷。

皖南事变后，"新四军精神"在濂长，依然生生不息。

1941年上半年，中共泾旌太中心县委在濂长村组建了"皖南新四军游击队"，同时，中共泾县县委书记洪林组建了"泾县县委游击队"，当地村民周明火等成为第一批游击队员，开展革命斗争。

红色濂长，成为皖南泾旌太边区红色武装的发源地之一。

周明火的儿子周勇听着红色故事长大，游击队的红色往事耳熟能详。"父亲说游击队只有13人，2支驳壳枪、6支长枪，但大家都憋了一口气，一定要打个胜仗。"

1941年7月9日，游击队从濂长出发，打响了皖南事变后中国共产党在皖南领导的第一次回击国民党顽固派的战斗——旌德庙首战斗。“消息传出后，震动了皖南的山山水水，群众奔走相告，新四军又打回来了！”

风雨多经人不老，关山初度路犹长。

此后的岁月里，在濂长这片红色的土地上，成立了“中共濂坑区委”，17个党支部连成一片，成为游击根据地……

◆ 感人至深热血热

皖南事变在濂长留下的，不仅是这一曲铁血悲歌，更多的是濂长百姓舍命救护新四军的一段段佳话。

那是奋不顾身的救助。

周子昆的警卫员黄诚身负重伤，在当地村民徐老三家养伤43天。

徐老三，本名徐承山，濂长村濂坑的一户普通山民，以烧炭种地为生。

我们找到了徐老三的外孙女章美菊，她听长辈们说过这段经历。“刘奎他们从蜜蜂洞把黄诚背下山，就送到外公家了。外公对刘奎说，你放心，只要有我徐老三在，就有黄诚在。”

承诺如山。现在说来风平浪静，那时却是白色恐怖下冒着生命危险的救助。徐老三一家既要照顾奄奄一息的重伤战士，还要谨防顽军的搜山“清剿”。他在自家屋后竹山崂里，就着一处凹坑，盖了一间窝棚，将黄诚藏到窝棚里养伤。

1964年，陈六香(左)与马长炎久别重逢 （资料图片）

“当时我妈妈只有七八岁，每天提着

小篮子假装去后山摘野果，实际上是给黄诚送饭。”章美菊说，黄诚伤势很重，脖子肿得像馒头，一口饭也吃不了，在徐家人的精心照料下，才渐渐好转，慢慢地可以下地走动。

从春寒料峭到草长莺飞，43天后，黄诚伤愈归队。他视徐家人为亲人，称徐老三为父亲，与徐家子女兄妹相称。

“外公后来受了很多罪”，多次掩护地下党和游击队的徐老三被顽军发现，被捕后戳刺刀、割耳朵，受尽折磨，但他始终坚贞不屈。“新中国成立后不久，外公因伤势恶化不幸逝世。”

章美菊说，黄诚一直没有忘记救命的恩人，每年都会来濂长看望外婆，并一直和母亲、舅舅保持书信往来。“外公家的竹园依旧苍翠，是军民鱼水情深的见证。”

那是毁家纾难的呵护。

陈六香夫妇保护新四军副营长马长炎的故事，至今还陈列在濂长村的新风堂里。

皖南事变中，马长炎带领一批同志突围，绕道来到濂坑纸棚。素不相识的陈六香与丈夫姚老五，将他们安排到炭棚里隐藏，细心照料他们的生活。

对人民子弟兵，两人怀有朴素的感情，“新四军为咱老百姓打鬼子，我们老百姓就要爱护新四军”。陈六香每天以上山背炭为由，踏着一尺多深的积雪，迎着刺骨的寒风，避开敌人耳目，送饭给马长炎。姚老五则每隔一天挑炭步行30多里路到茂林镇上卖，买回粮油盐等生活必需品。两人省吃俭用，将家里仅有的两床破棉被抽出一床送给新四军。

马长炎等人转移后，顽军抓住了陈六香，严刑拷问新四军的下落，这位革命的老妈妈意志坚定，一个字也没吐露。敌人气急败坏，把她家烧毁一空。

1964年11月，中共安徽省委召开贫下中农代表大会，陈六香受邀出席，见到了当年的马营长后来的马副省长，留下了珍贵的照片。

热血濂长热血热。这样的故事还有很多很多：

濂长村的堡垒户姜岳凡负责隐蔽项英、周子昆，敌人来了，他晾出白色的衣服，发出警戒信号；敌人走了，再换成红色的衣服，以示安全。

地下党员殷木春掩护了刘奎等一批新四军干部，将20多人分散藏在堡垒户家里，为革命留下了有生力量……

皖南悲歌歌一曲，狂飙为我从天落。八十年前的那场事变，无疑是一出民族悲剧，但悲怆中有慷慨热血，有厚土情深……这一切将如青山常在。

注：本文资料由泾县新四军历史研究会提供。

幸福濂长花正开

"如果能亲眼所见今天的濂长村，先辈们一定很宽慰。"坐在自家院墙边，与村里老人闲聊起过往，87岁的徐四九感慨万千——四处转移、躲避战火的日子早已远去，眼前的村庄，在初冬暖阳下，生机勃勃又和谐安宁。

青山埋忠骨，热血图振兴。今日濂长，这片英烈热血浸染过的热土，幸福花开样样红。

◆ 茶香菇壮产业兴

濂长的幸福花，开在茶园里。

泾县茂林提魁茶叶专业合作社负责人周勇，是正宗的红二代。父亲周明火是加入皖南新四军游击队的第一批队员。

从茂林镇水利站退休后，他不想闲在家里，总想着还能为老家的乡亲做点什么。

濂长产好茶——拣尖，但养在深闺人未识。自小学过制茶手艺的周勇想把茶园种起来，把好茶推出去。

2015年9月，他起步的时候，濂长的茶产业不景气。"落后的种植、

航拍濂长　叶竟文　摄

制茶技术，难以保证茶叶品质和效益。茶园荒废了近一半。”

也许是父亲的血性遗传给了他，周勇做起事来总有那么一股子热血劲头。他说干就干，投入20多万元，建造了高标准钢结构茶叶制作车间，购置杀青、理条、烘炒等制茶设备，创立了属于濂长村的茶叶品牌——“濂坑拣尖”。

他是善于学习的人，请来外地的专家指导新设备的使用，找来本地的农技人员，手把手教茶农种植技术。

一年、两年、三年……濂长的茶园恢复了生机，加入合作社的茶农也渐渐多了。“现在村里已发展6个百亩茶园，年产2万多斤茶叶。”

老周不仅带着村民种茶，还帮着加工茶叶，更多是想办法把大伙辛辛苦苦种的“濂坑拣尖”卖出去。他很自豪，去年，帮助困难户销售了4000多斤鲜叶、300多斤干茶。

如今，合作社已吸引茶农30多户加入，年产值能达到200多万元。老周干劲足得很，“我们的茶叶在南京销售不错，下一步还要在品质上提升，让更多人喝上濂长的好茶”。

山上茶园香，山下香菇肥。这朵幸福花，还盛开在菇棚里。

村党支部书记徐金林，就是金林食用菌专业合作社的负责人。

他是个热血的汉子，2012年一场台风损坏了大量菇棚，菇农损失惨重。但他挺过来了，今天仍在继续香菇种植，成为村里规模最大的香菇家庭农场。

徐金林领我们走进菇棚，一株株滚圆的菌棒上，一朵朵肥嘟嘟的香菇长得正欢。他的爱人凤丽君麻利地采摘着，“看，这朵是花菇噢，多壮实”。

昼夜温差大的山区，是反季节香菇成长的“乐土”。濂长村采用了机械化的香菇制棒流程，制棒速度由每天两千支增至两万余支。凤丽君语速很快，“我们改进了技术，地埋式改为架层式立体栽培，出棚的香菇无沙无虫”。

合作社集中制棒、分流发菌出菇，进一步降低了菌棒制作的成本。加入的会员102户，带动周边农户112户，涉及5个村，种植规模100万棒以上，总产量有200万公斤。

今年3月，茂林镇通过申请扶贫项目，为濂长村香菇产业发展又添了把

濂长古树公园　叶竞文　摄

火，新建了16个菇棚，可增加村集体收入4万多元，还带动了6户贫困户就业增收。

◆ 新事新办风俗美

幸福像花儿一样，不仅开在茶园里、菇棚中，也绽放在大伙的心坎上。

对村民徐世鹏来说，这个国庆，新事新办，清新时尚。

他和爱人去年领了结婚证，但因疫情原因，一直没办成喜宴。10月7日，在村口的新风堂办了12桌酒席，算下来，每桌光菜金至少节约500元。“濂长离镇上有9公里，老年人出门不方便，在新风堂办酒，省事省力省钱。”

今年国庆假期，新风堂办了78桌喜宴，共计为村民节约2万多元。

说是新风堂，其实是一幢老建筑，前身是1982年修建的“濂长大会堂”，承载着大伙的共同记忆。

这座房屋因年久失修，几近坍塌。村“两委”看在眼里急在心里，“上一代村集体奋斗的成果，不能在我们手里倒下了”。2018年，整合美丽乡村中心村建设资金，将其改造为“濂长文化礼堂”。2019年初，又改建为新时代文明实践站，新风堂成为茂林镇新时代文明实践站示范点。

投入使用后，既是新事新办的新场所，又是村民们休闲娱乐学习交流的好地方。

村党支部副书记汪庭魁负责新风堂的管理，他喜滋滋地介绍，有老人活动室，也有小朋友的玩乐设施，还有舞台、音响、灯光、投影……“不要看濂长在山坳里，群众文化活动一点也不少，跳广场舞、唱卡拉OK，精神生活丰富着呢”！

新风堂滋养的精神文明之花，愈加绚丽多姿。

村里成立了乡贤参事会、红白理事会、道德评议会、协商委员会……68岁的徐国华是乡贤参事会成员，热心肠的他带头把两个儿子的婚宴都放在新风堂，还捐赠了4台价值5000元的空调。在外打拼的村民周晓，得知这里餐具老旧，主动联系村委会，捐赠了20套餐具。

欣欣向荣的新风堂，不仅是村里人气最旺的地方，还是自驾游客和骑行者的活动驿站。

村“两委”用好新风堂的“流量”，设立爱心助农专柜带货，蜂蜜、笋干、茶叶……从濂长走向远方。

◆ 热土振兴前景好

濂长的幸福花，常开常新，经久不衰。

眼下，村“两委”正谋划未来发展，支书徐金林踌躇满志：“走红绿融合的路子，充分挖掘红色基因，用好用活红色资源，大力发展生态农业和乡村旅游。”

说起来，濂长红得浓烈，传统底蕴也深厚——

有嘉庆年间的石拱桥、丕岭古道，道光年间的贞烈牌坊，溶洞“神仙洞”曾是电影《黄英姑》取景地。

令人眼前一亮的，还有全省唯一的古树公园。在里长村民组，15株百年古树依山而生，气势不凡。其中一株500多年树龄的一级古银杏，守护着古村、青山、秀水，守护着这一方热血浸染过的热土。

这片热土，振兴的期望是如此迫切。

抓住省级中心村美丽乡村示范村建设机遇，濂长村“组组通”道路全部实现硬化，改水改厕工程全部完成，河道、桥梁全部实现清淤升级，“五清一改”清理掉了多年的乱搭乱建、乱堆乱放。

徐支书如数家珍：投入6万多元，在全县率先为自然村都安装了路灯。村部至蜜蜂洞山脚的濂蜜路路面拓宽硬化工程完成，这条全程8公里、宽6米的道路，是濂长第一条村级旅游公路……

这片热土，发展的意愿是如此热切。

山东客商来了，一个名为“齐风徽韵”的生态农业开发项目启动实施。

热情的山里人，凭借一腔热血和满腔诚意，打动了远方的客人，计划投资1.1亿元，建设包括生态度假区（民宿）、特色野生茶叶加工中心在内的生态庄园。目前，100亩土地流转工作已经完成，前期投资大约两千万元。

报道组在濂长村采访87岁的村民　倪欧生　摄

好消息接踵而来——

集观光旅游、采摘体验为一体的300亩生态茶园项目，落户濂长；

连接东流山激战场、丕岭山顶、蜜蜂洞的10公里红色旅游环线，以及蜜蜂洞山脚下的相关建设项目已破题，成为《茂林皖南事变激战地红色旅游发展规划》的重要组成部分……

青山依旧在，濂长景色新。今日濂长，村民们正在希望的田野上续写着新的热血故事。

凭吊蜜蜂洞

蜜蜂洞，这个原本籍籍无名的地方，因皖南事变中一个寒冷的夜，永远定格在了历史的深处。

洞在1000多米高的赤坑山山腰，当地人说，因山顶有一圆形石峰，形似蜜蜂桶，峰下的石洞就叫做蜜蜂洞。

山路极不好走，石阶陡峭而漫长。陪我们上山的茂林镇组织委员董大俊说，之前没有石阶，2011年，皖南事变70周年时，对蜜蜂洞进行了基础设施配套工程建设，修了这条上山的路。

路上建有“思亭”和“慰亭”两座小亭，一“慰”洞中英烈，一“思”山里军魂。

一路攀登，来到海拔600多米的蜜蜂洞洞口，石壁上镌刻着“项英、周子昆烈士遇难处”。洞口很窄，大约只能容一人进出，洞内稍大一点，高约2米，深约4米，地上有一个石刻的棋盘。

冬日的山风凛冽，吹得树林哗哗作响，仿佛述说着那个夜晚的惨烈。

蜜蜂洞　叶竞文　摄

据幸存者、周子昆的警卫员黄诚撰写的回忆文章《项英、周子昆被害纪实》，1941年3月11日，新四军副军长项英和副参谋长周子昆，带着部分突围人员，几经辗转来到濂坑石牛坞。

12日天亮前，经刘奎等人引领，由堡垒户

姜岳凡带路，登上蜜蜂洞隐蔽待机。

洞内面积有限，项英及警卫员刘厚总、周子昆、黄诚4人住在洞里，刘奎带着其余的同志在下面的大岩石负责警戒。

此处山高林密，虽然国民党顽军四处搜山，始终没有发现蜜蜂洞的存在。

3月13日晚，项英和周子昆用石头画了个棋盘，一边下棋一边商量突围的事。据黄诚回忆，“两位首长的对话为：找到了地方组织，去江北就快了。只要不死，突围就快了。总有一天要把这个账算回来……”

但变化莫测。就在这一夜的拂晓前，黄诚被几声沉闷的枪声惊醒，立刻去摸枪。却被一道手电筒光照在脸上，右臂中了一枪，紧接着又挨了一枪，昏了过去。

原来是刘厚总叛变革命，乘着夜色杀害了项英和周子昆，打伤了黄诚，并将他们随身携带的物品洗劫一空，往山下逃去。

当刘奎等人察觉情况有变、带着同志们赶到蜜蜂洞时，项英和周子昆已倒在血泊中，不幸牺牲；黄诚身负重伤尚有呼吸。

大家怀着沉痛的心情，将两位首长的遗体抬到离洞口百米远的山坳处掩埋好，将黄诚送到濂长村徐老三家中养伤。

项英和周子昆的遗体，于1952年移至南京雨花台安放。黄诚43天后伤愈归队，继续坚持在皖南山区打游击，直至全国解放。

见证惨烈一夜的蜜蜂洞，成为皖南事变重要历史遗址，是“安徽省党员干部红色宣传教学点”和省级重点文物保护单位。

注：本专题内容依据泾县新四军军部旧址纪念馆资料整理。

（“热血”报道组：谭艺莹　徐文宣　余 庆　叶竞文）

改革开放40年积累的宝贵经验是党和人民弥足珍贵的精神财富……必须倍加珍惜、长期坚持，在实践中不断丰富和发展。

——习近平

郎溪　下吴

蝶变

DIEBIAN

红村档案

下吴村地处皖苏交界，伍员山的山这边是下吴村，山那边是江苏省溧阳市沭家村。1995年、1998年、2018年，《人民日报》以“山这边、山那边”为视角，三次报道了下吴村由贫困到振兴的华彩蝶变。

今日下吴村作为“宣城市第二批乡村振兴示范村”，以省级美丽乡村罗市中心村、市纪录小康工程展馆、伍员山风景区综合开发等为重点，打造皖苏边界休闲旅游基地，正努力探索一条产村景相融合的乡村振兴新路。

题记

下吴村，是“红村记”主题采访的最后一站。

选在这里收官，蕴含深意。

寒来暑往，山高水长。我们从第一站旌德龙川启程，走过了一个又一个红村，回望“为有牺牲多壮志”的铁血硝烟，追寻“一片丹心向阳开”的红色情怀，重温“敢教日月换新天”的奋斗历程……以一个个红村为视角，展现了红色宣城大地上一幅幅党史、新中国史、改革开放史、社会主义发展史的宏伟画卷。

这一次，我们来到山这边山那边，追寻一个发生在春天的故事——下吴村的蝶变之路，既为宣城红色历史再添改革开放的崭新篇章，亦为“红村记”主题采访画上完满句号。

沐浴着冬日暖阳，沿着《人民日报》记者“三看山两边”的足迹，我们在冬天里寻访春天的故事，四看下吴，满怀期待，倍感振奋。

四看下吴，我们看到了惊雷催春、奋起直追的奋斗历程。

从山两边差距的触目惊心，到赶超山那边的出乎意料，再到携手同心的共建共融……一步步走来，下吴村知耻后勇、勇往直前的前进足迹，清晰而又坚实。

四看下吴，我们看到了今非昔比、日新月异的华彩蝶变。

从荒山变茶园，从泥路成坦途，从“脏乱差”变身“绿富美”……一次次蝶变，下吴村改天换地、浴火重生的喜人面貌，崭新而又富于启迪。

四看下吴，我们更看到了各美其美、美美与共的“双村记”。

山这边，山那边，昔日风光各异，今朝风景都好。从比学赶帮、竞相发展，到携手共进、共融共兴，下吴洑家联袂上演的“双村记”，已然成为苏皖合作的鲜活案例，长三角一体化的乡土样本。

回首来时路，郁郁满芳华。

红村记画上句号，红村故事并没有结束。在下吴，在郎溪，在宣城，春天的故事还在继续，蝶变之路还在延伸……

忆往昔

伍员山下话蝶变

郎溪的下吴村坐落在伍员山麓。

伍员山地跨皖苏两省，名来有自，传说春秋时代的伍子胥曾在此游历。

但让下吴闻名遐迩的并不是古旧的传说，而是发生在春天里的故事。

1995年、1998年、2018年，《人民日报》记者三次探访伍员山，以“三看山两边”的独特视角，持续报道了伍员山麓苏皖两个村——下吴、洑家，在改革开放大潮中，解放思想、你追我赶、合作共赢的发展之路。

山这边，山那边，一段春天里的蝶变故事就此写下序章。

◆ 惊雷催春

下吴村的蝶变是从一声惊雷中开始的。

引爆这声惊雷的是《人民日报》的一篇报道。

1995年的初夏，《人民日报》记者王惠敏来到伍员山，踏访一山之隔的苏皖两个村，写出了通讯《山这边，山那边……》。

在下吴村的宣城市纪录小康工程展馆里，1995年7月28日的这张《人民日报》，陈列在醒目位置。

微微泛黄的新闻纸上，《山这边，山那边……》里这样写道：“山两边的自然条件相似，民俗相同，山民共砍一山柴，同饮一溪水……除了隶制上分属两省，其他几乎没有什么区别。可是，从80年代开始，山两边的区别却渐渐地明显起来……”

区别何在？王惠敏的笔触毫不留情，山这边的下吴村远远落后于山那边的洑家村。

这是下吴人记忆中的隐痛，也是下吴村春天故事的开端。

时任下吴村党支部书记向领兵，那一年37岁，还是血气方刚的年纪。他说，看到这篇报道，第一感觉是不服气。

冷静之后，向领兵承认了客观现实。“洑家村改革的步伐比我们快。”他比较过，1994年，那边的村民人均年收入3000多元，这边下吴村人均收入刚过千元。

“山两边到底差距在哪里？”

向领兵急了。下吴村痛了。

村党支部带着村干部、党员、群众一遍遍学习报道，“大伙憋着一口气，论解放思想，我们大包干比那边还早；论资源条件，我们也有8000多亩山林，可收入为何比那边6000亩还少……”

山这边郎溪下吴村美景　戴巍　摄

这个沉重的问号，如巨石投湖，激起的波澜远远越过了下吴村。

报道刊出后不久，安徽省委主要负责同志赴山两边调研，引发了全省解放思想大讨论。

山那边溧阳洑家村新貌　戴巍　摄

大讨论中，下吴村在省委、地委、县委的帮助指导下，找到了差距——思想观念的差距是最大的差距；理清了思路——改革发展的步子要更大更快；明确了目标——解放思想找出路，三年赶超洑家村。

一声惊雷催春来。下吴村春天里的故事，由此开篇起笔。

从最熟悉的农业开始，下吴村党支部学习洑家村的做法，号召大伙种植经济林木。

村里从县林业局采购了40万棵板栗树苗，免费发给村民。还积极争取县里支持，创新办起蚕茧收烘站，发桑苗、收蚕茧，拓宽村集体和农民增收渠道。

思路一变天地宽，下吴村初尝改革甜头。“100斤的水稻只能卖几十块钱，100斤的蚕茧却能卖到1000多块。”这是实打实的增收。

但村党支部看得更远，基础设施建设利于长远发展，争取电力设施、水利设施、交通设施的改善，并在1996年筹资20余万元，新建了一所2层12间教室的新校园。

今年已60岁的向领兵，回顾那一段历程，感慨不已：“这篇报道不仅惊醒了小富即安的我们，更让下吴村全村心往一处想、拧成一股绳，那就是思想观念再解放，改革开放迈大步，奋起直追洑家村。”

◆ 三年赶超

“三年赶超洑家村”，这是下吴人的目标，也是下吴村蝶变的第一个标识。

1998年6月22日，《人民日报》记者王惠敏再次来到这里，以《三年再访山两边》的报道，描绘了这三年下吴村的努力、奋斗、成果。

这一回，他的笔触仍然犀利，山两边的“角色转换”出乎意料：“山这边”先前落后的下吴村，思想上的“破冰”带来了发展上的“突围”，人均收入翻了一番还多，处处是生机活力。而相比之下，“山那边”曾经领先的洑家村发展速度明显慢了。

对下吴村来说，这篇报道是鼓励，更是继续发展的动力。第一个三年目标顺利实现，只是赶超路上的一个新起点。

1999年，下吴村的接力棒，传到了35岁的李德胜手中，他一肩挑村党支部书记、村委会主任。

“从《人民日报》第一篇报道开始，我们就建立了‘山两边、大家谈’的学习交流机制。”李德胜说，第二篇报道刊发后，下吴村并没有沾沾自喜，大家在讨论中统一了思想，还是要走改革创新之路，“山两边比学赶超，谁松一松，谁就落后了”。

下吴村通过开发集体林地、办精制茶厂、创办蚕茧收烘站等一系列创新之举，收获了改革成果。

现在，还要继续改革，书写第二个春天的故事，那就是招商引资，激发蝶变效应。

村里山场资源丰富，是招商的沃土。

2001年，下吴迎来第一个外地客商——来自山那边溧阳市竹箦镇的宋超平，承包下90亩荒山种植白茶，激活了下吴的茶经济。

2003年，来自江苏常州的客商余福海投资1000万元，又将500亩荒山变成茶园。

紧接着，第3家、第4家……先后有11位江苏客商投资发展白茶、黄金茶，下吴的万亩荒山变成了绿意葱茏的茶山。

村“两委”依托扶贫产业项目，先后种植了250亩白茶，建设了白茶基地；并围绕“三变”改革，与江苏天目湖生态农业有限公司入股合作，发展壮大村集体经济。

2017年，依靠发展茶产业，下吴村集体经济收入突破20万元，一举甩掉了贫困村的帽子。

今年57岁的李德胜是承前启后的一任书记，他的记忆里，最值得回味的，是大伙甩开膀子改善交通条件的火热岁月。

那是1999年的7月，他刚上任。“虽然经济赶上去了，但是我们的道路设施比不上山那边。”说干就干。他带着村干部们在最热的季节，连干40多天，把村里9里长的主干道，从泥巴路变成了水泥路，“不拿一分钱报酬，就戴个草帽，带上自家的工具，没日没夜地干”。

实干铺就赶超路，标杆在前，下吴村人不能偷懒，也不愿偷懒。

◆ 乘风蝶变

弹指一挥间，20年的时光悄然走过。

时间来到2018年，在庆祝改革开放40周年之际，12月14日，《人民日报》刊发报道《三访苏皖山两边》。

乘着长三角一体化的东风，三看山两边，格外意味深长。

这一次，山两边已经从过去的比学赶帮、竞相发展，进入到携手共进、合作共赢的新阶段。

先看山那边，洑家村青虾养得欢。社渚成为养殖青虾特色镇，拥有6.5万亩青虾养殖面积，从事青虾养殖的农户达1300多户，年产值5.7亿元。

青虾产业链延伸到了山这边，下吴村也乘着这股东风，踏上了特种水产养殖增收之路。社渚镇举办青虾养殖培训班，会通知下吴的养殖大户参加。青虾养殖联动溧阳、郎溪，成为苏皖合作示范区的一个乡土特色。

春天的故事里，合作的何止是农业。

现任村党总支书记蒋福金已在村里工作了17年，这些年蝶变的一步步，他历历在目。

就从溧阳“1号公路”下吴段的修建说起吧。他认为，这是山两边深度合作的一个例证。

2008年，溧阳“1号公路”修建天目湖景区至十思

报道组与山两边三位村书记在洑家村合影　戴巍　摄

园段，需穿过下吴村1.6公里。

凌笪镇政府得知后，主动上门联系，最终达成了由凌笪镇和下吴村负责征地拆迁、青苗补偿等地表工程，由江苏方面负责道路修建的协议。

2008年10月，造价近2个亿的景观大道竣工通车，贯通了下吴村与溧阳的天目湖景区。

2017年，202省道郎溪凌笪段也竣工通车。这条从山里开出来的路，直接连上了溧阳“1号公路”。

大道如虹。这不仅是一条声名在外的网红路，还是山两边连接景区的旅游路，更是密切苏皖两省交往合作的同心路。

有了这条路，蒋福金说，到山那边就像串门一样方便了。这些年，两个村互相取经学习，交流美丽乡村建设经验，在产业发展、环境治理上互帮互助，感情越来越深，合作越来越广，“山这边和山那边你中有我，我中有你，相融互助，共荣共赢”。

一任接着一任干，奋起直追迎蝶变，下吴交出了令人瞩目的成绩单。2020年村集体收入超50万元，村民人均纯收入达到2万元以上。

从1995年到2018年，23年来，下吴村以不甘落后、奋起直追、接续奋斗的三部曲，在“山两边”的春天故事里，写出了乘风蝶变的精彩篇章。

山这边，山那边，春天的故事没有终章。

四看下吴“双村记”

冬日下吴，暖阳如春，我们在冬天里寻访春天的故事。

忆往昔，《人民日报》的“三看山这边山那边”，揭开春天故事的序章：改革开放时期，“山这边”以“山那边”为标杆，知耻后勇、奋起直追，一任接着一任干，改革开放不停步，奋力奔跑在全面小康路上，甩掉了贫困的“帽子”，蝶变为乡村振兴示范村。

看今朝，四看下吴，春天的故事翻开新的一页：进入新时代，山这边与山那边携起手来，基础共建、生态共治、发展共融，唱响了一出共进共赢的“双村记”。

◆ 基础共建地缘亲

刚到下吴，一条标有红黄蓝三种色彩的彩虹公路，在青山绿水间延伸。

这就是溧阳“1号公路”下吴段。这条景观大道，是山这边与山那边2008年开展基础共建时结出的一颗硕果。下吴村党总支书记蒋福金介绍：“当时修路的资金由山那边溧阳市投入，下吴村积极配合做好征地拆迁和相关工作。”

十多年过去了，合作在继续，道路在“生长”。

为了借势溧阳“1号公路”这条黄金旅游线路，2020年，“伍员山通景公路”建设工程正式启动。

这是郎溪县6条“美丽公路”实施项目之一，也是下吴村畅通“微循环”的重要之举。这是一条新的纽带，起点在溧阳“1号公路”，经下吴村白茶扶贫基地，环绕罗市中心村再连接溧阳“1号公路”，形成一个环线。

对茶农邱君烈来说，这条修到山脚下的路，让他和山那边茶叶生产经营合作更密切了。

他在村里第一个种植白茶，茶叶主要销往山那边。他学习过《人民日报》的报道，2019年11月，他将自家的合作社干脆取名为“郎溪县山这边山那边茶叶种植专业合作社”。

报道组在下吴村采访　戴　巍　摄

下吴村是凌笪镇唯一一个茶产业专业村，选择茶叶为主导产业，用蒋福金的话说：“是向山那边学来的好经验，用活山场资源，用好招商政策，把山那边的客商吸引来，把荒山变成茶山。”

路通百事兴，路通村更美。

冬日暖阳，走进村内，一幅赏心悦目的美丽乡村新画卷扑面而来；最有特色的，是风格统一的新徽派村舍。

2019年起，村里积极整合各类项目资金，前后投入近4000万元，对全村房屋的外立面进行统一改造。外墙是清新的白底上勾勒了灰色的线条，门窗都加上了简洁的木框，有皖南韵味又有简约之风。

这一次，山这边走在了前面。

山这边焕发的新“颜值”，激发了山那边的建设热情。洑家村老书记王海清笑着说，“溧阳的市领导带队到下吴村考察，回来就坐不住了，要向你们学习美丽乡村建设经验”。

洑家村以“两拆两清”（拆除违章建筑、拆除闲置危房，清理坑塘、清理房前屋后卫生死角）为切入点，全面推动人居环境建设，村容村貌焕然一新。

我们翻过伍员山来到洑家村，丽日晴空下，这里又是一幅别具风情的田园画卷。统一改造的民居，立面是赏心悦目的橙黄色，古朴自然。

在如火如荼的美丽乡村建设中，山两边各美其美、美美与共。

◆ 生态共治家园美

每天清晨，一辆从溧阳市天目湖镇驶出的垃圾清运车，停靠在下吴村村部，将一桶桶垃圾清运而走。

这是苏皖两省边界地区首次联手加强生活垃圾处置，也是两省共治共建生态环境的创新之举。

下吴村位于天目湖上游，为了进一步做好饮用水源的保护，天目湖镇与下吴村多次沟通商讨，探索省际生态一体化保护新机制。今年4月初，两地就合力保护天目湖水质达成共识，启动区域生态环境协同治理。

6月起，下吴村洑漕河流域15个自然村800余户居民的生活垃圾，由天目湖镇收运处理。

这并不是两地在生态治理上的第一次“牵手”。

山那边的社渚镇，是青虾第一镇。受其产业辐射，下吴村青虾养殖业发达。“去年6月份，天目湖镇主动找到我们，提出以生态补偿的方式，引导养殖户退出水产养殖。”蒋福金说。

经过反复商讨，5月11日，两地正式签订退养协议，下吴村102户2880亩青虾全部退养。按照相关补偿标准，2233余万元退养奖补资金全部打卡发放到村民手中。

5月31日，下吴村青虾养殖大户赵明发收到了50余万元的退养补偿款，在这之前，他养殖了70多亩青虾。

“虽然养殖效益不错，但为了蓝天碧水青山，我们支持退养。”他不仅带头签订协议，还主动帮助村里开展土地流转工作。在他看来，只有好生态、好环境，山两边才能迎来更好的发展。

青山就是美丽，蓝天也是幸福。山两边的生态互联共治，如今在长三角一体化的大背景下，迈出了更大的步伐。

2021年，涉及江苏溧阳和安徽郎溪、广德三个相邻县（市）的苏皖合作示范区管委会获批成立，这是全国首个以县为单位、以生态为底色的跨省合作区。

◆ 共融发展旅游兴

今年，下吴村喜事连连。

村集体经济有望突破100万元；设在村口的宣城市纪念小康工程展馆，已于7月建成开放，接待参观人数近万人次。伍员山游客集散中心基本建成，山上游步道已建好贯通，伍员山正成为新的网红地标……

作为村里的“颜值担当”，“昔慢·乐山”民宿自11月30日开业，很快火到“出圈”。

这是一间颇具文艺范儿的民宿，也是山两边共融的一个现实成果。

2019年底，来自常州的文创企业——天人合艺，一眼相中了这里的美丽环境，租用村“两委”流转的闲置民居，投资近300万元，建起了村里第一

航拍下吴　戴巍　摄

家民宿。

从筹备到建成，常州人钱雪燕一直负责这个项目。她说，很喜欢这里空气好、生态优。特别是村里积极创造条件支持民宿建设，村民们也很给力。

发展民宿经济，是下吴村新一轮发展的破题之作。

村第一书记兼乡村振兴工作队队长陈福元认真分析，有山两边的故事，有连接天目湖景区的旅游大道，有地相近人相亲的天然优势，下吴村要承接好山那边旅游外溢效应，在绿色发展、农旅融合上，再迎一次新蝶变。

陈队长的这个想法，不仅得到村班子的支持，更得到了村民们的响应。

吴定义就是其中最积极的一位。

他曾在外跑运输，前几年回乡做起茶叶生意。眼下，他正忙着装修自家的“花涧民宿”。有满山遍野的茶园，有稳定的茶叶收入，可吴定义还是决定，响应村里的号召，在民宿上试一试。“我们村现在这么美，一定会有更多的游客来，这是一个好机遇哩!”

凌笪镇党委书记史铁军向记者介绍，目前，乡村振兴示范村文旅基础设施项目已启动，镇里将围绕打造皖苏边界休闲旅游基地的目标，加大与山那边的互动合作，拓展乡村旅游的空间与内涵。“山两边一起做大旅游经济蛋糕，携手谋发展，融合迎蝶变。”

山那边也这么想。金山村党总支书记黄忠新很谦虚，他觉得下吴村近年的发展很快，值得他们好好学习；说到未来的发展，这位年轻的村书记显得很兴奋，“我们山两边要融合发展，携手进步，共同唱响一出‘双村记’”。

山这边，山那边，春天里的故事还在继续……

走进市纪录小康工程展馆

宣城市纪录小康工程展馆，就坐落在下吴村。

该馆于2021年7月建成开馆，总面积210平方米，是我省首个地级市纪录小康工程的展馆。

展馆缘何选在下吴？既是因为这里处于苏皖边界的地理位置，也是由于《人民日报》报道《山这边，山那边……》的缘起。更为重要的因素则是，今天的下吴已是长三角一体化苏皖合作示范的一个乡土样板。

走进展馆，首先映入眼帘的是浮雕《这一站，小康》。

浮雕背景为宣城敬亭山和郎溪伍员山，一辆高速行驶的复兴号列车穿山而过，带着解放思想的前进号角，抵达“小康站”，预示着第一个百年奋斗目标——全面建成小康社会如期实现。

列车左边是宣城的地标性建筑，宣城高铁站、市图书馆、市博物馆……右边是郎溪地标性建筑，新和旅游度假区、郎溪高铁南站、定埠港等。

展厅的主题为“奋进！宣城”，分为两个部分，第一部分市级展厅，包含“新时代·新思想”“新征程·新作为”“新画卷·新气象”“新篇章·新内涵”“新格局·新成效”5个板块，用文字和图片，记录宣城在全面小康路上的奋斗历程；以实物和场景，展现宣城在前进征途上的坚实足迹。

第二部分县级展厅，包含“雄关漫道”“众志成城”“战地黄花”“沧桑正道”4个板块，以视频、图片、沙盘模型等多种形式，全景式呈现郎溪脱贫攻坚、全面小康、乡村振兴之路的累累硕果。

让人印象深刻的，是“凌笪乡下吴村扶贫工作队办公室”的实景再现。

一张单人床、一个办公桌、一盏旧台灯、一把磨掉了漆的椅子、一个热

市纪录小康工程馆 戴 巍 摄

水瓶、一顶草帽……无声地展示了脱贫路上的艰苦奋斗、艰辛汗水。

一张“下吴村脱贫攻坚精准扶贫路线图”，细致地勾勒了产业脱贫、就业脱贫、教育扶贫……之脱贫路径，抵达的终点是“全村减少贫困户82户223人”。

展厅以“幸福，都是奋斗出来的”照片墙结束，一张张贫困户脱贫后的灿烂笑脸，就是全面小康展馆最生动的诠释，也是“奋进！宣城”主题最鲜活的注解。

（“蝶变”报道组：顾维林 张玉荣 刘 畅 戴 巍）

后记

我行我述　纪事红村

2021年，我行我述，纪事红村。

这一年，我们植根红色热土，深耕红色书写，以20期“红村记”主题报道，铺展宣城红色长卷，献礼党的百年华诞；

这一年，我们从春天启程，在岁末收官。一路寒来暑往，一路山高水长，一路风雨阳光，一路历练成长。

◆ 座座红村

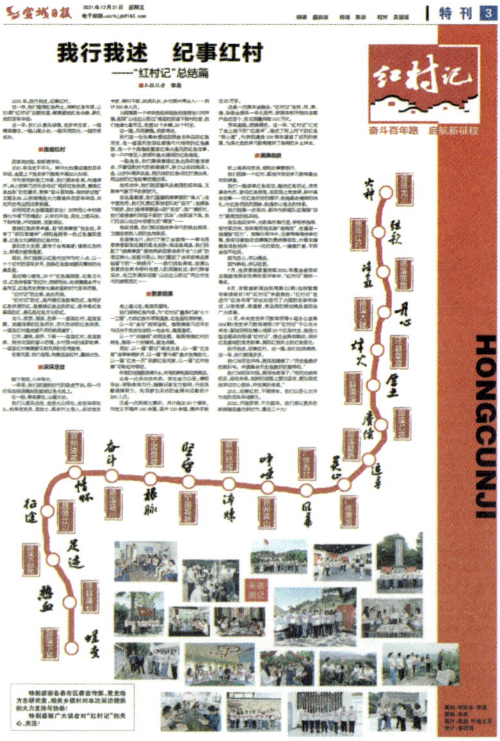
宣城日报
特刊 3
我行我述　纪事红村
——“红村记”总结篇
红村记
奋斗百年路　启航新征程
HONGCUNJI

回首来时路，郁郁满芳华。

2021年注定不平凡。神州大地喜迎建党百年华诞，全国上下党史学习教育开展如火如荼。

作为党报新闻工作者，我们使命在肩，热情满怀，决心按照习近平总书记“用好红色资源，赓续红色血脉”的总要求，聚焦“奋斗百年路·启航新征程”主题主线，以新闻精品大力营造共庆百年华诞、共创历史伟业的浓厚氛围。

如何把宏大主题落到实处？如何把心中的激情化作笔下的精品？从年初开始，报社上接“天线”、下联市情，开动脑筋、反复谋划。

宣城红色资源丰富，是“皖南事变”发生地，孕育了“新四军精神”；特别是拥有一批红色基因显著、红色文化鲜明的红色村庄。

紧扣宏大主题，宣传才会有高度；植根红色热土，新闻方能有温度。

因此，我们选择以红色村庄作为切入点，以一个个红村的百年岁月，反映红色宣城翻天覆地的沧桑巨变。

经过精心遴选，20个“红色基因显、红色文化浓、红色传承强”的红村，脱颖而出，地域覆盖全市七县市区，红色历史贯穿大革命至新时代百年历程。

“红村记”的立意，由此而来。

“红村记”的红，是开展红色教育的红，是用好红色资源的红，是赓续红色血脉的红，是传承红色基因的红，是弘扬红色文化的红。

龙川、家朋、涌溪、吕辉……座座红村，座座宝藏。底蕴深厚的红色历史、历久弥新的红色资源，一座座红村是挖掘不尽的新闻富矿。

江村、唐流、板桥、下吴……座座红村，座座画廊。脱贫攻坚的奋斗历程、乡村振兴的追梦故事，一座座红村铺展着日新月异的宏伟画卷。

在春天里，我们启程，向着座座红村，重装出发。

◆ 深深足迹

脚下有泥，心中有光。

一年来，我们紧随新时代的奋进节拍，把一行行足迹深深镌刻在宣城红色大地上。

这一路，寒来暑往，山高水长。

我们从春天出发，走进大山深处，走在田间地头，找寻老党员、老战士、革命烈士后人，采访党史专家、镇村干部、扶贫队长、乡村振兴带头人……共计300余人次。

从皖南第一个中共党组织诞生地旌德龙川村开篇，到因“山这边山那边”闻名的郎溪下吴村收官，我们走遍七县市区，走进20个乡镇、20个村庄。

这一路，风雨兼程，求索寻访。

我们在一处处革命遗迹回顾金戈铁马的红色历史，在一座座历史旧址感悟代代相传的红色基因，在一个个英雄故里追忆烽火连天的红色往事，在一户户老区人家倾听鱼水情深的红色佳话。

一路走来，我们秉承赓续红色血脉的宣传使命、怀着讴歌时代的新闻情怀，努力让采访再深入些，让资料再翔实些，把沉淀的红色记忆打捞出来，把尘封的红色故事挖掘出来。

在采访中，我们既回望风云激荡的百年路，又聚焦气象万千的新时代。

在泾县章渡，我们遥望皖南事变的“烽火”；在宁国板桥，我们礼赞红军游击队的“坚守”；在绩溪下胡家，我们追寻李夏奋斗的“足迹”；在广德苏村，我们感受镇村年轻干部的“风华”；在郎溪下吴，我们见证山这边今非昔比的“蝶变”……在叙述里，我们既记录战争年代的铁血硝烟，又描绘党和人民的血肉联系。

在旌德龙川，我们了解了全国唯一一尊马克思银像留在这里的来龙去脉；在泾县涌溪，我们找到了“皖南事变”后抚养新四军将领子女“小妹”的老区群众；在宣州蒋山，我们看到了当年张鼎丞粟裕留下的“一块银圆”……我们远赴异地，在黄山李夏同志家中倾听他爱人的深情叙述；我们跨省采访，在江苏溧阳记录“山这边山那边”两位村支书的感慨回忆……

◆ 累累硕果

肩上道义在，笔底风雷鸣。

我们深耕红色沃土，为“红村记”量身打造“七个一工程”，力求红色书写有温度，红色呈现有新意。

以一句“金句”统领全版。每期摘录习近平总书记关于党史论述的一句金句，高屋建瓴。

以一个“关键词”点明主题。每期根据红村的特色，提炼一个关键词，画龙点睛。

以一篇“题记”阐述主旨，以一篇“忆往昔”追寻峥嵘岁月，以一篇“看今朝”盘点发展变化，以一篇“红史一页”采撷红色花絮，以一篇“红村档案”勾勒红村特征。

所有的征程都洒满汗水，所有的耕耘都收获果实。

这是一次采访总动员。报社全力以赴，精锐尽出：领导身体力行，编辑记者主力担纲，行政后勤保障有力。先后参加采访的全媒体记者总计200人次。

这是一次新闻大展示。共计推出20个通版，刊发文字稿件100余篇、图片100余幅，稿件字数近20万字。

这是一次媒体全融合。“红村记”在报、网、屏、端、杂志全媒体一体化发布，新媒体制作相关主题产品近百个，总浏览量突破100万次。

芳华盈路，硕果满枝。这一年，“红村记”汇成了线上线下的“红海洋”，连成了网上网下的红色“同心圆”，为庆祝建党100周年营造了浓烈的氛围，为深化党史学习教育提供了独特的乡土样本。

◆ 满满收获

纸上得来终觉浅，绝知此事要躬行。

我们把每一个红村，都当作党史学习教育最生动的课堂。

我们一路追寻红色足迹，踏访红色旧址，凭吊革命先烈，参观红色场馆，在现场上微党课，聆听革命故事……对红色历史的缅怀，就是革命精神的洗礼；对红色历史的回眸，就是初心信念的传承。

我们把每一次采访，都作为新闻队伍增强“四力”最有效的练兵场。

在实地采访中，大家肩并肩行进，手把手指导，面对面交流，在新闻现场实践“走转改”，在基层一线增强“四力”。在稿件写作中，记者殚精竭虑拿初稿，资深记者担任总撰稿负责统筹修改，分管总编最后润色把关……一次次修改，一遍遍打磨，不获全胜不收兵。

因为匠心，所以精品。

因为耕耘，所以收获。

7月，在安徽省委宣传部2021年度全省报纸主题宣传原创优秀栏目评审中，《红村记》荣获一等奖。

9月，安徽省新闻出版局第22期《出版管理与审读阅评》对“红村记”专题表扬：《红村记》在进行“红色书写”时成功进行了大胆的创新和尝试，以有思想、有温度、有品质的策划精品呈现给广大读者。

11月，中央党史学习教育领导小组办公室第206期《党史学习教育简报》对《红村记》予以充分肯定：宣城日报社精心选择20个红色村庄，推进大型主题采访报道“红村记”，通过全媒体联动，讲好红色宣城的党史故事，展现红色热土的红色变迁。

我行我述，纪事红村。这一路，我们收获满满；这一年，我们感悟多多。

我们与历史共鸣，更深地理解了：“历史是最好的教科书。中国革命历史是最好的营养剂。”

我们与现实对话，更深地感悟了：“用历史映照现实、远观未来，在新的征程上更加坚定、更加自觉地牢记初心使命、开创美好未来。”

2021，纪事红村，不辱使命。我们以匠心之作为党的百年华诞献礼。

2022，怀抱梦想，不负韶华。我们将以更多的新闻精品建功新时代、喜迎二十大！　（李菡 / 文）